巫王志

—鄭丰作品集—

目錄

第二部■蠻荒地 395

第三部■覓歸路　763

大商多方輿圖

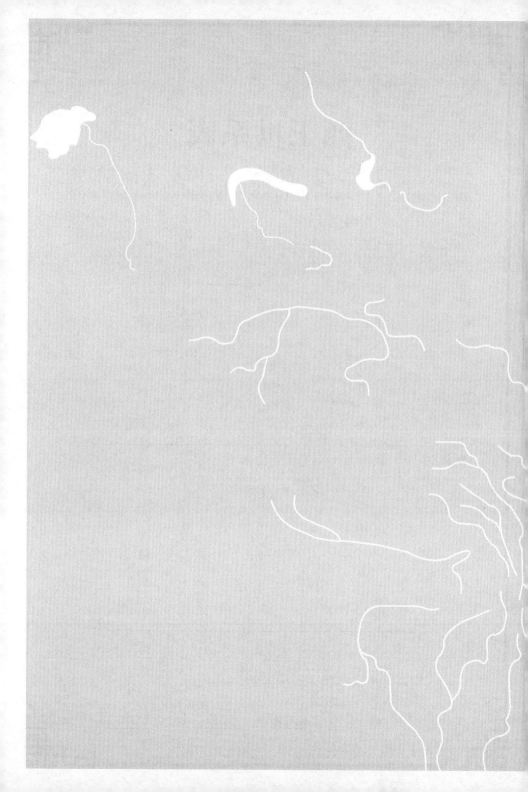

商王世系表

資料參考：《史記．殷本紀》、張光直《商王廟號新考》、《商代史．卷二》〈殷本紀訂補與商史人物徵〉653-654頁。《古本竹書紀年》：「湯滅夏以至於受，二十九王」，與《史記．殷本紀》所載三十王有出入。王之名稱以甲骨文為主。其中大丁、祖己曾立為小王，並未即位為王。

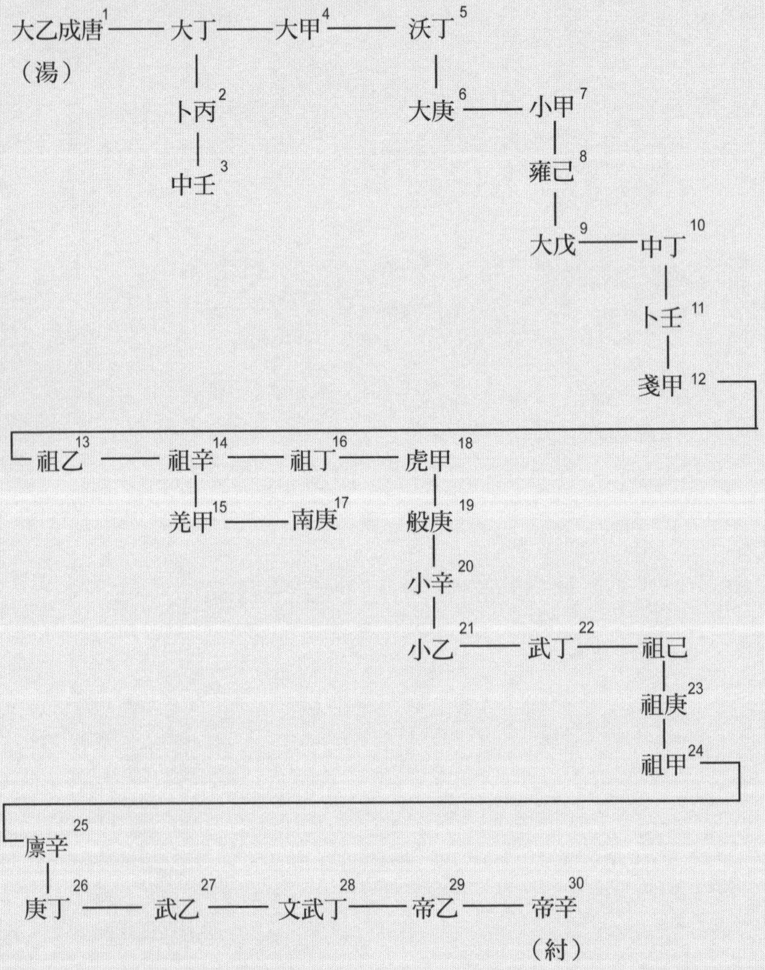

第二部

蠻荒地

維女荊楚，居國南鄉。
昔有成湯，自彼氐羌，莫敢不來享，
莫敢不來王，曰商是常。

——《商頌・殷武》

第二十一章 子漁

一年多之前。

從天邑商往西的小路上，一輛馬車緩緩而行。這馬車不走平整的大路，卻選這條雜草叢生、凹凸不平的小路，顯然不願有人見到它的行跡。

車上坐著二人，坐在車後的是個身形修長、面貌俊秀的少年，另一人在前趕車，身形瘦小，一張尖尖的精靈小臉上滿是鬱悶不快。

那瘦小的孩子口中低聲念咒驅避凶邪，催馬快行；少年則回頭望向來路，眼中滿是依戀，開口說道：「小巫，我可真沒想到，有一日我竟會如此狼狽地逃離天邑商。我父王當年遭其父流放，離開天邑商時，大約也是這般情景吧？」

小巫沒有答理，好似全未聽見一般。

子漁回頭望向他，微微一笑，說道：「你打算全程都不跟我說一句話，是麼？」

小巫仍舊不回答，皺起小臉，繼續念著咒語。

子漁顯得十分無奈，說道：「子曜去昆侖求巫彭治病那時，大巫彀讓你一路陪伴保護，你心甘情願，高高興興。如今大巫彀同樣要你陪伴我去昆侖求見巫彭，你便不願意了，臉色一直如此不悅，連話都不肯多說一句。小巫，你爽快說出來吧，我是如何得罪你了？」

小巫原本對子漁並無成見，甚至因為是好友子曜之兄而心存好感，直到他親眼看到子漁殺死老臣樸和牛小臣直滅口，即使大巫㱿曾說過子漁當時並無選擇，不得不如此，但他心底仍舊無法原諒子漁。這時他手上繼續趕車，頭也不回，只冷冷地道：「王子漁，你做了甚麼事，你自己最清楚。老臣樸和牛小臣直是我的朋友，去返西南昆侖的旅途中，他們兩人盡心照顧保護你弟弟王子曜，你卻下手殺死了他們！」

子漁聞言甚是震驚，直瞪著小巫的背影，脫口道：「你……怎麼知道的？」

小巫道：「我親眼所見。你殺死他們的清晨，我剛好從井方回到天邑商，打算將馬車還給牛小臣直時，正好見到你殺害他們、離開牛家的身影。」

子漁靜默一陣，雙眼望向道邊快速退去的草叢，神色悲哀而平靜，緩緩說道：「我若不殺他們，今日便不可能留住性命，逃離天邑商。老臣樸和牛小臣直兩人知道巫彭的所有言語，倘若婦井從他們口中逼問出了真相，立即便會下手殺死母戮與我們兄妹三人。正是因為婦井還不知道父王當年和巫彭之間的約定，她才放過了我們一家。你也知道，婦井手下有不少法力高強的巫者，要從他們兩人口中逼問出內情，絕非難事。」

小巫哼了一聲。

子漁又道：「我知道他們二人對曜忠心耿耿，也知道他們不該死於非命。但我是為了保護母和弟妹，才不得不下此毒手。你以為我喜歡殺人麼？我這也是沒有選擇啊！」他長長地嘆了一口氣，說道：「我們到達昆侖後，我當會向他們的鬼魂獻祭，讓他們能夠順利升天。」

小巫聽他說得甚是誠懇，也知道他說得不錯，嘴上仍輕輕哼了一聲，心中卻稍稍軟化了一些，只是依然不願意就此原諒子漁。

中午停下休息時，小巫取出一些乾糧，兩人分著吃了。

小巫去河邊用牛皮袋子裝了乾淨的清水，回到車上時，見到子漁正在翻看放在馬車後的幾個大包袱，問道：「這裡面是甚麼？」

小巫道：「這是一百疋絹紗，還有織上魚婦阿依圖像的織錦。」

子漁皺起眉頭，說道：「我們帶上這些物事做甚麼？不如扔了吧。」

小巫立即叫道：「不行！那是王子曜答應送給魚婦阿依的禮物。他許下的諾言，一定得遵守辦到。」

子漁嘆了口氣，說道：「你和我那直腦筋的弟弟一樣，不懂得分辨事情的緩急輕重。他自身難保，被關入地囚，卻還記掛著對那遠方魚婦女王的許諾！」

小巫寒著臉說道：「就算他死了，他生前所許的諾言也必須遵守。何況他只不過是被關了起來，又沒有性命危險。」

子漁道：「你又如何能肯定？」

小巫道：「大巫彀在天邑商，他絕不會讓王后害死王子曜的。」

子漁鬆了口氣，說道：「但盼曜平安無事。」他想了想，雙眼一亮，「帶上這些禮物，或許並非壞事。魚婦能夠輕易殺死婦井手下的巫韋，法力想必十分高強。我們帶了這些禮物去送給她，告訴她子曜被陷害囚禁，或許她會願意出手相助我們也不一定？那我便不需遠離家園、逃難到昆崙去了。」

小巫心想：「子漁做甚麼事情，似乎都一定有目的。子曜就不像他，沒有這麼多的心機算計。」但也不置可否，只道：「上路吧。」

子漁知道小巫對自己心懷厭惡，於是一路上刻意對他好言好語，盼能喚回他的善意。小巫看在眼中，並不為所動，仍舊對他冷冷地不大理睬。他心中清楚：「子漁的外貌及才智都與子曜十分相似，但是性情和脾氣大相迥異。子曜溫和仁善，總想著別人；子漁剛強堅毅，卻總想著自己。」

這一路西去，小巫靠著大巫彀施於子漁身上的護祐，加上自己呼喚山神水靈保護，而且他已來回走過這條路一次，頗為熟悉路途，兩人十分順利地來到了赤水邊上。

離開天邑商愈遠，子漁便愈沉默；之前還偶爾試圖跟小巫說笑閒聊，到得後來，他也變得跟小巫一般靜默少言。子漁愈來愈清楚，他很有可能再也無法回到天邑商，更可能這一輩子都與商王之位無緣。

子漁在心中反覆思量自己的處境。他知道過去數百年來，遭到流放的大商王子不在少數，能如他父王昭那般平安回到天邑商並奪得王位者，可說絕無僅有。大多數王子為了自保，早早便聲明自己無意爭奪王位，請求分封外地，開宗立族，在他方落地生根；但他一來年紀甚小，只有十五歲，還不到分封的年齡，二來心中始終懷抱著希望，認為父王屬意自己接位，一旦婦井死去，就是父王換下小王子弓、讓自己擔任小王的時候了。

只可惜婦井未死，而父王讓人偷偷帶子曜去昆侖治病，無意中帶回來了一個天大的祕密，而這個祕密尚未被敵人探知，自己一家已分別遭到軟禁、下囚、逃離。這難道不都是子曜的錯麼？

子漁一想起此事，心中就生起一股難以壓抑的憤怒；他不是不關愛弟弟子曜，但是為了治好子曜的病，代價卻是家破人散，這值得麼？他知道小巫是子曜的好友，跟他訴說只會招來更多反彈，只能將這股怨氣深埋在心底。

這日，二人已接近魚婦屯，小巫說道：「我去見魚婦阿依，送上王子曜答應給她帶回的禮物。你想留在這兒等我，還是隨我一起去？」

子漁這幾日來都十分消沉落寞，這時他聽了小巫的話，勉強壓下鬱鬱的情緒，振作起來，說道：「我自然跟你一起。」

小巫搖頭道：「你若想請魚婦幫你的忙，去救出王子曜，助你重返天邑商，那最好別妄想了。魚婦絕不會離開魚婦屯。她們身處大荒山地界，該地巫法失效，因此數千年來她們能夠平安在此生存，不受外族侵擾。一旦離開魚婦屯，她們甚麼本事也沒有，只不過是一群長得半人半魚的婦人罷了。」

子漁卻不氣餒，說道：「我要在見到了魚婦女王之後，才能確知甚麼是可能做到的，甚麼是不可能做到的。」

小巫翻眼道：「她不是女王，是阿依。你不要隨口亂叫，阿依要不高興的。」

子漁問道：「阿依是甚麼意思？」

小巫道：「魚婦一族稱呼『妣』為阿依。阿依是所有魚婦中輩分最高的一位妣，因此稱她為阿依。」

子漁道：「原來如此。」

小巫怕他自作聰明，胡亂言行，於是正色警告他道：「魚婦最不喜歡人家偷竊她們的東西或是擅闖她們的地盤，我等言語中一定要對魚婦萬分尊重。上回王子桑試圖偷取三珠樹上的珍珠，遭到魚婦攻擊擄走，險些被殺死；王后婦井的手下巫韋大剌剌地闖入魚婦屯，轉眼就被魚婦卸下了頭蓋骨，面目全非。要不是王子曜機警多智，抱病出面與魚婦阿依周旋，贏得阿依的信任，我們所有人都早已成為一堆白骨了。」

子漁早先已從子曜口中聽聞了這些事情的經過，於是點點頭，說道：「我會小心留意。」

於是小巫趕著馬車，沿著記憶路線往赤水行去，來到魚婦屯外。他見到一個魚婦，便對她比手畫腳地試圖道出來意；那魚婦似乎仍記得他，伸手指指地下，示意要他留在當地等候，自己進去通報。

不多時，一個年老魚婦走了出來，小巫並不能分辨魚婦，猜想她應是魚婦族的枯巫，於是迎上前去，雙手交叉胸前，以巫禮相見。

他猜得不錯，那年老魚婦正是魚婦一族的枯巫，她也雙手交叉胸前，對小巫回了禮。魚婦不能言語，而那位負責傳話的巴婦似乎也不在當地，於是兩人行完禮後，便只能大眼瞪小眼，不知該如何繼續下去。

小巫對子漁道：「這位是魚婦的大巫，稱為枯巫。」

這是子漁第一次見到魚婦，心底暗暗震驚。魚婦形貌與一般人相差甚遠，雖仍具人形，但全身覆蓋著青色的魚鱗，頭髮如水草一般，一條條軟軟地垂在臉頰兩邊。那枯巫魚婦的臉龐幾乎不似人面，她沒有鼻子，只有兩個鼻孔，眼珠灰濛濛地，沒有眼瞳；嘴巴沒有嘴唇，呈一條直線，口微微一張一闔，似是在呼吸。

子漁定了定神，向魚婦枯巫恭敬行禮，說道：「大商大示王子漁，拜見魚婦枯巫。」

巫枯瞪著他，並不回禮，也無任何反應。

子漁微覺尷尬，轉向小巫，問道：「小巫，那位傳譯的巴婦不在麼？」

小巫道：「我沒見到她的人。不如我取出禮物來給她看，她就會明白我們的來意了。」於是指指馬車，示意自己去取物。魚婦枯巫點了點頭，小巫便走回馬車，打開一個包袱，取出那幅魚婦阿依的織錦，呈上給枯巫。

枯巫低頭望見了那幅織錦，忽然雙眼掉下眼淚，跪倒在地，伏地大哭起來。子漁和小巫都大出意料之外，但見她的眼淚一顆顆落在地上，竟變成了大大小小的珍珠，一粒粒晶瑩剔透，滾得滿地都是。

子漁和小巫對望一眼，皆是不知所措，小巫只好將那幅織錦交給子漁持著，自己跪倒在枯巫身旁，伸手拍拍她的肩頭，試圖安慰她，口中同時問道：「枯巫，妳哭甚麼？有甚麼我可以幫到妳的麼？魚婦阿依是否一切安好？請妳快別哭啦！」

枯巫痛哭了好一陣子，旁邊又有不少魚婦走出來，見到子漁手中持的織錦，也都齊齊跪倒在地，掩面而泣。

子漁見此情狀，心中懷疑，低聲對小巫道：「莫非魚婦阿依出了事？」

小巫也如此猜想，於是問枯巫道：「請問阿依在麼？」

枯巫指向魚婦阿依的堂屋，示意他進去。

小巫和子漁互相望望，一起跨入堂屋，但見屋當中的火塘一片枯寂冰冷，已無火種，火塘旁躺著一個身形巨大的魚婦，身上蓋著一塊白色的麻布，只有頭臉露在布外，正是魚婦阿依。

小巫心下震驚地想：「原來魚婦阿依已經死去了。看她的臉容，似乎才過世不久。」

他暗想：「大巫殼說過，魚婦一族壽命極長，活個幾百年乃是尋常事。魚婦阿依想必年事已高，但怎麼也想不到我等竟會剛好碰上魚婦阿依的死期！」

子漁站在當地，也十分震驚，心想：「我一心來求魚婦女王幫忙，沒想到她卻已死去！」又想：「不知新任的女王是誰？或許我可以求她幫忙？但是子曜和之前的女王尚有有交情，換成新任的女王，一切就得重新開始了。」

這時枯巫終於止淚，起身上前，從子漁手中接過那幅織錦，小心翼翼地展開，讓所有的魚婦都能看見。那是一幅織得精緻非常的人像，由子曜之母的貼身侍婢朱婢向織工敘述魚婦阿依的長相，又親自監造，修改多次，織出來的人像不但面貌似極了魚婦阿依，身形體態、神情氣度也都極為傳神。魚婦們見了，彷彿見到魚婦阿依再生，無不傷感悲痛，不能自已。

枯巫一邊掉淚，一邊將那幅織錦鋪在魚婦阿依的遺體之上，二十多名魚婦聚集在阿依的遺體之旁，跪倒痛哭，有的親吻著那幅織錦，有的對著織錦膜拜。

小巫和子漁也跟著跪倒行禮，小巫受到其他魚婦的悲傷所感染，也不禁掉下眼淚；子漁從未見過魚婦阿依，自然毫無悲淒之情，但這時也不得不勉強陪著神色黯然。

堂屋中愁雲慘霧，悲哭不絕。過了好一會兒，枯巫才走過來，對小巫做了個手勢。小巫並不明白，心想自己需得完成任務，將那一百疋絹紗送給魚婦，於是說道：「王子曜還帶了一百疋絹紗來送給阿依，全都在馬車上，我這就去取來。」

他奔回馬車，搬了一個大包袱進入堂屋，打開包袱，指著裡面的絹紗給枯巫看，又指指外面，表示馬車上還有。

枯巫一邊點頭，一邊抹淚，伸手拍拍小巫的肩膀，意示感激。她似乎此時才注意到子漁，指指他，似是露出疑問之色。

小巫說道：「這是王子曜之兄，王子漁。」

枯巫翻了翻手，似在詢問王子曜為何未能親自來此，小巫回答道：「王子曜得罪了王后，被王后關了起來。王子曜之兄王子漁也受到王后迫害，不得不逃出天邑商，我正陪伴王子漁前往昆侖，請求巫彭庇護。」

枯巫點了點頭，來到子漁身前，伸手拍拍他的臉頰，意示友好。子漁感到她的手掌上滿是鱗片，溼溼黏黏地，勉強壓抑心中的噁心懼意，並未閃避，只低下頭，抹抹眼角，說道：「弟曜跟我說起過魚婦阿依的風采，我心中好生嚮往，一心盼能拜見阿依尊容。怎知……怎知……」

枯巫見他眼眶泛紅、真情流露，為了從未見過面的阿依哀慟，甚是感動，拉著他的手臂，做出幾個手勢。小巫和子漁都看不懂，紛紛搖頭，表示不明白。其他魚婦也都圍繞上來，拉著子漁的衣袖，往地上指去。

小巫這才慢慢會過意來，說道：「王子漁，她們好像想要你留下來。」

子漁一方面受寵若驚，一方面也慄慄自危，不知道她們要自己留下來做甚麼，於是試探著問道：「阿依死去，令人好生悲痛。請問枯巫是否希望我等留下，參加阿依的葬禮？」

枯巫點了點頭，又搖搖頭，指向其中一個看來較為年輕的魚婦，又指了指子漁，接著堅定地指了指地上。

小巫和子漁努力猜測枯巫的意思，小巫說道：「請問枯巫是希望王子漁帶回更多的禮物，做為阿依的陪葬品麼？」

枯巫不斷搖頭，指指子漁，指指阿依，又指了指一旁那個年輕的魚婦，再指指地上。

子漁和小巫都是一頭霧水，無法了解枯巫想表達甚麼，小巫說道：「枯巫，我們不明白妳的意思。可以請那位巴婦來幫忙傳話麼？」

子漁之母婦斁長年無法言語，總以手勢與子女溝通，因此子漁擅長猜測手勢的意義，試探著問道：「枯巫的意思，是不是阿依死前曾留下遺言，希望弟曜與這位魚婦成婚，留在魚婦屯？」

枯巫咧開嘴，似乎露出微笑，點了點頭，卻伸手拉起子漁的手，又拉起那年輕魚婦的手，讓兩人雙手互握。這意思再清楚不過：她希望由子漁和那年輕魚婦成婚，留在魚婦屯。那年輕魚婦似乎甚感羞赧，低下頭去，抽回了手。

子漁見狀臉色蒼白，不知所措。他來魚婦屯之前，只想著拜見魚婦女王，贏得她的歡心，期望她同情自己和子曜的遭遇，答應出手相助；豈知事情如此出人意表，魚婦女王已然死去，更留下遺命，讓那年輕魚婦和子曜成婚！而自己代替子曜前來，難道竟真得代替子曜，取一個魚婦為婦？

小巫張大了口，他原本以為子漁的猜測是一派胡言，很可能會得罪枯巫，令她大大生氣，怎料到子漁的猜測竟完全正確無誤！

小巫望向子漁發白的臉龐，猜想他心中一定驚詫恐懼難平，於是勉強鎮定下來，吸了一口氣，對枯巫說道：「魚婦阿依的遺命，委實令人不敢當。王子漁隨我一起前來魚婦屯，意在完成王子曜的承諾，贈送禮物給魚婦阿依；之後王子漁便需趕去昆侖求見巫彭，並無意留在魚婦屯，更無心取一位魚婦為婦。」

魚婦枯巫瞪著子漁，神色顯得十分嚴肅不悅。小巫生怕自己說錯了話惹來橫禍，連忙又說道：「請容我和王子漁商議一番。」

他上前拉住子漁，兩人來到堂屋的角落，小巫壓低聲音，著急地道：「怎麼辦？怎麼辦？」

子漁面色雪白，吞了口口水，說道：「魚婦行事，不可以常理度之。魚婦阿依為甚麼會要子曜取一個魚婦？子曜之前答應過她麼？」

小巫搖頭道：「當然沒有。上回我們來此時，阿依根本未曾提起甚麼取魚婦的事情。王子曜年齡那麼小，魚婦阿依也不會想到要王子曜取婦。阿依只說了她想要甚麼禮物，王子曜答應帶回來，如此而已。」

子漁懷疑道：「那些禮物，莫非便是阿依向子曜要求的聘禮？」

小巫急道：「當然不是啊！上回有巴婦在這兒傳話，不會有這麼大的誤會。那些明明就是魚婦自己想要的禮物，跟取婦和聘禮完全無關。」

子漁沉吟道：「她知道子曜是大商王子，或許因此打算在他回來時，將他留下，好向大商索取更多事物？」

小巫搖頭道：「不，她當時相信了子曜的話，心甘情願放我們走，也真心相信王子曜會依照諾言，不斷帶禮物回來給她。我不認為她會打算留下王子曜，藉以要求更多的禮物。再說，我們現在談這些都已無濟於事，魚婦阿依已經死去，誰也不知道她究竟留下了甚麼遺言，或為甚麼要留下那些遺言。」

子漁道：「如今之計，只能等候那巴婦前來，問清楚魚婦女王的遺言，否則我們弄不清楚實情，怎麼回應都可能出錯，惹惱了那個枯巫。」

小巫無奈道：「也只能如此了。」

於是兩人回到枯巫的身邊，小巫恭敬地道：「枯巫，我們無法全然明白妳的意思。請問那位巴婦在麼？可以請她來此，幫我們傳話麼？」

枯巫做了一串手勢，不但小巫看不懂，連子漁也看得一頭霧水，完全不明白她想表達甚麼。兩人面面相覷，枯巫比畫了一陣，忽然激動起來，又流下眼淚，珠淚落了一地。

子漁嘆了口氣，說道：「看來我們只能等待了。」

於是兩人在枯巫的指示下，來到一間草屋中，門外有五名魚婦持著魚叉守衛，顯然不讓他們自由出入；他們才恍然大悟，自己已被軟禁在這草屋裡了。

傍晚時分，有個魚婦送來飲食給他們。她端上一陶罐的水，色作赤紅，想是取自赤水；吃食則是一籃生魚生蝦，鱗片甲殼都未除去，想來也是剛剛從赤水中捕捉上來的。兩人早已餓極，雖是生食，也只能胡亂吃了一些。而他們需要大小解時，便有魚婦押著他們去不遠處的茅房解決。

天黑以後，小巫忽然想起自己的馬，對守衛的魚婦打手勢，表示自己需要去照料馬。守衛的魚婦彼此討論了一陣，便同意了，兩名魚婦押著小巫離開草屋，找到了綁在魚婦屯外的馬。小巫餵馬吃草喝水，又替馬刷毛剔蹄，魚婦守衛便站在旁邊觀望，似乎並不怎麼在意。小巫雖有逃跑的機會，但他不能扔下子漁單獨離去，照料完了馬之後，也只能牽著馬乖乖回到草屋，跟子漁一起坐在屋裡，兩人相對發愁，一籌莫展。

兩人在魚婦屯過了一夜。草屋溼冷陰寒，兩人又擔憂焦慮，自然無法入睡。半夜之時，小巫聽見外面傳來夜梟的鳴叫，頓時頭皮發麻，想起被魚婦殺死、卸去頭蓋骨的巫韋，心想：「我真是太粗心了！明明知道魚婦屯是百巫禁地，竟然輕率就跑來了，一點準備也沒有！如今我和王子漁陷身於此，搞不好一輩子都逃不出去！」

他又想：「王子漁受王后婦井迫害，倉皇逃離天邑商，原本也回不去了。若能平安在魚婦屯待下去，王后婦井不可能派人來此抓他或傷害他，也未始不是一件好事。但他若要留下，就得取魚婦為婦，雖然有點詭異可怖，但總比被王后婦井殺死來得好些。」

他這麼想著，轉頭望向子漁，發現子漁睜大了眼，也未入睡。小巫便將心中所想跟他說了，最後商量道：「你若能夠平安在這兒待上幾年，等天邑商情勢好轉後，我們再設法接你回去，或許也是個不壞的選擇。」

子漁雙手枕在腦後，平靜地聽完小巫的言語，說道：「你說得不錯。我也正想著此事。就算我們平安抵達昆侖，找到巫彭，也只能求他替我解厄消災，並不能改變婦井仍是王后、我母婦斁無法成為王后的事實。父王眼下無法對付婦井，我們母子四人仍處於艱難至極的險境之中。我若無法離得開魚婦屯，不如便安心待下來，取不取魚婦都不要緊，至少能夠保住一條命。」

小巫見他如此平靜豁達，也不禁暗暗敬佩，撐起身子，說道：「王子漁，我自然希望你一切平安。但魚婦畢竟非人，又不能言語，你要留在這兒並且保住性命，只怕也不容易。此地離天邑商太遠，大巫穀保護不了你，加上這裡是百巫禁地，我就算留下來，也幫不上你甚麼忙。」

子漁道：「我母也同樣不能言語。這麼多年來，她為此在天邑商受了不知多少苦，我們兄妹三人也長年遭人冷眼側目。不能言語並非魚婦之錯，她們天生便是如此。我若能學會如何與她們溝通，對她們心存敬重，我想她們應當不會加害於我的。」

小巫聽他提起王婦婦斁，心中甚感同情，嘆了口氣，說道：「但願如此。」

子漁和小巫達成共識後，兩人便對枯巫表明他們自願留下，不會逃走，魚婦枯巫便不再派人守衛他們，任由他們在屯中自由來去。他們一起等候巴婦來臨，然而這一等，就等了一旬。這一旬期間，他們好奇地旁觀魚婦的各種儀式，但不敢加入或模仿，生怕此舉無禮，得罪了魚婦。

兩人目睹魚婦替魚婦阿依舉辦葬禮，儀式繁複而冗長；有一日，魚婦屯所有的魚婦都聚集在堂屋之中，圍繞著魚婦阿依的遺體而坐，彼此相隔數尺，並不接觸，但同時前後左右不停地擺動，好似波浪一般；眾婦嘴巴張闔，彷彿在吟唱一首送葬曲，但子漁和小巫卻一點聲音也聽不見，只見到她們整齊而詭異地不停晃動。

又一日，全數魚婦來到堂屋之外，橫七豎八地躺在地上，一動不動，彷彿死去；又一日，魚婦們手牽著手，連成一條長長的人龍，在屯中環繞飛奔，不時在枯巫的口令下，一齊停步，用力以腳踏地，發出砰砰聲響，又一齊拍手，手掌向天，似乎在向上天祈禱。

一旬之後，魚婦才終於開始處理魚婦阿依的遺體。在此之前，魚婦枯巫日夜用一種油膏擦抹阿依的遺體，因此遺體並未腐爛發臭，與初死之時相差不多，只全身冰冷僵硬，彷彿一條死魚。

到了第十一日，枯巫和幾名年老魚婦將阿依的遺體用絲絹包起，罩上子曜送的那幅織有阿依圖像的織錦，最後再用麻繩牢牢綁妥。在全屯魚婦的圍觀下，八名健壯的魚婦將阿依抬起，來到赤水邊上，緩緩將阿依的遺體沉入赤水中，目送她消失在血色的水波裡。

子漁和小巫一起來觀看這場平凡無奇的「水葬」，心中都想：「魚婦居於赤水邊上，全身魚鱗，原本就是半人半魚。死後遺體不必火燒，不埋入土中，而是直接沉入水中，回歸赤水，可說再自然不過。」

魚婦阿依的水葬結束之後，又過了三日，那位巴婦才終於來到了魚婦屯。

魚婦枯巫將子漁和小巫召到堂屋中，對巴婦解釋了一陣，巴婦不斷點頭，最後轉過頭望向子漁，說道：「事情是這樣的：魚婦阿依臨死之前，一直掛念著王子曜，認為他是一位非常善良正直的大商王子。阿依說，她明白和王子曜相約的期限未到，因此並不責怪王子曜尚未帶著禮物歸來。她知道自己就將回歸赤水，因此立下幾個遺言——第一，她回歸赤水之後，便由她的孫女接任阿依。第二，王子曜歸來送禮之時，便將他留下，問他願不願意取新任阿依為婦。」

小巫和子漁這才弄清楚了前任阿依的真正意圖，小巫說道：「原來如此。多謝阿依厚愛！然而王子曜未能親自來此送禮；他被王后關了起來，此刻仍在天邑商的地囚之中。」

巴婦說道：「阿依早已預料到了，她說倘若王子曜自己不能親來，而是由其兄弟代他前來送禮，那麼便讓那位王子取新任阿依為婦。」

小巫和子漁對望一眼，心中都想：「阿依設想得還真周到。」

子漁則想：「事情比我想像得更好一些。女王要我取的，是下一任的女王；我若取了這位新任女王，並贏得她的歡心，或許便能在此建立勢力，做為未來回歸天邑商的籌謀。

當年父王在昆侖山腳取了母戮，憑藉著外祖巫彭的護祐，才成功回到天邑商，奪得王位。魚婦屯或許便是我的昆侖；子曜當初對女王許下送禮的承諾，豈非正是為我鋪好的路！」

於是他馬上恭敬說道：「阿依既有此命，子漁不敢不從。阿依若認為子漁應取新任阿依為婦，留在魚婦屯，子漁自當遵從。」

小巫雖已知道子漁的想法，但聽他親口說出，還是不禁張開口想說甚麼，卻又忍住了沒有說出。

枯巫點點頭，與一群魚婦聚集在一起商討了許久，最後對巴婦示意，巴婦便對子漁說道：「如今阿依葬禮已結束，魚婦正籌備新任阿依的接位儀式，以及新任阿依與王子漁成婚的儀式。此後王子漁便需留在魚婦屯居住三年，三年之後便須離開魚婦屯，一輩子不可再回來。」

子漁聞言一呆，說道：「這卻是為何？」

巴婦說道：「魚婦祖傳規定，阿依之夫只能與阿依同住三年。這三年中，魚婦阿依和其夫將生下下一代的魚婦，多則十人，少則五人。之後魚婦之夫就沒有用了，魚婦屯不能容忍男子居住，魚婦阿依必須和其夫永遠分離，一生不能再見。」

子漁好生吃驚，心想：「世間哪有如此怪異的婚姻？」又想：「因此我有三年的時光贏得新任魚婦阿依的信任，求她幫我除掉婦井，助我回歸天邑商。這三年若不成功，我便得離開，魚婦也不可能再對我伸出援手了。無論如何，這段時日中我只須小心謹慎，便能留在此地，保住性命。至於事能不能成，三年之後我就必須離開，而不是一輩子受困於此，也非壞事。」於是點了點頭，說道：「我明白了。子漁願意遵照魚婦屯的規矩，與新任魚婦阿依成婚，並在魚婦屯待上三年，之後便立即離開，永遠不再回來。」

魚婦枯巫聽了，不斷點頭，顯得十分滿意。

接下來的三旬之中，屯中的百來名魚婦合力準備新任阿依的接位儀式，以及阿依與王子漁的盛大婚禮，忙得不可開交。子漁和小巫半點忙也幫不上，只能在一旁觀看，偶爾見到魚婦搬運重物或準備食物，他們試圖協助，卻都被魚婦揮手趕走。魚婦個個身高力大，搬物輕而易舉，原本不需他們幫手；而魚婦準備食物有一套自己的方法、順序和禁忌，絕不容外人插手。

子漁和小巫兩人每夜睡在潮溼陰冷的草屋之中，喝的是赤水，吃的是未經烹煮的魚蝦蟹貝和海草，即使魚婦對他們頗為友善，二人卻都甚覺不慣，愈住愈不舒服，一心只覺這地方溼冷冰寒，安靜詭異，委實不宜人居。但事已至此，也只能順勢而為，見機行事。

新任阿依的接位儀式十分盛大，魚婦準備了數十種從赤水中捕獲的魚蝦蟹貝等水產，擺滿了整個堂屋；儀式足足延續了一旬，內容和前任阿依的葬禮卻相差無幾，都有舞蹈、奔跑、踏地、拍手、躺地不動等儀式。

婚禮則大為不同。子漁身為阿依之夫，必須參與所有的儀式，不但整日需與新任魚婦阿依相伴，夜晚也開始與她共寢。小巫年紀還小，不懂得男女之事，只覺得子漁必須每夜和一個全身鱗片的女子共眠，想起來便頗為驚悚恐怖。

第一次與魚婦阿依共眠的次日清晨，子漁疲憊不堪地回到小巫的草屋，倒頭便睡，小巫見他臉色雪白陰沉，便也不敢多問，心中卻十分不安。

子漁對婚禮似乎並無歡喜之情，也無痛苦之感，似乎取魚婦阿依為婦，乃是他身為大商王子的職責之一，就如在奉獻人牲給商人先王先祖時，必須以各種殘忍的方法殺死人牲，即使再不喜歡殺人，也不得不時時執行牲法一般。對子漁來說，和新任魚婦阿依共眠只不過是他的職責，他喜不喜歡這位魚婦阿依，這位魚婦阿依生得是否美貌，人品是否溫柔，完全不在子漁的考慮之中。而且他也無法去想這麼多，對任何人來說，魚婦的樣貌都只有「醜怪」兩字可以形容，子漁需得蓄意不去看、不去想魚婦的容貌體態，才能勉強和阿依相處下去。三年也並非很長的時光，子漁性情堅忍，他既能在天邑商極端險惡的權力傾軋下生存了十五年，在魚婦屯中度過三年，又怎麼難得倒他？

阿依的接位和婚禮儀式全都圓滿結束之後，子漁和小巫已在魚婦屯待了超過一個月。小巫眼見此地一切都安頓下來，知道是自己該離去的時候了，於是他向新任阿依和枯巫告別，她們也沒有留他，只要他回到天邑商後向王子曜問好。

這日清晨，小巫收拾好包袱，餵馬吃飽喝足，便趕著馬車來到魚婦屯口。

子漁來送他時，小巫忍不住走上一步，低聲對子漁道：「你若不想留下，我可以早些回來，找個藉口，將你接走。」

子漁搖搖頭，說道：「我既自願留下，便不會改變心意。你別擔心，三年之後再見吧。」

小巫雖不喜子漁，卻也不放心讓他單獨留在這詭異陌生的魚婦屯，但見他神色堅定，知道自己無法多所勸說，只嘆了口氣，說道：「那麼我就回天邑商去了。我會向大巫觳稟報此事，也會告知王婦婦斁和王子曜。」

子漁微微一笑道：「你對曜說，他欠我一份情。下回誰要逼我取婦，我便讓曜去頂替我！」

小巫雖甚覺可笑，卻笑不出來，反而感到有點鼻酸，哽聲說道：「你多保重。」

子漁伸手握住他的手，誠懇地道：「小巫，多謝你一路對我的照顧保護，子漁不會忘記你的恩情。」忽然取下背上一只皮袋子，遞去給小巫，說道：「這個請你帶回去，送給母斁。」

小巫感到那袋子十分沉重，奇道：「這裡面是甚麼？」

子漁道：「這是魚婦哭泣時眼淚化成的珍珠。我得到阿依和枯巫的許可，將這些珍珠都收集起來，讓你帶回天邑商，送給我母。」

小巫接過了袋子，心中頗為感動，說道：「我一定替王子漁送到。」

於是小巫趕著馬車，帶著那袋眼淚化成的珍珠，往東回往天邑商。他不時回頭，見到子漁站在屯口，微笑著對自己揮手道別，心底感到一股難言的悲憂。

第二十二章　蛇王

小巫離開子漁之後，便獨自回往東方。他擔心子曜的安危，歸心似箭，同時心中也不禁埋怨大巫榖：「大巫榖明明知道我擔心子曜，卻故意把我遣開。他命我陪伴子漁去往昆侖，就是因為他不要我留在天邑商，怕我擅自出手幫助子曜。王后將他關入地囚，巫彭送給他防身的讙又不能陪著他，他可該怎麼辦才好？希望他的身子能撐得下去！」

他為了趕路，不走大道，選擇走林間小路，急急催馬而行。然而欲速則不達，小路地面崎嶇不平，第二日上，馬蹄便受了傷，走起來一跛一拐地，愈走愈慢。小巫只好停下讓馬休息，蹲下身查看馬蹄，見到右前蹄上有個荊棘刺出的傷口。小巫皺起眉頭，起身去草叢中尋找鬼草的蹤跡。鬼草的葉子像葵菜葉，莖幹卻是紅色的，花像是禾苗吐穗的花絮；小巫知道服食它能使人無憂無慮，也有治外傷的奇效。不多久便讓他找到了一束鬼草，放入口中嚼碎了，替馬敷在馬蹄上。

一人一馬在樹叢中休息時，天色漸黑，小巫眼見馬蹄仍無法著地，似乎頗為疼痛，看來今夜是不得不在這兒過夜了。他雖心焦如焚，但當此情境也無法強迫催馬上路，只好耐著性子坐在馬車上，對著樹上的小鳥哼歌兒，對著附近的山神水靈祈禱唱頌，勉強安慰自己：「有大巫穀在天邑商，即使子曜得吃點兒苦頭，也一定能夠保得住性命。我離天邑商總有幾百里之遙，這段路該走多久，就得走多久，急也沒有用。」

即使腦中如此反覆說服自己，但他心底還是不免擔憂，生怕種種災難降臨在子曜身上，生怕他在囚中吃了太多苦，病重又無人照應，愈想愈是煩亂。

黃昏時分，他停止唱歌，爬到樹上，找了個樹叉躺下，望著天空漸漸暗下，心想：「我還是趕緊睡著吧。睡著了，就甚麼都不會想了。」

然而當夜他睡得極不安穩，樹林中風聲颯颯，摻雜著夜梟鳴叫之聲，不斷從遠處近處傳來，讓他惡夢連連。

次晨他醒來時，卻發現了更大的惡夢：他低頭往樹下望去時，竟發現馬兒不見了！樹下只留了一灘鮮血，看來許是在夜間被不知甚麼獸物襲擊了。

小巫咒罵一聲，跳下樹左右檢視一番，見到馬車還完好，馬車上的那包魚婦眼淚變成的珍珠也還在，那麼來襲的一定是野獸而非人類了。他暗罵自己睡得太沉，竟然連野獸接近樹下將馬吃了都未察覺，真是枉為巫者。然而他也隱隱感到，來者並非一般的猛獸，昨夜他在馬和馬車周圍設下了防衛的咒術，一般野獸無法接近，甚至無法從遠處聞嗅到人和馬的氣味；這匹野獸能夠無聲無息地闖入自己的咒術圈，顯然並非易與之輩，牠未曾順便將自己也一口吃了，也算自己命大。

小巫吸了一口氣，知道此地不宜久留，馬車此時已無用武之地，車上的包袱除了那袋珍珠之外，也沒有甚麼其他重要的事物，於是束緊腰帶，背上珍珠，徒步往東行去。

他暗自計算，有馬車時，一日可以行五十里，來程他和子漁走了兩個月，回去也需要差不多這麼長時日。如今沒了馬，他用兩條腿行走，一日大約只能走個二三十里，那不就要四至五個月，將近半年了？

小巫焦急心想：「最好能在未來幾日中，找到一個友善的方族，向他們買一匹馬；要是買不到馬，需得這麼慢慢往東走，那麼我很可能要走到明年冬天，才能回到天邑商。」

小巫雖是個巫者，自幼跟隨大巫觳學習巫術，但他畢竟是個只有十歲的孩子，當此情境，要他不著急自是不可能的。他內心急躁焦慮，便不免有所疏失；他當時並不知道，他這一日之中便犯下了好幾個足以致命的疏失。第一個疏失是決定走近路，穿過危險的森林；第二個疏失是未曾跟隨血跡找到馬屍，辨別吃掉馬的野獸；第三個疏失是他未曾發現那頭食馬野獸並未離去，一直躲在樹林中觀察他，見到他背起包袱往東行去，便悄悄跟上他身後。

小巫走出了一整日，到得傍晚，才開始感到有些不對勁，覺察到一股血腥之氣盤桓在自己身後。他原本以為是森林中的禽獸，但那股陰森之氣隨著天色愈黑便愈來愈重，令他幾乎喘不過氣來。小巫全身毛骨悚然，決定快步離開森林，但他入林已深，難以辨別出林的方向，又不敢在傍晚時分在樹林中亂奔，只好停下腳步，四周張望，聆聽樹神和風靈的低語呢喃，驚然發現祂們都在對自己發出同樣的警告：「離去！離去！快快離去！」

小巫此時終於清楚自己危機重重，額上冒出冷汗，四肢冰冷，趕緊從懷出取出大巫殷鄭重交給他，在其上施過重重巫術的護身法寶——吉金小刀。他拔刀出鞘，護在身前，高聲叫道：「何方妖物，快快現身！我乃大商之巫，有大商先祖先王和商王大巫護祐，百害不侵，百怪辟易！」

語音未歇，一股濃烈的血腥氣從樹叢中冒出，小巫立即轉身，面對著那股血腥之氣，心跳如雷。但見樹叢中緩緻走出一個瘦長的人形，一身青衣，面目無奇，臉色蒼白，雙眼細長，晶亮發光，除了周身散發著難聞的血腥氣之外，並無其他特殊怪異之處。小巫留心觀察之下，才見到他身上所穿並非青衣，而是一塊蟬翼一般的薄膜，一層一層裹在身上，並非一般人穿著的麻布或棉布衣裳。

小巫瞪著那青衣人，鼓起勇氣，喝道：「你為何跟著我一整日？」

青衣人薄薄的嘴唇動了動，似乎想說話，卻並未發出聲音，只舔了舔嘴唇。小巫聽見他以巫的方式對自己說話：「我跟著你，已經不只一日了。」

小巫感到背心一片冰涼：「我竟未曾早些發現，真是太大意了！」硬著頭皮道：「我……我當然知道。你跟著我做甚麼？我又沒得罪你！」

那青衣人細聲細氣地答道：「你沒得罪我，但你們的那頭讙，卻得罪了我的許多子孫。」

小巫一呆，心想：「這跟讙有甚麼關係？我這回出來，可沒有帶上讙啊。莫非……莫非他說的是我和王子曜從昆侖回往天邑商的途中？」

青衣人薄薄的嘴唇往上彎起，露出一個微笑，說道：「不錯。我開始跟著你，正是你從昆侖回往天邑商的路上。那名商王之子帶著一頭讙，一路大啖我的子孫。這番血海深仇，我豈能坐視不管？」

小巫心一跳：「吃他的子孫？讙只吃毒蛇，莫非眼前是個蛇妖？」忍不住問道：「那你為何不早些現身？我和王子漁離開天邑商這許多時日，你又為何直到此時才出現？和你有仇的是讙，關我甚麼事？」

青衣人陰惻惻地道：「你和商王之子在一起時，我傷不到你。如今你落單了，我就可以先吃了你的馬，再吃了你。你說，你是商王子孫麼？」

小巫心一沉，暗想：「原來這妖怪害怕大商王子，卻不怕我。」他知道在妖怪面前說謊也無用，於是老實答道：「我不是商王子孫。」

青衣人甚是高興，雙手闔在一起，緩緩揉搓，說道：「那我就可以放心吃掉你了。」

小巫甚感不服氣，說道：「冤有頭，債有主，那頭讙又不是我的，是商王之子的。讙天生喜歡吃蛇，我又能如何？你吃了我的馬，又要吃我，實在不講道理！我告訴你，我是商王大巫轂之徒，你若吃了我，大巫轂一定不會放過你！」

青衣人嘶嘶一笑，說道：「大巫轂又如何？他絕對不會發現你是被誰吃掉的。而且商王大巫忙得很，就算他發現你是被我吃了，也不會離開天邑商來找我算帳。即便他真的出來找我，也絕對找不到我。」

小巫平時伶牙俐齒，能言善辯，但見這青衣蛇怪執意要吃掉自己，跟牠多做口舌之爭似乎也沒甚麼用處，當下也耍起賴來，說道：「你吃了我的馬，先賠我馬來，再談你吃不吃我。況且你嘴巴那麼小，也吃不了我。」

青衣人緩緩向小巫移近，也不見他的雙腿如何移動，卻彷彿一條蟒蛇般迅疾蜿蜒前進，轉眼便飄忽來到小巫面前，薄唇笑得更加詭異。忽然之間，他臉上詭異的微笑愈來愈大，陡然轉為一張巨大的血盆大口，那口張到最大時，足能將小巫整個人吞噬下去。

小巫驚駭無已，當然不想被吃掉，立即舉起吉金小刀，霎時斬向青衣人細長的舌頭，但那舌頭靈活得很，好似長了眼睛一般，一繞便避了開去，倏地捲上了小巫的右手腕。小巫左手急出，抓住了舌頭，但那舌頭滑溜非常，他握之不住，反而在他的右腕上愈纏愈緊，逼得他鬆脫了手中吉金小刀。小巫感到那舌頭勁道奇大，不斷將自己往巨口中扯去，血口邊上下各有一排尖牙，每根牙都有他的手臂那麼長，齒尖尖銳，鋒利如刀，觸目驚心。

小巫知道自己若被捲入蛇口之中，大口一閉上，那他必死無疑，於是趕緊往後一坐，滾倒在地，奮力退扯，阻止那舌頭將自己捲入巨口之中。他慌忙念誦諸般防身驅邪的咒語，但各咒語對那舌頭似乎毫無用處，自己仍一寸寸地往巨口而去。

正掙扎間，他感到左手碰到甚麼，一摸之下，恰巧是剛剛跌落在地的吉金小刀。他心中一喜，趕緊抓住小刀，用力一揮，近身刺上那舌頭，黑血冒出，伴隨著一陣強烈的腥臭之味噴來。

小巫見吉金小刀有效，趕緊又揮刀使勁往舌頭上剁去，連剁了好幾下，舌頭終於鬆開了他的手腕。小巫匆忙往後退去，連滾帶爬地逃出十多丈，才回頭觀望局勢，但見那巨蛇已變回了青衣人，雙手捧著嘴巴，指縫間滲出鮮血，神情痛苦不堪。

小巫跳起身來，手持吉金小刀護在身前，大叫道：「我沒吃你的子孫，也沒得罪你。你要吃我，我便斬你舌頭。來啊！你想吃我，就再上來啊！」

青衣人細細的眼中冒出怒火，忽然尖嘶一聲，直撲上來，再次幻化為巨蛇，這回不再吐出舌頭，直接張口便咬。小巫連連往後縱躍，避開了三咬，但最後一次未及閃避，巨口直接咬上了他的小腿。小巫感到腿上劇痛，直痛得他眼冒金星，忍不住慘叫一聲，揮吉金小刀斬向蛇頭，但那蛇頭一咬後便立即後退避開，這一刀便落了空。

小巫就地滾了幾圈，低頭望向自己的左腿，只見腿上一片血肉模糊，方才那一咬之下，一根蛇牙竟刺穿了他的小腿，左側一個洞，右側又是一個洞，鮮血從兩側分別灑出。小巫睜大眼睛望著，好生驚異，心中竟想：「左右兩個洞一起噴血，那我身體裡的血不是很快就要流光了？」

然而不容他多所擔誤，巨蛇之頭又竄了上來，張口再咬。小巫動念：「完了，我要死在這兒啦！」

他時時與鬼神巫靈打交道，對死亡並不害怕，知道死亡只是從這一頭跨到那一頭，與人間的朋友道別，來到鬼神的朋友身邊，如此而已。然而被蛇吃掉畢竟不是一件愉快的事，倘若慢慢流血而死也還好，但若是被蛇一口一口，先咬下一隻手，再咬下半條腿，這麼一點一點生生死去，想必痛苦至極得很。

他心中正動著這些念頭，那條巨蛇已再次張大巨口，撲了上來。小巫剎那間眼前一片黑暗，還以為是自己流血過多，昏暈了過去，呆了一會兒，漸覺身周悶熱難當，這才醒悟過來：「不是我暈了過去，而是整個人被蛇吃進牠的口裡了！」

他奮力撐起身，感到身下溼熱柔軟，觸手甚覺噁心。他握緊吉金小刀，在黑暗中往下一斬，斬入巨蛇的口腔，一股熱熱的汁液登時流了出來，想是巨蛇之血，腥臭無比，但巨蛇卻似乎絲毫無感。

小巫皺起眉頭，心想：「我再多刺幾下，就要被那臭得要命的蛇血淹死了，牠卻好像全不在乎。倘若我乖乖留在牠口中，牠只要咀嚼幾下，我也會被牠的牙齒刺死。」轉念又想：「不對，蛇不咀嚼的，吃東西時都是先毒死或捲死獵物，讓獵物不能動彈，然後再整個一口吞下，慢慢在肚子裡消化。」

他想起有幾回見到讙捉回蟒蛇，蟒蛇的肚子一鼓一鼓的，用刀子切開一看，裡面都是一隻隻被消化到一半的小獸物。看來自己接著也會漸漸被推進牠的胃裡，因無法呼吸而窒息，然後慢慢被牠消化掉。

小巫知道自己一時不會便死，於是趕緊脫下衣衫，捲成一長條，包起小腿上的傷口，阻止那兩個大洞的流血之勢，同時努力動著腦筋，籌思自己如何才能脫出這大蛇之口。

他坐在黑暗中喘息，感到蛇口中不但腥臭逼人，而且悶熱難忍，心想：「我窩在這兒，很快便沒法透氣，要悶死了。」轉念又想：「蛇是怎麼呼吸的？人可以用鼻和口呼吸，因為鼻和口是相通的。蛇呢？蛇可以用口呼吸，應當也有鼻子吧？是了，我見過蛇有鼻孔，在蛇口上方左右兩邊，而鼻孔和口應當是連接著的。那麼我只要找到呼吸的孔穴，就可以從蛇的鼻孔鑽出去了！」

這麼一想，雖然覺得十分作嘔，但至少是一線生機。於是他撐著爬起身，手腳並用，四處摸索，想要找到通往鼻子的洞穴。他摸了一陣，發現這是一條比他想像中還要巨大的蛇。那條蛇示現人身時，不過是個正常高矮大小的成人；然而他變身為蛇時，可比成人巨大幾十倍不止。小巫站直了身子，仍摸不到蛇口的頂部，只摸得到一排冰冷銳利的牙齒，位在蛇口的前方，牢牢守著出口。

小巫也摸到捲成一團的舌頭，這時舌頭不必伸出聞嗅獵物，只安安靜靜地盤在口裡不動。他也摸索到後方的喉嚨，知道自己倘若往那方向去，想重見天日，就得經過非常長久的時日，慢慢在蛇的肚子中消化，終於成為巨蛇的糞便後，才能如願；只是到那時，他的這副身子也已消失，化為一縷幽魂了。

小巫心想：「蛇鼻長在蛇口之上，我要找到蛇的鼻孔，就得往上摸索。」於是他踮起腳努力往高處摸索，甚至踩著蛇牙往上攀爬，去摸蛇口的頂壁，試圖找到通往鼻孔的洞穴。他摸了半天，卻甚麼也摸不到，反而開始有些暈眩，便坐下休息。

他休息了一陣，感到愈來愈暈眩，生怕自己就此昏暈過去，於是勉強打起精神，振作起來，再次四處摸索。他摸到巨蛇的舌頭後方有一條長長的縫，由上至下，手放在上面，能感到長縫之後微微顫抖。過不多時，那縫突然打開，變成一個圓孔，往外噴出一股強大的氣息，發出震耳的嘶嘶之聲。

小巫嚇了一跳，心想：「牠為甚麼吐氣？牠在生氣麼？還是牠吃飽了，打起嗝來？應當不是吧，我還沒被他吞進肚子裡去，牠應當還不算吃飽了吧？」

小巫想了一陣，仍想不出半點頭緒。過了許久，那個縫再次打開，又噴出一股強烈的氣息。

小巫這才恍然大悟：「這是蛇在呼吸啊！原來牠不用鼻子吐氣，卻用舌頭下的這個洞吐氣。而且蛇類的呼吸可真慢，我在牠口裡這麼長的時候，牠才吐了兩口氣。」又想：「牠用舌頭後的洞吐氣，那牠的鼻孔有甚麼用處呢？莫非，蛇是用鼻孔吸氣，用舌頭下的孔呼氣？」

小巫對蛇類並無興趣，從未特別留心蛇身的構造，而讙捉回來的蛇又都已經死了，大部分連頭都沒有，因此他從未觀察過蛇的動靜。直到自己被一頭巨蛇含在口中了，才開始研判蛇是如何異於常理呼吸的。

這時他伸手摸著那個吐氣的縫，又爬到蛇牙之上，伸手去摸蛇口的頂壁，依稀摸到一個洞，心中猜測：「平時蛇吐氣時，舌頭後這個縫可能是連接到口腔頂壁那個洞去的，氣便可以從鼻孔噴出。如今牠口裡含了食物，這兩個口便對不到一起了，吐氣時，氣就從舌頭後的洞裡噴了出來。」

小巫想了想，決定將舌頭後的那個縫口塞住，看看是否真如自己所料。他脫下剩餘的衣衫褲子，全部揉成一團，塞在那個縫中，然後坐在一旁靜觀其變。

過了許久，一陣風從頭上進入，縫口收縮了幾下，似乎想要吸氣進去，卻被小巫的衣衫堵住了，吸不進去，連續縮了幾回，蛇身開始劇烈搖動晃蕩。小巫趕緊抓住了一支蛇牙，穩住身形。他又感到一陣強風從頭頂吹下，舌後的縫口再次收縮，卻始終吸不進氣，小巫漸漸感受到巨蛇的煩躁不耐，口中喃喃說道：「你要活活把我吞進肚子裡，我便塞住你的呼吸縫，讓你無法呼吸，禮尚往來啊。」

那頭巨蛇扭動一陣之後，便忽然停止，沉靜下來，不再移動。小巫猜想，或許蛇不似人需得不斷呼吸，可以等上許久才一吸一呼，暫時不呼吸也沒甚麼大不了，於是便躺下來等待，大約想等待口中的食物進入食道後，不能呼吸的問題便自然解決了。

於是雙方開始了漫長的僵持；巨蛇等待食物被吞入腹中，小巫則等待巨蛇無法呼吸而終於張開口。他坐在巨蛇的口中，感到愈來愈氣悶，方才舌頭後的細縫噴出的氣滿是腐爛腥朽的氣味，充斥在蛇口之中，更讓他感到頭暈犯嘔。

他勉強忍耐，心想：「世上最容易噁心嘔吐的人，自是非子曜莫屬了。他只要看到一點兒的鮮血，就難以忍受，一聞到血腥味，便大嘔特嘔。我是不怕鮮血腐屍這些東西，但這蛇口裡面實在臭不可言，就像跟幾十具腐爛的死屍同處一室一般。」隨即想起：「可不是？這巨蛇的肚子裡不知有多少具動物或人的屍體，正在慢慢地腐爛。從他肚子裡吐出來的氣，自然難聞得很了。」

小巫等候了一陣，再也無法忍受下去，不願坐以待斃，大叫一聲，舉起吉金小刀，往蛇牙的方向衝去，用力將小刀刺入牙齒之間，試圖撬開蛇口。但巨蛇完全無動於衷，小巫奮力撬了幾下，撬之不開，又使勁用肩頭往蛇牙撞去，但蛇牙堅硬，他更無法撼動半分。他又撬又撞了一陣，知道自己氣力將盡，忍不住大叫道：「放我出去！放我出去！你放我出去，我就讓你呼吸！」

然而巨蛇不知是聽不見，亦或不在乎，仍舊固執地閉著嘴，毫無張口讓小巫重見光明之意。小巫又叫又撞了一陣子，氣力放盡，終於支撐不住，撲倒在蛇口之中，昏了過去。

再度幽幽醒來時，小巫尚未睜眼，只覺全身燥熱難言，熱得想將自己全身的皮都扯下脫掉。他發瘋般地大叫起來，亂打亂踢，盼能驅走身上的燥熱。忽然他腦中閃過一個念頭：「莫非我已在蛇的肚腹中，被牠消化？」

想到此處，頓時全身冷汗，猛然睜開眼，發現自己看得見東西了，眼前不再是一片黑暗，而是身處樹林之中，也不知是否仍是自己遇見巨蛇妖怪時的那座樹林。

一時之間，他只道自己遇見怪蛇乃是一場惡夢，根本未曾發生。但小腿傳來陣陣劇痛，低頭見自己腿上仍包著沾滿鮮血的布條，全身赤裸，這才知道那並不是夢，而是真實發生過的事情。他回想起小腿被巨蛇利齒刺穿，以及自己被困在巨蛇口中，脫下全身衣褲塞入巨蛇舌頭後的呼吸縫，意圖將牠悶死等情，不禁重重地打了個冷顫。

他揉揉眼睛，放眼望向身邊，一見之下，不由得大驚失色，全身僵硬。但見身周一尺之外，黑壓壓地布滿了大大小小、五彩斑斕的蛇，他一輩子從未見過這麼多的蛇聚集在一起，況且是全都圍繞在自己身邊！

他驚駭得難以動彈，眼光掃過身邊成千上百條的蛇，吞了口口水，輕輕地問道：「你們為甚麼圍著我？我的肉可一點也不好吃啊。」

群蛇聽他開口說話，似乎十分興奮激動，一齊快速遊走竄動起來，卻無蛇回答。

過了好一會兒，當中一條較大的蟒蛇竄上前來，面對著小巫，開口說道：「此地是蛇方，我們都是蛇方之人。蛇王將你吃了，但不知為何，牠無法將你吞入肚中，反而自己噎死了。我們找到蛇王的屍體時，蛇王的整個頭部爆開，只剩下顎還在，上顎、蛇牙、眼睛全都不見了。而你趴在蛇王的舌頭上，呼呼大睡，睡得十分香甜。」

小巫再次揉揉眼睛，確定自己不是在做夢，忍不住道：「你說甚麼？蛇王頭部爆開了？我可甚麼都沒有做啊，我被蛇王吃掉之後不久，就昏迷不醒了。」這話當然不盡不實，他不但持著吉金小刀在蛇王的口中亂戳亂刺了好一陣子，還脫下衣衫塞入蛇王舌頭後的呼吸縫，讓牠無法呼吸。但是倘若蛇王的頭竟會因此而爆開，倒也委實匪夷所思。

那條蟒蛇吐出蛇信，似乎在品嘗小巫的味道，試圖確認他說的是否真話。過了一會兒，蟒蛇忽然變身為人形，成為一個高高瘦瘦的婦人，身上包著和之前見到的青衣人一樣的蛇皮薄膜，乍看頗似商人穿著的蠶絲衣裳，細看之下才見出其古怪特異。

那婦人的臉面瘦長，比一般人要長一倍，窄一半，看來十分詭異。之前那青衣人還勉強可以當成人看待，這婦人的長相卻顯然絕非人類。她睜著細長發亮的眼睛，直盯著小巫。

小巫想起自己全身赤裸，但他還是個十歲多些的孩子，倒也不覺羞赧，大方地站起身，行禮說道：「請問尊婦如何稱呼？」

那婦人張開薄薄的嘴唇，露出口中細細的舌頭，嘶聲說道：「我是蛇王之婦。你是何人，來自何方？」

小巫心中一跳：「那麼之前想吃掉我卻爆頭而死的蛇王，就是她的夫了。」躬身答道：「小巫拜見蛇王之婦。我來自大商，乃是商王大巫觳之徒。」

蛇王之婦搖搖頭，說道：「不，你不只是個小巫。區區一個商人小巫，不可能令蛇王暴斃。能殺死蛇王的，只有商王子孫。」

小巫一呆，說道：「不，我並非商王子孫。」

蛇王之婦側頭望著他，不置可否。

小巫心中好奇，忍不住問道：「為甚麼……只有商王子孫能殺死蛇王？」

蛇王之婦睜著一雙細細的眼睛盯著他，緩緩說出一個故事來：「五百年前，商王之祖契和蛇王乃是最親密的盟友。但是蛇王背叛了契，一時貪嘴，吃掉了契的婦和子女。契非常生氣，抓住了蛇王，要殺死牠。蛇王向商王道歉求饒，商王看在兩人過往交情的份上，原諒了蛇王，但逼著蛇王立下毒誓，此後蛇王的子子孫孫，都不能傷害契的子子孫孫。倘若蛇王試圖吃掉契的子孫，那就會暴斃而死。因此蛇王在吃人之前，都必須小心問個清楚，確認那人不是商王子孫，才會將他吃掉。」

小巫恍然大悟，說道：「蛇王吃我之前，確實問過我是不是商王子孫，我說不是，牠就很高興地張口把我吃了。」

蛇王之婦凝望著他，說道：「你說謊。」

小巫趕緊辯解道：「我沒有說謊！我是個孤兒，從小被大巫收養，我不但不是商王子孫，連王族的邊都沾不到！」

蛇王之婦問道：「你說你是孤兒？那麼商王大巫彀是怎麼找到你的？」

小巫道：「據大巫彀說，我剛出生沒多久，就被遺棄在天邑商的街頭。他看我可憐，就收留了我。」

蛇王之婦吐了吐蛇信，沉吟道：「商王族富貴尊榮，倘若你是商王族之子，便不會被遺棄在街頭了。」

小巫連連點頭，說道：「就是啊。」

蛇王之婦思索一陣，說道：「但蛇王的毒誓應驗，表明了牠試圖吃掉契的子孫，為此爆頭而死。你是孤兒，並不清楚自己的血緣身世，可能你確實是商王之子，只是自己並不知道，收養你的大巫╳可能也不知道，因此你並未對蛇王說謊。蛇王之死，並不能怪到你的頭上。」

小巫心想：「這蛇王之婦還挺能講的。」說道：「蛇王之婦明鑒，蛇王之死或許另有其他原因，然而我真的沒有說謊，我也不可能是甚麼商王子孫。」

蛇王之婦說道：「不論你是不是商王族之子，只要對你的血統存疑，我們蛇方之人便不能傷害你。你安心在此養好腿傷，我將送你一匹馬，讓你自行返回天邑商。」

小巫大喜，心想：「看來大巫╳施在我身上的護祐巫術，畢竟還是生了效！」當下跪倒向蛇王之婦拜謝。他腿傷甚重，一跪倒便痛得啊啊叫。

蛇王之婦說道：「不必多禮。我帶你回去蛇洞。」牠對一條蛇招招手，那條蛇頓時變身成一名壯丁，將小巫抱起，跟著蛇王之婦穿過樹叢，走入深山密林，來到一個巨大的洞穴之外。洞口掛滿爬籐，穿過爬籐後，小巫抬頭四望，但見這洞穴極高極大，和天邑商的大室差不多寬廣，洞內潮溼陰暗，腥味撲鼻，陰影中似乎盤踞了數千百條大大小小的蛇，有的靜止不動，有的緩緩遊走。小巫心想：「這大概便是蛇王、蛇王之婦和群蛇常住之地了吧。」

蛇王之婦喚了一個乾乾瘦瘦的老人出來，命他替小巫治傷。老人解開小巫腿上包得亂七八糟的衣衫，取洞外的山泉清洗了傷口，擦上一層黃色的藥膏，又取出一塊和他們身上的蛇皮一樣的薄膜，覆蓋在傷口上，傷口很快便止了血，也不再疼痛。

小巫甚是驚奇，忍不住讚嘆道：「多謝你啦！你們蛇方的傷藥當真靈驗，這黃色的藥膏是用甚麼做的？我的傷口一點兒也不痛了。」

老人抬頭望了他一眼，神色顯得頗為自得，說道：「這是蛇毒，能讓人肌肉麻痺，失去知覺。敷在傷口上則能止痛，並幫助傷口癒合。」

小巫點點頭，說道：「原來蛇毒竟有這等功效。」

老人瞪眼道：「蛇毒可千萬不能亂用。一不小心，便毒死了你自己，或是讓你整條腿都廢掉。」

小巫吐吐舌頭，說道：「我知道了。」心想：「好端端地，我怎會去亂用蛇毒？而且蛇毒都在蛇的嘴巴裡，我又不會捉蛇，哪裡取得到蛇毒。」

剛想完，便見老人從懷中取出三個瓶子，說道：「你既殺死了蛇王，想必有點本領。這兒有三瓶蛇毒，你記好了：黃色的就是我剛剛替你搽在傷口上的藥膏，可以止痛治傷；黑色的只要碰到傷口，便會令肌膚腐化潰爛；赤色的一碰到血，便會讓人心跳停止，立即氣絕身亡。」

小巫聽這些蛇毒厲害得緊，不敢去接，說道：「多謝你的好意，但是不用啦，我要蛇毒做甚麼用？我又不想殺人。」

老人翻眼道：「你不想殺人，但是別人或許卻想殺你。你帶在身上防身，定會有你意想不到的用處。」

小巫卻仍堅持拒絕。老人便道：「這樣吧。黃色瓶子你且收下，需要時便可替自己治傷。黑色和赤色的，你就帶回去送給你們商王大巫彀好了。」

小巫只好伸手接過了三個瓶子，恭敬拜謝，說道：「那就多謝你了。」心想：「我一回到天邑商，就趕緊將這些瓶子全都交給大巫彀，請他保管。我可不敢留著這些蛇毒，一不小心把自己給毒死，那可怎麼辦。」

他在蛇方待了七八日，腿上的傷口便已完全癒合，於是起心離去。蛇王之婦依約送了他一匹馬，還送了他一件蛇皮般的衣裳。小巫穿了起來，感到那蛇皮衣又薄又細，柔軟滑順，貼在肌膚上十分舒服，於是向蛇王之婦道謝，取出十粒魚婦眼淚化成的珍珠送給蛇王之婦，以為謝禮。他向蛇王婦和那醫者老人道別，騎馬離去，回往天邑商。因心中記掛著仍陷身地囚的好友子曜，一路馬不停蹄，只盼能早幾日回到天邑商，確定子曜平安無事。

小巫自然不知，子曜此時已脫離地囚，活在王后婦井的威脅陰影之下；而子嫚則自願為子曜換罪，正遭王后流放荊楚蠻荒之地。

第二十三章 荊楚

一輛牛車緩緩行在土道之上，經過天邑商南方數百里外一個叫作荊繈邑的小邑。荊繈邑的邑民見到牛車，都停下手上農活，側目而視；但見一個胖大囚衛趕著牛車，車上置一木囚，囚中坐著一個全身赤裸、汙穢不堪、身形纖瘦的犯人，手腳上繫著鐵枷鎖，看身形竟似個小孩兒，不過十一二歲年紀。

里人彼此悄聲說道：「天邑商安定無事，總有十年未曾流放犯人來此邊地了。這回竟流放一個小孩兒到荊繈邑來！不知天邑商出了甚麼事？」

有好奇的邑人靠近牛車，往車上那孩子瞄了一眼，但見那孩子臉面骯髒得很，眼鼻青腫，滿面血跡，顯然曾慘遭毆打。孩子的處境雖極狼狽，卻雙眼圓睜，直望前方，眼神如火。

牛車駛過荊繈邑，並未停留，又繼續往南行去。荊繈邑人紛紛議論道：「原來不是流放到荊繈邑，還要更往南去！南方可是一片蠻荒叢林之地，住在那兒的都是赤體紋身的野人，比咱們這兒還要落後百倍哪。這孩子去到那兒，最好儘快病死餓死，要是不幸被野人捉去，成為野人之奴，或被野人殺了吃掉，那才真正悲慘。」

牛車上的確實是個剛滿十二歲的孩子，一頭亂髮糾結骯髒，滿面汙穢，全身發出刺鼻的臭味，混雜著鮮血和排泄物的味道。她正是當今商王王昭之女子嫚，自願替兄曜換罪，被王后婦井流放至南方荊蠻之地，一生不准回歸天邑商。

子嫚離開天邑商之時，和所有商囚一般，被剝光了衣裳，手腳和頸子都綁上粗麻繩，關在牛車木囚之中，在多庶眾目睽睽之下，被放逐出了天邑商。

王女慘遭流放，這可是件不得了的大事；商人前來圍觀者總有數百，但自然無人敢出頭相救，也無人出聲安慰或給予支持。眾人大多冷眼旁觀，有的嘲諷道：「商王之女，也有這一日啊！」有的喟嘆道：「婦斁身為王婦，子女竟被當作低賤的犯人流放南方，委實令人慘不忍睹！」有也人道：「商王倒行逆施，如此對待自己的親女，我看王昭的王位是坐不長久了！」

也有知道內情的，低聲道：「別說啦！王昭出征去了，這個王女是被王后婦井放逐的。」有人追問道：「王后為甚麼要放逐她？」知情者答道：「不就是因為她的兄長子漁威脅了小王子弓的地位麼？」

子嫚耳中聽著這些閒言閒語，腦中只剩下一片空白，一片慘澹。身為商王之女，她知道自己一生最大的前途就是嫁給一個地位較高的方伯方侯，或是參與征戰，建立戰功，獲得父王賞賜一塊較好的封地，建立自己的勢力。但在她獲罪遭放之後，一切的希望全都落空。他方之長絕不會願意取她為婦，她也絕不可能受到父王分封，自己的聰穎美貌、敏捷勇武，全都歸於無用了。

她之前也曾想過，倘若有一線希望，她願意盡一切努力，助兄漁爭取王位。然而兄漁已逃亡而去，不知下落；孿生之兄子曜則自幼多病，瘦小虛弱，見到流血就噁心昏厥，如此善良軟弱之人，自不可能跟其他王子拚個你死我活，爭奪商王之位。長久以來，婦斁、子漁和子嫚母子三人都很清楚子曜的性情，從來不曾對子曜懷抱任何希望。子嫚只希望兄曜能治好身上的病，平安地活下去，不要被婦井和小王他們害死便好。婦井為了替小王子弓除去一切的威脅，狠心將子曜關進深入地底的地囚，令他幾乎病死其中。子嫚不能眼睜睜地看著兄曜死去，只能毅然挺身而出，自願替兄換罪，同意以自己的永遠流放做為代價，換取王后釋放子曜出囚。

子嫚是婦斁唯一的女，自幼就與母斁非常親近，熟知母斁的往事。母斁出身西南小方兕方，乃是兕侯之女。今日的王昭當時還只是個小示王子，遭其父流放，地位卑微。子昭孤身來到兕方，婦斁對他一見鍾情，自願嫁他為婦，還跟他生下了子漁，子昭因此對她感激非常。然而當子昭回到天邑商，登上商王之位後，一切便幡然變色；王昭年少時的結髮元婦婦井得勢，受封王后，婦井的大子弓則受封小王；婦斁的地位一落千丈，加上她來自西南兕方，語言不通，又不適應天邑商的氣候，變得體弱氣虛，無法起身，還患上了不能言語的怪病。禍不單行的是，兕方又因天災幾近毀滅，婦斁失去了母方的支持，儘管王昭盡力助她隱瞞，年年命老臣樸假去兕方取貢，帶回大量吉金和布帛，讓天邑商諸人以為兕方富裕強大，不敢輕侮於她；然而自從王昭登基之來，兕方從未派遣使者前來，也從無音訊，不免讓人認為婦斁不受母方重視，因此王族對婦斁的母方兕方只是表面客氣，卻殊乏敬畏。

婦斁身為王昭在外地所取之婦，又是遠方異地之人，自然大大招惹王后婦井的疑忌。婦井對婦斁的迫害無日無之，加上婦斁病弱安靜，與世無爭，又無強力支持，因此王昭即位後的十幾年來，婦斁的地位愈發低下，子漁、子曜、子嫚三兄妹的處境也愈來愈卑微艱險。幸而子漁才能出眾，文武雙全，甚得王昭的青睞，時時讓子漁跟在身邊，對他異常重視，其餘王族才不敢公然欺侮婦斁一家。

子嫚不在乎日子過得辛苦，也不在乎其他王族看不起他們兄妹的嘴臉；她只要有疼愛自己的母和親愛的兄漁和兄曜在身邊，便心滿意足了。為了報答母恩，為了拯救兄曜，即便重來一次，她仍會選擇自願遭流放這一條路。她雖心甘情願為兄犧牲，但她絕不會原諒那些逼迫她做此犧牲的人——王后婦井和小王子弓。她立誓要報仇，終有一日她要讓他們嘗嘗自己的怒火，讓他們見識自己的手段！

牛車一路往南行去。剛離開天邑商時，子嫚不習慣赤著身子，最初還覺得有些寒冷；越到南方，便漸漸感到酷熱無比，然而更難忍受的是永遠圍繞在身邊的蚊蟲，恣意地囓咬她的肌膚，吸吮她的鮮血。到得後來，她全身上下幾乎沒有一寸不曾被蚊蟲咬過叮過，痛癢交加，難熬至極。

押送她是個身分低賤的囚役，肥胖醜陋，並未因為她是王女而給予任何較好的待遇，除了早晚餵她喝半壺水，吃半塊乾糧之外，完全不再理會她，任由她坐在自己的穢物之中，任由她遭受風吹雨淋、蚊蟲叮咬。

子嫚心中對那囚役的憤恨日益加深。她暗暗發誓，自己一旦得到自由，首先定會毫不猶疑地殺死這個囚役，以報他這一路上忽視虐待自己之仇。

如此行了兩個多月，矮胖囚役押著牛車和子嫚進入了一座叢林。他顯然認得路，沿著叢林中的一條土道往前行去。叢林中的蚊蟲更加凶狠，乾脆黏在子嫚的身上不飛走了，她原本白皙的肌膚被蚊蟲遮蓋得如同塗上一層黑泥一般，已痛癢到沒有知覺，只餘出奇的酷熱；叢林中的熱氣熏得她頭昏眼花，腦袋和身子似乎也開始發燙，人時而清醒，時而昏迷，彷彿在生死之間遊蕩徘徊，隨時能就此跨入冥界。

又過了不知多少時日，子嫚這日清醒過來之時，發現牛車已來到一道石牆下。

那石城總有五人高，堆疊得堅固而密實。囚役來到石牆上的一道木門外，對裡面呼喊了幾句話。不多時，木門上打開了一扇窗，一人手持長矛站在窗後，與囚役隔著窗口交談了幾句，淨是子嫚完全聽不懂的語言。

不多時，那持矛之人打開木門，走了出來，但見他上身赤裸，膚色黝黑，胸口和手臂、大腿的肌膚刺著密密麻麻的花紋，腰上圍著一塊綴著羽毛的花布，完全就是個蠻荒野人的模樣。

野人往牛車上望了望，不斷搖頭，囚役則高聲回應。兩人爭辯了一會兒，最後似乎達成了協議，野人關上木門，走了開去，不知做甚麼去了。囚役則一邊喃喃咒罵，一邊打開囚籠，執起子嫚脖子上的麻繩，粗魯地將她扯出囚籠，重重摔在地上。

子嫚幾個月來縮在囚車之中，手腳遭麻繩綑綁，不得動彈，加上風吹雨打，飢寒交迫，蚊蟲叮咬，即使出了囚車，也只能癱軟在地上，全身疼痛難忍，更爬不起身，只能奮力咬著牙，不讓自己呻吟出聲。

不多時，野人又從門內出來，對囚役說了幾句話，囚役滿意地點點頭，指指地上的子嫚，揮揮手，牽著牛，掉過牛車，逕自走上土道離去了。

野人對著地上的子嫚吼了幾句，子嫚勉力搖了搖頭，表示自己聽不懂。野人面露凶色，豎眉大吼起來，又連連踢她，往木門指去，顯然要她自己進去。

子嫚勉強掙扎了幾下，卻如何也爬不起身，只能手腳並用，緩緩往木門的方向爬去。野人用矛刺她的後背後臀，又不斷伸腿踹她。她只能忍著羞辱疼痛，緩緩爬進了木門，進入石牆之中。野人將她趕進石牆邊的一間茅屋裡，子嫚聞到一股臭味衝入鼻中，但見茅屋的地上全是爛泥，爛泥中躺了五六隻瘦豬，原來竟是個豬圈。

野人將她頸上的麻繩綁在一根木柱之上，疾言厲色地對她說了幾句話，想是叫她乖乖在此，別妄想逃跑。他見子嫚沒有反應，又伸腳往她的身上頭上亂踢一陣，直到子嫚抱頭縮在豬圈角落，尖叫著連連答應，野人才關上豬圈的門，走了開去。

子嫚就這麼被留在豬圈之中，直待了十多日。她身體虛弱，飢渴交加，每回村人來給豬餵食餵水，她就趕緊爬上前去，和豬一起搶著吃喝。過去幾個月來，她在那囚車中已吃盡了苦頭，這豬圈雖骯髒腥臭，但她的手腳能夠自由活動，還能取些髒水稍稍洗淨身子，已比被關在囚車中好上許多。只是她做夢也想不到，自己身為商王之女，有一日竟會被綁在豬圈裡，和豬一起在爛泥中打滾爭食！

子嫚的體力精神稍稍恢復之後，便開始盤算逃跑之計。解開繩索並不困難，難的是如何覓路離開這個石牆圍繞的寨子，離開叢林，而不被這些野人抓回來。

這天夜裡，子嫚再也無法忍受，決心要趁今夜逃脫。她磨斷綁縛自己的繩索，打開豬圈的門，偷偷地往石牆移去。來到石牆之下，她抬頭望去，正想著自己該如何攀爬出去，忽聽呼喊之聲四起，一群十多個野人打著火把、持著長矛包圍了上來。子嫚獨身一人，赤手空拳，如何是他們的敵手？不多時便被野人壓倒擒住，押回豬圈。這回他們將她的手腳都用粗繩綁上了，令她再也無法磨斷繩索逃出去。

子嫚這才明白，這石牆寨內的野人都是戰士，常常與鄰近的村落戰鬥，夜晚防守嚴謹，絕不可能讓任何人趁夜攀越石牆，出入石寨。

子嫚因試圖逃跑，受到了嚴厲的懲罰。第二日清晨，最初帶她入村的那個野人到來，一邊咒罵，一邊狠狠地毆打她一頓，只打得她全身青紫，遍體鱗傷。她的手腳都被綁住，無法躲避，只能任那野人毆打。

之後數日，村人餵豬時，她被綁得牢牢地，無法爬過去吃，也沒有水喝，身上的傷口開始潰爛，疼痛難忍。她又餓又渴，數度昏厥過去，昏昏沉沉之中，只道自己離死期已不遠了。

這日午後，忽聽人聲沸騰，村民似乎聚集在柵欄旁高聲歡呼，唱歌跳舞，彷彿在迎接甚麼人。子嫚恍恍惚惚，聽見有人靠近豬圈，進來拉了兩頭豬出去，大約打算宰了吃。她心想：「他們怎不將我也拉去宰了吃，勝過讓我在這裡痛死、餓死、渴死！」

到了傍晚，子嫚昏迷之中，感到真的有人在拉扯自己。她早已無法動彈，任人拖出了豬圈，心想：「終於輪到我了。我們商人殺死那麼多羌人獻祭祖先，如今輪到我成為人牲，要被奉獻給野人的祖先了。」

然而事情並非她所料，來人並未將她拖去廚下或祭壇，卻將她拖進了一間茅屋之中。這間茅屋不大，看來十分簡陋樸實。屋中點著昏暗的油燈，子嫚癱倒在地上，勉強睜眼望去，但見茅屋一角坐著一名少婦，肌膚甚白，容色頗為秀麗。她身上穿著黃衣赭裳，與那些赤身裸體的土人大不相同，顯然並非當地人。看她的服飾打扮，卻也並非來自天邑商。

少婦皺起眉頭，伸手掩著鼻子，斥責了幾句，子嫚完全聽不懂，便被兩個野人僕婦連拖帶拉地帶了出去，來到屋後的空地上。一個僕婦按住她，另一個取出刀，割下她一頭糾結的亂髮，接著二婦合力，如洗刷動物般將她使勁清潔了一番，一個僕婦見到她身上血肉模糊的傷口，指著說了幾句，另一個僕婦取出不知甚麼藥草，胡亂抹在她的傷口上，再用破布包紮起來。

子嫚再次被帶回那間茅屋時，已被剃光了頭髮，全身赤裸，身上被破布包得亂七八糟。兩個僕婦將她推進來，押著跪在地上。黃衣少婦盤膝坐在茅屋之中，低頭望向子嫚，微微揚眉，說道：「原來是個女娃兒！」說的竟是商人言語。

子嫚聽見熟悉的言語，倏然抬起頭，望向那少婦，滿面驚疑之色。她想起自己從大商王女淪落為流放囚犯的悲慘遭遇，心中百感交集，又低下了頭，一時說不出話來。

少婦望著她滿是傷痕的身子，忽然走到子嫚面前，脫下身上披肩，披在她肩頭，對一旁的僕婦說了幾句話，又回頭對子嫚道：「我告訴她們，來自商方之人，即使是女娃兒也不該赤身露體。妳起來，告訴我，妳叫甚麼名字？怎會來到這兒？」

子嫚從未想到這野人村中會有人對自己如此好言好語，心中激動不已，立即伏在地上，向少婦行禮拜謝，回答道：「我叫嫚，來自天邑商。」

少婦聽她言語清楚文雅，也頗為驚訝，問道：「妳姓甚麼？」

子嫚道：「我姓子。」

少婦嘖嘖兩聲，說道：「姓子？妳是商王族之女？」

子嫚臉上發熱，勉強點了點頭。

少婦顯得十分驚訝，問道：「既是王族之女，為何竟遭流放？」

子嫚不知該如何敘述自己的遭遇，只道：「我兄得罪了王后，嫚決定替我兄換罪，於是王后將我流放南方，一生不准回歸天邑商。」

少婦臉色一沉，重重地哼了一聲，說道：「好狠心的母，竟然讓妹妹替兄長頂罪！」

子嫚見這少婦為自己的遭遇義憤填膺，心中對她的好感又增添了幾分，解釋道：「王后並非我生母，我母乃是商王的另一位王婦。王后向來忌憚我母子四人，一心想除去我們，嫚是自願替我兄換罪的。」

少婦點點頭，沉吟一陣，說道：「我剛剛回到寨裡，僕婦告知一個月前，寨裡來了個商方流放的罪犯。妳既被流放到荊楚，又是商人，荊楚王便命我負責處置妳。此地偏僻，四周皆是險惡叢林，毒蛇猛獸橫行。妳千萬別輕易離開王寨，也切勿在寨中隨意走動，先在這裡養好傷，之後就留在我屋裡服侍吧。」

這番轉折令子嫚喜出望外，她絕沒料到自己在這蠻荒之地，竟會遇上一個商婦，而且還對自己如此關照，立即拜倒在地，感激說道：「多謝王婦！」

少婦淺淺一笑，微微搖頭，說道：「我並非王婦，只是楚王的多婦之一。妳往後叫我婦娒便是。」

之後的日子，子嫚便留在婦娒茅屋旁的一間小屋中養傷。她年輕體健，每日吃飽喝足，野人的傷藥又十分靈驗，傷勢恢復得甚快，精神也充足了許多。婦姆對她十分關照，等她傷勢好些後，便讓她時時在自己的身邊陪伴。子嫚心中明白，婦姆身為商人，卻被嫁到這蠻荒之地，與野人共處，不知已有多少年的時光，想必寂寞得很。如今從商方來了個商人，雖是流犯，至少有個人能夠跟她說說商人的語言，稍稍慰藉她的思鄉之情。

這日婦姆抱著六歲的子熊強坐在屋簷下乘涼。子嫚坐在一旁，手中削著湘竹，問道：「婦姆，妳說妳不是王婦，但難道妳不是楚王之婦麼？」

婦姆道：「我是楚王之婦，但此地並無『王婦』這等稱謂。荊楚男子多為一夫多婦，多婦同居一屋；所有的婦皆地位平等，並無高低之分。一般男子都有三四個婦，荊楚王一人就有十八個婦，我是第十五個。」

子嫚奇道：「沒有高低之分，那如何決定由哪個王子接王位？」

婦姆道：「所有的王子都依年齡排序，按道理應以年紀最長者繼承王位，但事實並非如此。荊楚王在位已有三十多年，王的三十多個子中，年紀最長者已有五十多歲。許多年長的王子已因戰爭、打獵受傷或生病而死，尚存的幾個年長之子等著接過楚王王位，都已等得不耐煩了，彼此間時有爭執毆鬥。」

子嫚說道：「原來如此。」心想：「聽來荊楚王位的傳承，可比我大商還要混亂。」又問道：「妳方才說多婦同居一屋，那麼妳為何獨住？」

婦姆嘆了口氣，說道：「我是被她們趕出來的。她們忌憚我是商人，始終對我冷眼相待。我王禁不住她們的吵擾，決定讓我獨自住在宮外。」

子嫚問道：「因此其餘十七個婦和她們的子女，全都住在王宮之中麼？」

婦姆點點頭，又搖搖頭，說道：「她們都住在王宮中，但已沒有十七個婦那麼多，只剩下七個。叢林野人壽命不長，荊楚王的多婦有的因生病受傷而死，有的因產子而死，如今只剩下八個婦還活著，我是其中最年輕的一個。」她甚感好奇，反問道：「商王的多婦不是這樣的麼？」

子嫚道：「確實不是這樣。自古以來，王族都是多夫多婦制，商王族的男子能有許多婦，而王女則能有許多夫。商王和一族之長須選定一位元婦，稱為王后或侯婦，以供後代祭祀，正取的婦皆稱『王婦』，以定大示；其餘多婦則散居各地，很少跟王同居一處。」

婦姆甚覺古怪，說道：「那麼這些多婦生下的子女，如何知道他們的生父是誰？」

子嫚道：「這個簡單。王族會請大巫進行『子子』貞卜，確定某個子是某位王族男子親子，之後才行『命名』的貞卜，為其命名。」

婦姆不禁笑了，說道：「商王族的婚取習俗與一般商人大不相同，和荊楚習俗相比，就相差更遠了。」

子嫚心中一直懷著這個疑問，這時和婦姆談開了，便問道：「婦姆，妳是商人，怎會來到楚地，嫁給了荊楚王？」

婦姆苦苦一笑，說道：「我的先祖是商人，數百年前被商王派到南方建立新方，離當時的商都甚遠。兩地相隔既遠，年代又長，我三代以下的父祖，便從未去過天邑商了。我父的侯方位在商楚邊界，因買賣糾紛而得罪了荊楚王，荊楚王一氣之下，出動楚師抓走了我的三個兄，準備處死洩恨。我的父母為了救回三子，決定將我送給荊楚王為婦，以換回我兄的性命。那時我才剛滿十三歲，就如禮物般被送給了荊楚王，成為荊楚王的第十五個婦。當時聽妳說起自願替兄換罪，我想起往事，又氣又心傷。」

子嫚心有戚戚，說道：「真是難為妳了。」

婦娒嘆了口氣，說道：「我初來之時，地位甚低，只能一切隱忍退讓，努力學習荊楚語言和習俗。當時荊楚王年紀已有六十多歲了，年紀足以做我的祖。他對我這個商人新婦頗為好奇，賜名『娒』，初時還頗為眷愛，日日來宿寢，很快便讓我有了身孕，產下了強。荊楚王那時已有三十多個子，也不很在意我親生的子，只留意到嬰兒的膚色和我一樣，比荊楚人白皙得多。」婦娒說著，愛憐地親了親懷中的子熊強。

子嫚微笑道：「強長得像妳，皮膚確實比楚人白皙。」

婦娒眼中露出悲哀之色，說道：「然而好景不常，自從強出生之後，其餘諸婦對我心生警戒，嫉妒爭寵，吵嚷不休。她們認為商婦所生之子不能繼承王位，甚至藉卜筮之言，說這個孩子乃是鬼怪托生，強勢主張將我們母子趕出寨去。荊楚王為了平息紛爭，只好答應她們，命我搬到宮外住下，並承諾再也不來探望我們母子兩人。」

子嫚道：「原來如此。」又道：「可以遠離王宮，不需見到那些婦的醜惡嘴臉，不必跟她們勾心鬥角，也未嘗不是一件好事。」

婦姁點點頭，露出微笑，說道：「妳說得不錯。失寵之後，我的日子反而過得更快活些。我帶著強住在寨角的這間小茅屋裡，就這麼過了六年，倒也自在無憂。這回因荊楚王替第二十五子取濮伯之女為妻，命令諸婦諸子全數跟去濮方參加婚宴，我才得以跟隨荊楚王出門一段時日。」

子嫚這才完全明白了婦姁在荊楚王寨中的情況，心想：「看來婦姁在此地位不高，自身難保。她身處如此困窘的情勢，還願意收留照顧我，委實難能可貴。我一定要報答她的恩情，盡力保護她和她的子。」

子嫚心知肚明自己被困在荊楚之地，不知何時才能離開，一定得早早學會荊楚語言，方能有利生存，於是每日努力跟婦姁的侍女說話，指東指西，詢問每樣物件的荊楚語該怎麼說。她聰明伶俐，很快便能聽懂荊楚土語，並能說些簡單的句子。她亦表現得主動而勤快，平日負責打掃婦姁的茅屋，照顧熊強，偶爾也跟著婦姁的侍女去楚寨的市集採買食物布匹。

寨中村人見到她，都側目而視，有的乾脆便指著她，高聲謾罵嘲笑，要她滾出寨去。荊楚人對外來之人毫不信任，對商人尤其忌憚仇視。婦姁乃是荊楚王之婦，村人還不敢對她如何，至於對子嫚就毫無顧忌了，皆竭盡所能地對她侮辱攻擊。

子嫚初時遇到村人對己謾罵，便低下頭，裝作聽不見。村中少年以為她好欺負，每回見到她走在街上，便向她扔石頭，儘管有較善心的村人於心不忍，出言阻止，他們仍高聲叫罵不休，子嫚經常要護著頭臉，趕緊逃回婦姁的茅屋。

之後數日，子嫚每回出門都遭到追打，起初村中少年只是遠遠對她扔石頭，後來見她只知躲避，便愈發囂張凶狠，開始對她動手，故意上前推她一下，或是伸腿絆倒她，甚至對她拳打腳踢。三日之後，子嫚知道自己要不就一輩子躲在婦姁的茅屋中不出來，要不就得開始還以顏色。

於是第二日，她蓄意單獨來到市集之上，一群好事的荊楚少年如嗜血的獸物般圍了上來。

子嫚不躲不閃，挺立於五六個少年之中，用尚不純熟的荊楚語言高聲說道：「商人不是好欺負的！」

眾少年乍聽她的荊楚語口音古怪，皆哈哈大笑起來。

子嫚一瞪眼，猛然衝上前，伸手拽住一個身形最高壯的少年的衣領，用力一拳打在他的鼻梁上。那少年仰天倒下，竟然再也爬不起身。

此舉將一群楚人少年嚇得呆了，紛紛鳥獸散去。子嫚和所有大商王子王女一般，五歲便入左學，學習文字、弓戈和搏擊之術，加上她原本便健壯矯捷，有膽有識，在左學中，即使許多比她高大許多的王子，也是她的手下敗將。

子嫚痛打了那少年之後，知道他們很快便會結夥前來，自己空手不敵，於是回到婦姁的茅屋後，便立即找來木棍和石片，製成一支石戈，綁在背後，用以防身。

果然，她第二日來到市集，便見到十多個楚人少年結夥來圍攻她。子嫚冷然望向他們，冷笑道：「仗著人多麼？人多我也不怕！」舉起石戈，喝道：「來吧！」

十多個少年一擁而上，子嫚揮動石戈，橫掃直劈，使開在左學學的戈法，一戈打上一個少年的臉頰，將他打得飛了出去，跌倒在地；又一回戈，戳中身後一個少年的肚腹，那少年捧著肚子滾倒在地。子嫚的石戈更不停頓，又打向另一個少年的腿，少年啊啊大叫，抱著腿跪倒在地。不過幾次眨眼的時候，子嫚便將一眾少年打得落花流水，鼻青眼腫，一個個躺在地上，爬不起身。

子嫚說出她練習已久的一句荊楚語：「誰想死的，便來打我！我殺了他！」

自此以後，子嫚出門時，背上總負著一支石戈。村中少年一見到石戈，便想起被她打得無法還手的情景，再無人敢來招惹她。如此過了一段時日，荊楚人雖仍舊嫌惡子嫚，但知道她善戈且聽得懂楚語，不但不敢再對她動手，甚至不敢再當著她的面嘲笑挑釁。

如此到了夏天，子嫚漸漸熟悉楚寨的環境，楚語也愈發流利了。

這日下午，熊強因貪玩水著了涼，發起寒病。婦姆甚是擔心，趕緊讓僕婦去請巫者來替熊強去疾。傍晚時分，一位巫者來到茅屋，子嫚見那是個女巫，三十多歲年紀，臉面醜陋至極，衣衫破爛骯髒，渾身臭味。子嫚印象中的巫者都是如商王大巫斝那般修長俊秀的男巫，陡然見到這等汙穢不堪的女巫，不由得一怔。

婦姁對這位女巫極為恭敬，親手奉上家中最精美的酒食，說道：「請神巫救助我子！他是否受到了邪靈詛咒？」

那女巫臉色嚴肅，從懷中取出一束乾燥的蓍草，握在手中，閉上眼睛，口中喃喃禱問，接著她從蓍草中隨手抽出一把，然後慢慢計數共有多少枝，數完之後，說道：「一共五十六枝，是雙數，吉。令子並未受到邪靈詛咒。」

婦姁大大鬆了口氣，滿面笑容，向那女巫道謝，恭恭敬敬地送她出去。

女巫離去後，子嫚說道：「原來楚地也有巫者！她們除了治病，也負責祭祀先祖麼？」

婦姁搖頭道：「楚人並不重視祭祀先祖。此地的巫都是女巫，她們主要負責祈雨、求子、治病，偶爾也占卜吉凶。」

子嫚道：「原來如此。」又道：「和我們商人相比，楚人的占卜之術似乎十分簡易。我們商人巫者貞卜時都用龜甲，鑽鑿灼燒之後，觀察卜紋，以定吉凶。」

婦姁笑了，說道：「荊楚的占卜自然簡易得多。女巫只用蓍草占卜，抽出的蓍草雙數為吉，單數為凶。」

子嫚道：「貞卜這麼容易，那不是人人都會麼？」

婦姁忙道：「千萬別這麼說！楚地的女巫廣受楚人尊重，誰也不敢褻瀆。楚地只有女巫可以貞卜和舉行種種祭天求雨的儀式，其他人都不准私下占卜，不然會受到天罰，甚至被大巫燒死。」

子嫚問道：「楚地也有大巫麼？」

婦姷臉上露出虔敬恭懼之色，說道：「荊楚大巫，便是楚王的親妹。楚王對她極為信任，因此大巫在楚地權力極大。」

子嫚點點頭，說道：「原來如此。」

婦姷伸手握住她的手，鄭重地道：「嫚！妳在市集上毆打那些少年，是為了保護自己，我不會責怪妳。但妳千萬不可妄自尊大，以為自己是商人，就比楚人高貴。荊楚文化淵遠流長，比大商的歷史還要更加長久。他們雖沒有華麗的衣裳，也沒有自己的文字，但卻有許許多多久遠的傳說。楚人的巫術也十分高明，妳切切不可得罪楚地的女巫，不然可是後患無窮！」

子嫚恭敬應承，說道：「嫚一定小心謹慎，不給婦姷帶來任何麻煩。」她想了想，又道：「然而我懂得大商文字，這是楚地所沒有的。婦姷若願意，我可以教強認識一些大商文字。」

婦姷甚感驚詫，脫口道：「妳懂得文字？」

子嫚道：「我自幼在大商王宮中長大，正式學過商文。」

婦姷有些遲疑，說道：「強並非王族，他能學文字麼？」

子嫚道：「只要他肯學，便能學會。我等離天邑商幾千里，誰管得了我們？」

婦姰喜出望外，說道：「果能如此，那真是太好了！多謝妳！」

婦姰生長於大商的邊陲之地，又非王族，自無機會學習商文，只略略知道文字的神祕力量。在大商境內，只有王族和巫祝准許學習文字，人人視文字為奧祕之物，是用以與天帝、先祖、神鬼溝通的媒介。懂文字、會書寫之人，等同具備召喚神鬼的巫術神能，一般平民對識字者充滿了崇拜和恐懼。

子嫚乃是王女，自幼在左學就讀，乃是大商少數精通文字的女子。在婦姰的同意下，子嫚開始教熊強說商人的語言，並教他在土地上刻劃商文。熊強已有六歲，身子健壯，腦子卻頗遲緩；子嫚教了他許多次，他才勉強學會了甲乙丙丁等十個日干。子嫚並不放棄，仍舊耐著性子，盡力教導他。

婦姰甚是高興，她見子嫚能文能武，對她十分信任敬重，待她如親妹妹一般，二女感情極為親密。

子嫚從未離開過荊楚王寨，但慢慢得知楚王寨佔地廣闊，圍繞王寨的石牆方圓有數百里，寨中住著荊楚王族和族人六百戶，居民約兩三千人。石牆周圍有戍者日夜巡邏，防備鄰近之方或寨族攻擊。荊楚人喜好田獵，每隔七八日，便有不同的王子或師長奉王命率眾出獵，每次總會帶回成堆的山豬、雉鳥等野味，或擒回巨象、犀牛、孔雀和老虎等珍禽異獸。野味往往當日便剮殺烹煮了，分給王族或寨中平民食用，珍禽異獸則養在王圈之中。荊楚也喜好戰爭，每年都派師對外戰爭一至二次，大多取勝，從他方奪回珍貴的絲織品、木材、朋貝和戰俘等戰利品。

楚人不興以人牲祭祀祖先，也不吃人肉，戰俘大多充作奴隸，替荊楚王族從事耕作收割、運石築牆、劈柴挑糞、餵飼牲口等勞役。俘虜整日遭受鞭打驅策，挨餓受苦，待遇比牲畜還不如。每回子嫚見到這些戰俘，都不免心驚肉跳地想：自己的地位和他們相去不遠，若非婦娒收留照顧自己，自己的命運想必和他們一般，需得整日赤裸著身子，在烈日下挖土耕種，搬運巨石，直到飢餓勞累過度、老病受虐而死。

一年之後，子嫚的荊楚土語已說得十分流利，寨中的少年和村人再沒有人敢欺負她，對她敬而遠之；子嫚竟也交上了幾個荊楚少女好友。她知道婦娒多年來盡力融入荊楚人的生活，為的是讓愛子熊強有更好的生存機會；她也知道婦娒在楚王室中的地位岌岌可危，不可能長久保護自己，因此更加費心融入荊楚人的生活，以圖日後有自保之能。

第二十四章　求存

轉眼又過了一年。這年夏季，荊楚發生了動搖民心的大事——荊楚老王病倒了。

荊楚諸王子不等老王病死，便公然開始爭奪王位。三個年紀最長的王子率領手下之戍互相征伐，長子被二王子、三王子聯手殺死後，二王子便自封為小王，三王子一氣之下，率眾出走。這些爭鬥全在荊楚王寨中發生，日日只聽寨中殺聲不斷，婦姁和熊強躲在茅屋中不敢出門，子嫚卻常常溜出去，躲在街角偷看各方械鬥。

不多時，老王的病況痊癒，得知諸子互相殘殺之事，大發雷霆，將自封小王的二王子趕出了王寨，二王子和老王大吵一場後，便氣沖沖地帶著自己的手下往南方而行。

荊楚老王病雖好了，畢竟年事已高，精神體力都大不如前。夏季結束前，餘下的七八個成年王子又開始新的一輪爭鬥，荊楚王寨中日日都有不同王子的人馬成群械鬥，日日都有人流血死傷。

婦姁帶著熊強整日躲在茅屋之中，足不出戶，生怕惹上麻煩。婦姁身邊有兩個忠實的荊楚老僕婦，不時出去探聽消息，回來向她報告：「七王子和八王子械鬥，七王子受了重傷，被送去大巫那兒醫治，似乎並無起色，七王子婦在大巫那兒哭得死去活來，五個子女跪在大巫屋外，哀求大巫救命。」「九王子昨夜暴斃，聽說是十三王子趁夜下的手。」「十六王子害怕喪命，逃出王寨，去南方投靠二王子了。」

子嫚仔細傾聽，並追問種種細節。婦姁只感到膽戰心驚，恐懼無已，問子嫚道：「商王爭奪王位，也是這般麼？」

子嫚搖搖頭，說道：「小王的決定十分簡單，通常就立王后的大子，大子死後立中子，中子死後立小子，以此類推，經大巫貞卜後確立。然而過去幾任商王的傳承頗為混亂，我的祖輩有兄弟四人相繼接位，彼此殘殺，腥風血雨。如今我父王決定傳位給大示大子，但背後的明爭暗鬥可沒少了。」

婦姁甚是好奇，問道：「怎麼說？」

子嫚親身經歷，印象深刻，於是跟婦姁說了王后婦井為了擁護其子小王子弓，因而攻訐陷害母戮等情，最後道：「我父王在位已有十多年，他身強體壯，無病無痛，看來能享長壽。因此王后和其子小王子弓開始感到焦慮不耐，有心奪位，這是過去幾代從所未見之事。幸而有商王大巫殼護祐，父王才保住了王位。」

婦姁甚感稀奇，問道：「商王大巫竟有這麼大的權力！」

子嫚道：「不止如此。在選擇小王一事上，大巫的地位更是舉足輕重。確立小王之前，一定要請大巫反覆貞卜，確認天帝、神靈和先祖都屬意此人，才會選立他為小王。」

婦姁側過頭，說道：「原來如此。」

子嫚問道：「請問婦姆，荊楚的大巫，地位也和商王大巫一般崇高麼？」

婦姆沉吟道：「商王大巫都為男子，而荊楚的大巫歷代皆由女子擔任。現任大巫已有六十多歲了，她是荊楚王的親妹，一生未曾婚嫁。她的權力甚大，荊楚王大小事情都必詢問她的意見，她不贊成的事情，荊楚王便不敢去做。」

子嫚眼睛一亮，又問道：「請問婦姆，妳跟大巫熟識麼？」

婦姆道：「我生強時，正受到王的寵愛，因此強是由大巫親自接生的。她似乎很喜歡強，強出生幾日後，大巫都抱著他不肯放手，對著他祝念了許多禱詞。」

子嫚又問道：「大巫最在乎甚麼？」

婦姆搖搖頭，說道：「我與大巫並不熟稔，荊楚王疏遠我之後，來往就更少了。」

子嫚側過頭，心想：「事情既已如此，不如我親自去見大巫，探聽一番她的想法。」

子嫚知道形勢緊急，不論哪個王子爭取到王位，得位之後，第一件事便是下手殺盡其餘王子，包括熊強在內，婦姆當然也逃不過一劫。她不敢耽擱，當夜便去求見大巫，說是受婦姆之命前來，有密事相告，順利被迎了進去。

荊楚大巫是個六十來歲的老婦人，滿面皺紋黑斑，眼袋低垂，眼珠黃濁，面貌比子嫚之前見過的那個女巫更加陰森可怖。她的頭上戴著各色禽鳥的羽毛，身上穿著獸皮和染成多種顏色的麻布衣裳，乍看上去花花綠綠的，一時無法分辨是人是獸。

大巫盯著子嫚，緩緩問道：「婦姆要妳來見我？」聲音嘶啞，極為難聽。

子嫚鼓起勇氣，跪倒在地，俯身向大巫禮拜，操著流利的荊楚語言，說道：「子嫚拜見大巫。婦姆派子嫚求見大巫，有事相告，懇請大巫傾聽。」

荊楚大巫盯著她，喉嚨裡混濁地應了一聲，似乎不置可否，但疑忌之意再明顯不過。

子嫚吸了口氣，說道：「荊楚王諸子互相殘殺，對荊楚王和大巫非常危險。婦姆想請問大巫，為何還不趕緊出手？」

大巫仍舊盯著她，喉嚨裡那混濁的聲音又響了一聲。

子嫚焦慮地等了好一會兒，大巫才慢慢地道：「出手？」

子嫚見她似乎被自己的一番話引起了興趣，暗暗吁了口氣，接口說道：「正是。大巫為何不趕緊出手？荊楚王年老病弱，已逐漸失勢，下一任荊楚王，想必將經由多子之間彼此你爭我奪而定，誰能勝出，誰就能當上荊楚王。這情勢對荊楚王和您非常危險啊！新王得勢後的第一件事，就是殺死荊楚王；第二件事，就是殺死大巫，另立自己信任的大巫。」

大巫咂咂乾皺的嘴巴，眼神仍舊如死魚一般，盯著子嫚不動。

子嫚見她沒有回應，硬著頭皮繼續說道：「因此大巫絕對不能讓多子繼續爭鬥下去，反而必須早早站出來，擁立一位忠於荊楚王和大巫的新王。這樣一來，才能保住您的性命和地位。」

大巫聽了這番話，反應非常緩慢。過了許久，她才緩緩搖頭，說道：「無師無力者，當不上新王。」

子嫚趕緊說道：「並非如此！師眾並非最緊要，天意才是。」

大巫的眼睛翻了翻，又過了好一陣子，才問道：「甚麼意思？」

子嫚說道：「在天邑商，大巫貞卜的結果，便是天帝的旨意，便是先王先祖的旨意，商王和所有王族都必須遵從，不可違背。同樣的道理，荊楚大巫傳達的是天神和先祖的喜怒，尋常凡人絕不可質疑挑戰。」

大巫凝神傾聽，思慮一陣，才慢吞吞地道：「楚地大巫，是由荊楚王指派的。」

子嫚連連搖頭，說道：「以往是如此，但往後萬萬不可！大巫，妳一定要讓荊楚人明白，大巫是天神指派而來，是天神的使者，怎可由荊楚王說了算？應當反過來，由大巫指派荊楚王才是。大巫從天神處求得指示，決定荊楚王由誰擔任，這就是天意！弓箭戈矛，多戍多馬，巨象駿馬，都是旁門左道；天神和大巫的旨意，才是真正的天意！」

大巫閉上了眼睛，陷入沉思。

子嫚感到手心冒汗，她知道大巫一念之間，便能決定婦姆、熊強和自己的生死存亡。大巫倘若不願聽信自己之言，依從自己的建議去做，那在這陌生的荊熊蠻荒之地，自己是絕對保不住婦姆和熊強的性命。

大巫思慮了許久，才緩緩搖頭，說道：「不行。成年的諸多王子，都已戰死或離去；留在王寨中的王子，都未成年。我不管擁立誰，那個王子都將立即被其餘諸婦殺死。」

子嫚眨了眨眼，問道：「倘若只剩下一個王子呢？」

大巫一怔，眼睛微瞇，說道：「這是甚麼意思？」

子嫚吸了口氣，說道：「我的意思是，倘若只剩下一個王子，那就任誰也不能反對由他接任荊楚王之位了，不是麼？」

大巫抬眼望向子嫚，露出一口殘缺的牙齒，似乎在嘲笑她的異想天開，說道：「這是不可能的。」

子嫚道：「天下沒有不可能的事。天神的旨意，只有大巫才知道。」

大巫想了許久，又搖搖頭，說道：「熊強不行。婦姷是商人，荊楚人不會答應。」

子嫚堅持道：「荊楚王的選任，不需要荊楚人答應，只要天神答應就好。」頓了頓，又道：「倘若荊楚王只有一個血脈留下，荊楚人又怎能不答應？」

大巫嘿嘿笑著，說道：「你們商人，都是這麼異想天開麼？倘若商人都是這般德性，商王族又如何能夠延續至今？」

子嫚回答道：「商人敬畏大巫，不敢有絲毫懷疑違背；正因商人信仰天帝和先祖，受到歷代先祖的庇護保佑，才能夠繁榮延續至今。」

大巫聽了，不再言語，靜了許久，最後才道：「妳回去告訴婦姷，她的話，我聽見了。」

子嫚對大巫磕頭為禮，說道：「拜謝大巫！」語畢迅速起身離去。

子嫚回到婦姰的茅屋，將自己和大巫的對答都告訴了她。

婦姰聽了，大驚失色，連連搖頭，說道：「子嫚啊子嫚，妳太過膽大妄為了！妳對大巫說了這番話，她怎會放過妳！妳的言語很快便會傳入其他諸婦的耳中，她們定會憤恨難平，決心下手殺死我和熊強！」

子嫚知道自己孤注一擲，十分冒險，也知道荊楚大巫不會完全信任自己，很可能立即便將出賣自己和婦姰。她咬著牙，說道：「我們不出手是死，出手也是死。既然都是死路一條，當然得搏一搏。婦姰，妳別擔心，我一定會想辦法護妳和熊強一命。」

然而婦姰所料不錯；子嫚才離開大巫的草屋不久，她的言語就已傳到了荊楚王其餘七婦的耳中。這七婦共有十個子，最大的已有三十來歲，這些婦當然個個擁立自己之子，聽說婦姰竟然有膽量去找大巫，更尋求大巫的支持，如何會放過她？

當日晚間，婦姰忠實的老僕婦匆匆奔進婦姰的茅屋，著急地道：「婦姰！她們都準備好了，今晚便會動手闖來此地，殺死妳和王子熊強。你們快逃走吧！」

婦姰聽了，心想天色已黑，自己若逃入叢林，還有一線生機，但熊強只有八歲，年紀幼小，絕對活不過這一夜。她不禁悲從中來，緊緊抱著愛子哭道：「孩子啊，我們母子就快沒命了！」轉頭對子嫚道：「妳快走吧！出了寨子，往北逃去，儘快離開荊楚之地。他們忙著彼此爭奪王位，不會去追捕妳的。」

子嫚一咬牙，說道：「我不走。我會護著你們到最後一刻！」

婦姁心中感動，說道：「妳要真關心我，就替我帶了強逃走。我不忍心讓他跟我一起喪命。」

子嫚搖搖頭，說道：「婦姁，妳若信得過我，便讓我出手，助妳和強度過難關。」她不等婦姁回答，便抓起自製的石戈，取了一柄廚下用的石刀，快速奔出茅屋。

婦姁驚嚇得不知所措，只能替自己和熊強換上乾淨的衣裳，坐在屋中等候死亡的降臨。熊強年紀小，很快便睡著了。寨中遠處傳來斷斷續續的犬叫聲，還有幾聲大象的低嗚。

直到半夜，外面一無動靜。婦姁擔驚受怕，心中只想：「她們為何還未前來下手殺我？嫚去了哪兒呢？」

直到三更過後，她才聽見茅屋外傳來腳步聲，停在後門之外。婦姁如臨大敵地來到後門邊，門開一縫，但見子嫚一個人獨自站在黑暗之中，喘息不止。

婦姁大驚，低聲道：「嫚！發生了甚麼事？」

子嫚搖搖頭，月光之下，只見她臉上身上全是斑斑鮮血。

婦姁驚問道：「妳受傷了？」

子嫚搖搖頭，從懷中掏出那柄石刀，刀上也是鮮血淋漓。她聲音極低，卻十分沉穩，說道：「我把他們全都殺了。」

婦姁睜大眼睛，一時不明白她在說些甚麼，問道：「妳將誰殺了？」

子嫚咬著嘴唇，說道：「七婦。」

婦姁這才明白發生了甚麼事，只嚇得臉色蒼白，顫抖著聲音道：「當真？誰……誰見到了？」

子嫚道：「沒有人見到。宮舍中的所有人都已死絕。」

婦姁問道：「她們的子呢？」

子嫚低聲道：「全殺了。僕婦奴役也是。」

婦姁臉色煞白，她知道自己情勢危急，命在旦夕，這些王婦若不死，今夜死的就是自己了。但聽聞她們全數遭戮時，心頭也不禁震動驚駭，不知所措。

她呆了一陣，勉強定了定神，說道：「妳快洗刷乾淨，身上不可留下半點血跡。快趁夜逃走，逃得越遠越好！」

子嫚十分鎮定，搖頭說道：「不。我一逃，她們就能確定是我下的手，定會牽連到妳。無論如何，這件事情不能連累你們。」

婦姁知道她說得不錯，凝望著面前這個十四歲的小女孩兒，心想：「她小小年紀，但堅毅智勇，鎮定見識卻不輸大人！」問道：「我們現在卻該如何？」

子嫚道：「我立即去找大巫。妳不必擔心，她會知道該怎麼做。」

次日清晨，這場驚天血案便已傳遍了荊楚王寨。

最先出現在王寨中心的，正是荊楚大巫。她全身盛裝，頭戴羽毛高冠，手持法杖，尖聲宣布道：「荊楚王諸婦不敬天神，天神震怒，降下嚴罰，血洗諸婦宮舍。大家都看到了吧！不敬天神，就是這般下場！」

荊楚之地原本尚鬼，子嫚又早已暗中說服了大巫，如今眾人聽大巫如此宣稱，都不敢懷疑，紛紛跪倒膜拜。在大巫的指揮下，楚人將七婦和十子的屍身抬了出來，在王寨中心搭起柴架，一把火燒掉了。

大巫於是宣告，由於諸婦諸子死盡，只剩下婦姽一人，婦姽自然升為「王后」，和王子熊強一起遷入荊楚王的王宮居住。在此之前，荊楚並無「王后」之稱，這可算是子嫚從大商帶來的新創之舉。

大巫和婦姽進宮後的第一件事，便是軟禁荊楚老王。大巫身為老王之妹，立即下令不准任何人進入老王的寢宮，只有自己信任的助手可以進入，負責照顧老王的飲食起居。老王身邊原有一群深受信任的老侍者，大巫斥責他們未曾好好照顧老王，以致老王虛弱多病，一律賜死。婦姽帶著熊強住在老王寢宮之外、老王往年接見群臣的旁宮之中；任何人要見老王，都必須先晉見新王后婦姽。婦姽不同意時，誰也見不到老王。

荊楚王年老病重，終日臥病在床，即使對婦姽的作為驚怒至極，但自己性命掌握在大巫和婦姽手中，也無計可施。

婦姁當上王后之後，子嫚對她的第一個建議便是：「寨中諸子都已死去，但寨外還有五個王子——曾自稱小王的二王子、殺死九王子的十三王子、投奔二王子的十六王子，以及取了濮伯之女的二十五王子，和取了夷方王女的二十二王子。最後這兩個先不必擔心，最該注意的是手握象師的二王子。請王婦把握機會，發出密令，讓二王子回來擔任小王。」

婦姁驚道：「二王子一回來，豈不會立即下手殺死我和強？」

子嫚道：「不錯，因此我們一定要搶先下手，將二王子騙回，在寨外就殺了他。」

婦姁猶疑道：「我們手中並無師眾，殺得了他麼？」

子嫚道：「王的師眾，就是王后的師眾。二王子有象師，我們也有象師，還有馬師。妳只需命象師和馬師之長埋伏在半路，截殺二王子即可。」

婦姁更加遲疑，說道：「象師馬師之長，怎會聽我的指令？」

子嫚道：「王后不必擔心。二王子回來後，誰將率領象師？誰將率領馬師？當然是二王子自己的親信手下了。二王子和老王不和，由來已久，絕對不會任用老王的舊人。只要王后讓現任這兩位師長知道王后將重用他們，讓他們繼續擁有師眾和地位，他們便會聽妳的話行事。寨中誰也不想二王子回來當王，情勢對妳絕對有利。」

婦姁別無他策，只能照著子嫚的話去做，喚了象師和馬師之長來覲見王后。

象師之長名叫熊蠻，馬師之長名叫熊駿，二人乃是兄弟，皆是王族子弟，兩人身形健壯結實，身經百戰。

子嫚坐在婦姆身旁，對二人說道：「二王子就將歸來，老王對此頗感憂慮，讓王后詢問兩位師長有何對策？」

兩個師長對望一眼，馬師之長熊駿率先說道：「我只服從老王的指令。老王呢？為何只有王后在此？」

子嫚的小臉浮現憂慮之色，壓低聲音，說道：「老王之憂，絕對不能親口說出，不然天地神靈都要怨怪二王子不孝，責備老王無德。因此老王只能讓王后出面，與兩位老王最信任的師長商量對策，請兩位師長體諒老王和王后的苦心！」

二人對望一眼，象師之長熊鑾思慮一陣，說道：「我明白老王的意思了。然而沒有老王的指令，我等豈敢擅自行動？」

子嫚道：「有王后的指令，就等同有王的指令了。兩位受到老王和王后的全心信任，必將長久任用，絕不相棄。倘若兩位失敗，不但老王和王后性命不保，一旦二王子得勢，兩位亦絕無可能保住今日的地位，甚至可能遭二王子殺戮流放。請兩位今日盡力保護老王和王后，替老王和王后除去內患，未來不論發生甚麼事情，王后都將繼續重用二位，以示感恩。」

二人聽她點出了事情的關鍵，直指兩人心中之憂，都凝肅不語。兩位師長與二王子並無交情，王宮中的內鬥原本與他們無關，然而倘若二王子當真成了下一任的荊楚王，他們二人的權位自然不可能維持不變。眼下情勢，確實還是效忠老王，保住自己的地位為上策。

子嫚說完，向婦姁望去。婦姁雖性情溫和，卻並非蠢笨之人，明白自己此時需得裝出強勢，說些狠話，當即咳嗽一聲，朗聲說道：「我以王后的身分，命令象師之長熊蠻、馬師之長熊駿二人，於王寨之外埋伏，消滅二王子之師，殺死二王子本人，絕不讓叛徒進入王寨，威脅到老王的性命。聽清楚了麼？」她語氣威嚴，頗有氣勢，熊蠻、熊駿當即躬身接令。

婦姁又道：「本后並命子嫚充當監師，跟隨你們突襲，絕不可失敗！」

自從楚方開始有師以來，從未聽過「監師」一詞，婦姁當然也不知道監師是甚麼東西，只是聽了子嫚的建議，安排親信子嫚跟在二人身邊，確定他們沒有貳心，確保事情萬無一失。

兩個師長雖心生疑竇，但也只能恭敬領命。

子嫚雖體格結實、善使弓戈，但生平也只跟隨父王昭參與過一次對夷方的征戰，並不熟悉征戰之道，心想：「我甚麼也不懂，只能倚靠兩位師長的經驗，盡量做出最完善的布置。」

於是離開王宮之後，她刻意籠絡兩個師長，先向熊蠻和熊駿二人恭敬跪拜行禮，說道：「請兩位師長不要介意小奴跟隨！老王和王后太過擔心此役成敗，才命小奴跟來，好向兩位師長學習。」

兩人原本對這小小商女頗感不屑上心，也帶著幾分厭惡，此時聽她說一口流利的楚語，神態又十分謙卑恭敬，面色這才稍稍放鬆。

熊駿擺手說道：「不要緊，大家都是為王辦事，盼能為王解憂罷了。」

子嫚道：「正是。小奴愚昧，請問兩位師長，二王子將從哪個方向回歸王寨？」

象師之長熊蠻說道：「傳說二王子去了南方，自然會從南方歸來王寨。」

子嫚說道：「他若從南方來，那麼一定會經過南方的石板大道。請問他有象師麼？有馬師麼？」

熊駿搖頭道：「叢林中馬匹不多，只楚王擁有一百匹戰馬。二王子即使有馬，也只是劣馬，只能用以拉車或馱載貨物，不能征戰。」

熊蠻則驕傲地道：「豢養象師，可不是件容易的事！傾荊楚王的財力，也才能養得起二十頭戰象，況且只有經驗充分的象伕才能訓練帶領象師作戰。以二王子的財力，只怕連一頭象都養不起，更別說象伕了。楚地一共有五位象伕，全都在我的手下。」

子嫚點點頭，說道：「既然如此，我王的優勢就十分有勝算了。請問兩位師長，打算如何突襲？」

熊駿信心滿滿，說道：「我等可以出其不意，在南方石道旁布下埋伏，出動馬師快速圍繞住二王子之師，讓彼等無法逃脫。」熊鑾接著道：「之後我讓弓箭手從暗處射箭，再派象師趁機衝出，將他們全數踏死。」

子嫚點頭道：「兩位師長的計畫極好，如此自當萬無一失。」

於是子嫚跟隨熊鑾、熊駿二人來到王寨之外，觀察地勢，聽取二人埋伏偷襲的計策。自從子嫚以商方流犯之身被送入王寨之後，這是她第一次離開王寨；但見寨外叢林濃密，地勢崎嶇險惡，若不識得路，很容易便會迷失方向，遭到毒蛇猛獸的攻擊。

子嫚勉強壓下心中的恐懼，裝作若無其事，跟著兩位師長在王寨之外走了一圈之後，便對熊鑾道：「象師體型龐大，容易被敵人發現。請問師長打算將象師埋伏在何處？」

熊鑾其實從未率領過象師埋伏突襲，一時答不上來。熊駿較有智計，建議了幾處樹木高大濃密、易於隱藏的地點。兩位師長商討之下，決定在王寨城門外十里處的一個小谷之中設下象師埋伏，馬師則藏在道路旁的樹叢之中。

子嫚見二人計畫十分周詳，於是說道：「兩位師長經驗豐富，設計周密。小奴回去後，便將兩位的高見向我王和王后報告，我王一定會十分滿意，讓兩位依照計畫行事。」

但她暗中仍不免恐懼擔憂，生怕這回埋伏失利，那麼婦姁母子二人定然無法保住性命，自己也絕對沒有甚麼好下場了。

子嫚和婦姁商議過後，認為兩位師長的計策並無破綻，於是派人探查二王子一行人的行程，估計他們到達的時日，預先安排埋伏，準備突襲。

三日之後，二王子率領三百師眾回往王寨。這二王子年紀已有五十來歲，不久前才和三王子聯手，殺死了長兄，之後便自封為小王，將三王子氣得率眾出走。他自封小王後不多久，老王的病卻痊癒了，聽聞諸子互相殘殺之事，怒不可遏，將自封小王的二王子叫入王宮大罵一頓，又將他趕出王寨，逼得二王子只好帶著忠於自己的手下逃往南方。

此時他信心滿滿，滿心以為自己乃是年紀最長的王子，回到王寨後必能順利接任楚王之位，更未懷疑竟有人膽敢對他下手。當象師、馬師突然出現攔截，又斷了二王子的退路時，這才驚覺有詐，慌忙下令道：「放手殺敵，衝出包圍！」

二王子的手下都是在叢林中征戰多年的師眾，聞令立即提戈舉弓，準備反擊。二王子只道來者應是一般的盜匪，待看清包圍己方的竟是楚王的象師和馬師，頓時更慌了手腳，完全不敢置信，高聲叫道：「我是二王子！我王命我歸來接任王位，你們這是做甚麼？犯上作亂麼？」

熊蠻和熊駿更不理會，下令道：「放箭！」話聲方落，羽箭如下雨一般射向二王子的手下，十多人中箭倒地。

二王子怒喝道：「叛亂賊子，竟敢攻擊小王！眾人聽令，立即殺無赦反攻！」語畢，率先帶頭奮力抵抗。

但二王子一夥只有三百餘眾，人數畢竟太少，又無象馬之助，很快便被熊駿的馬師驅散。接著熊蠻率領象師衝入，不過一頓飯的工夫，二王子的三百多手下死傷大半，倖存者跌跌撞撞逃入叢林；二王子也在混亂中倒地不起，他的喊叫聲淹沒在廝殺慘叫聲之中，再也沒有人能聽得見。

這場突襲戰役為時極短，但血腥非常，子嫚從未見過這般迅速而殘狠的戰役，一切全在叢林之中、濃密的枝葉掩抑之下發生，除了慘叫聲和血腥味之外，子嫚幾乎甚麼也看不到。轉眼之間，二王子的手下便已全數殲滅，叢林歸於一片詭異的平靜。

熊蠻和熊駿下令收師，檢點傷亡。楚師找到了二王子的屍身；他被弓箭射倒後，遭一頭大象踩上胸口，整個人陷入枯葉爛泥之中，肋骨斷裂，當場斃命。

子嫚聽說二王子死去，鬆了口氣，親自檢查了他的屍身，點頭說道：「將屍體運回王寨，以王子之禮安葬。」熊蠻、熊駿答應了。

於是象師、馬師帶著二王子的屍身歸來，王后婦姆以重禮將二王子下葬。王寨中人無不戰慄恐懼，知道王寨中勢力的消長已愈趨明顯。武力最強、最有可能接任王位的二王子竟然輕易地被王后暗中派王師截殺，可見王后勢力雄厚，完全掌控局勢之能。而老王終究屬意由哪個王子接任王位，也呼之欲出——除了現任王后婦姆之子熊強之外，更無其他選擇。

婦姆成功除掉二王子後，其餘王子便容易得多了：她將其餘諸子一一召回，以各式說法分別殺死或囚禁。不敢回來的，她便宣稱他們在老王病重之際不肯回來探視，無孝無義，自棄於王位，失去荊楚王子的地位。

處理完諸子之後，子嫚對婦姆道：「接下來就要除去忠於老王的重臣了。他們眼見妳忽然登上王后之位，又大殺其餘王子，只因畏懼大巫的威嚴，敢怒而不敢言。但是他們絕對不是心服妳，遲早要造反。」

婦姆擔憂道：「我倚賴這些老王的重臣，才得以除去其他王子；現在又要將他們除去，我還能倚靠誰呢？」

子嫚道：「不必擔心，王后只需培養出自己能夠信任的手下，便能長久掌控荊楚的局勢。」

於是子嫚開始著手安排，她從小在天邑商長大，其母婦戳空有王婦之名，但地位岌岌可危，連帶著子女也備受壓迫，養成子嫚尤能觀察人心險惡，人情冷暖的心思。她出生時，王后婦井和小王子弓的地位已十分穩固，而其母婦戳的地位則日益艱險。子嫚在這樣的處境下成長，漸漸看得出誰趨炎附勢，爭先恐後地奉承巴結王后婦井，將婦戳冷落在一邊，甚至對他們一家輕屑鄙視，嘲笑侮弄；也看得出誰忠厚善良，表面上不動聲色，仍舊偷偷照顧著自己母子四人。她同時也知道，善於巴結奉承的，多半是沒有能力的傢伙；有能力的王族多父多子，一般不屑於諂媚討好權貴。

稟持著這個信念，子嫚開始去找出當時待婦姆和熊強較好的楚王王族、輔臣和其婦，認定他們是較可信賴、較有能力之輩。她自己先去見這些人，再邀請他們來與王后婦姆深談，能夠談得合乎婦姆心意的，立即便封為佐臣或師長，成為王后婦姆的親信。

子嫚親手將大巫推上楚人共尊的地位，並讓大巫出面支持婦姆，因此清楚一定需盡力維持大巫的地位，婦姆的王后之位才能穩固。她持續拉攏大巫，讓大巫得享最尊貴的待遇，飲食、用具和僕役等，樣樣都比荊楚王和王后更加豐盛貴重，讓荊楚之人對大巫恭敬崇拜，無以復加，地位幾乎和商王大巫一般尊貴崇高。

大巫頗為受用於婦姆和子嫚的用心，對二女的計畫極為配合，每回王后婦姆請大巫貞卜時，她總是依照婦姆的意思，貞卜出對婦姆最有利的結果。子嫚為了讓楚人相信大巫的神力，甚至暗中替大巫安排了幾個「神蹟」，讓楚人對大巫更加深信不疑。

一回楚人聚會祭天時，大巫宣稱道：「本巫擁有通天的神能，今日上天界賓見天神，天神給了我一隻金雞，讓我帶回人界給老王，以示天神對荊楚的保佑。」說著從寬大的袖子中掏出了一隻通體金色的雞，昂首而啼。所有目睹此事的楚人都嘖嘖稱奇，驚嘆不已。

又一回，大巫宣稱道：「本巫今日上天界，天神告訴我王宮中藏了一頭白鼠精，才令老王多病多恙。」

於是大巫派侍者在老王的寢室中搜索，果不其然，在屋頂上找到一頭巨大的老鼠，全身無毛，狀似鼠妖。大巫叫道：「這就是天神所說的白鼠精了！快快殺死了！」到了次日，大巫對王案中人宣布道：「白鼠精死去後，老王今日便健朗許多了。」

自此以後，楚人對大巫尊敬欽服，無以復加，不論大小事情，都來請大巫貞卜祈禱，對大巫的一言一語深信不疑。

在子嫚的出謀畫策之下，婦姷擁有大巫的全力支持，得到象師師長熊蠻和馬師師長熊駿的效忠，身邊又有一群忠誠可靠的新輔臣，王后之位愈來愈穩固。

子嫚身為婦姷的親信，在荊楚的地位亦日發重要。然而，她並未忘記留在天邑商的母戮和兄曜，和流落在外的兄漁，時時掛念著他們，日日替他們禱祝，祈願他們健康順遂、平安無咎。至於陷害他們一家的王后婦井，子嫚更是在心中詛咒不斷，希望她多病早死，絕子亦絕孫。

第二十五章 虎侯

約莫兩年前，天邑商王宮。

黑暗的地囚中散發著腥臭之味。一個衣著華麗、肚腹隆起的高貴婦人手持火把，出現在地囚柵欄之外。囚中只有一人，全身赤裸，他和自己的穢物共居已有半年多的光景了，渾身骯髒腥臭，中人欲嘔。

囚中之人沒有抬頭，囚外的貴婦也不出聲。僵持了許久，貴婦才終於開口了，說道：「央，你好麼？」語音輕柔，顯得極為關懷。

囚中之人似乎睡著了，或是並未聽見，毫無反應。

那貴婦柔聲道：「央，我一直掛念著你。」

原本靜靜坐在地囚中的子央忽然哈哈大笑起來，說道：「妳當我是傻子麼？外面發生了些甚麼事情，我可清楚得很。父王找藉口將我囚禁，久久不放，接著將子曜也關了進來，這不都是我母后和兄弓的傑作麼？可惜我沒有個好母，也沒有個情深義重的妹妹出頭頂替我，而妳直到快要分娩了，才想起我子央！哈哈！」

那貴婦正是婦鼠。她臉色不改，微笑說道：「那麼你應該清楚，這是你脫離地囚、保住性命的唯一機會。就算你氣惱我，也應當替你的子著想啊。」說著伸手撫摸自己的肚腹。

子央沉默不語。

婦鼠續道：「你或許已知道，我王出征羌方尚未歸來，王后婦井已計畫在我王回到天邑商前對他下手，絕不會讓他平安回到天邑商。如今王后擺明了站在小王子弓那邊，早已決定捨棄你了。一旦子弓登基，第一件事便會殺死你，除去一個威脅。因此你必須在王后對我王下手之前趕緊離開地囚，離開天邑商，才能保住你的性命。」

子央已從子曜口中得知母后背叛父王等情，也心知肚明非得等到父王回來，自己才有出囚的希望；倘若母后決定殺死父王，讓子弓登基，那自己便永遠沒有出囚的一日。他自知處境極為險惡，必須抓住眼前一線生機，開口問道：「妳真能放我出去？」

婦鼠點點頭，說道：「不錯，我已買通囚衛，能偷偷放你出來。至於你該去往何處，我也已有安排。王后剛剛傳下密令，命我父侯出征韋方。兄充死去，父侯需要一名師長相隨。我放你出來後，你便偷偷跟在父侯的師中出征，相助父侯征伐韋方。如何？」

子央沉吟不答。

婦鼠又道：「我腹中之子，下月就將出世。你難道不關心他麼？憑著這個子，我對你的心思，你便不需懷疑。」

子央呼出一口氣，說道：「母后軟禁婦斁，囚禁放逐她的子女，如此小王的地位就鞏固了。但母后卻仍不放心我，深怕我和子弓爭奪王位，是麼？」

婦鼠冷笑道：「你那母后心裡在想些甚麼，我可不知道。放你出囚完全是我的意思，這件事情，我半點也未曾跟你母后提起。你到底願不願意？難道你想這地囚中過上一輩子？」

子央哼了一聲，說道：「好！我願意。」

婦鼠露出微笑，說道：「這就對了。我已替你備好了戈矛盾甲，你出來後，便躲在裝運糧草的牛車之中，明日便隨鼠方之師啟程，征伐韋方。」

子央哼了一聲，說道：「韋方比鄰天邑商，師少而弱，有甚麼好征伐的？」

婦鼠微笑道：「就是因為他們弱小，才好征伐啊。我父侯一直想要佔領韋方肥沃的土地，但我王始終不允准。如今我王出征，王后當權，鼠方當然要把握這個大好機會，將韋方給吞併了。你跟隨我父侯一起出征，抓回幾十個韋方俘虜，下回祭祖時便可用於獻祭，也可提高你的地位。等你回到央方，整頓自己的央師，子弓和王后就不敢輕易動搖你了。」

子央嘿了一聲，說道：「只要能快快放我出去，我甚麼都願意！」

那日子曜離開了大巫之宮，抱著讙回到婦斁之宮自己的寢室。寢室中安靜得嚇人；他十分想念好友小巫，回想自己從昆侖歸來的途中，與小巫日夜相處，朝夕廝混，多麼快活；如今他連想見小巫一面都不可得，心中又是惆悵，又是失落。幸而有讙在他身邊陪伴，讙雖不能言語，至少能讓他不受病痛折磨，體力精神都遠勝往昔。

子曜想起王后婦井的殘狠毒辣，和子辟虐待羌女時癲狂的神情，心中好生憂懼；今日婦井礙於大巫瞉的干預保護，不得不暫時放過自己，但她一定會再次向自己伸出毒手。他也萬分擔憂兄漁和妹嫚的安危，他知道巫彭的預言已逐漸成真了，兄漁和妹嫚都被迫離開了天邑商，遭遇折難，性命堪憂；自己靠著讙的保護，勉強抵禦災禍，但也岌岌可危，隨時能被王后婦井、小王子弓、伊鳧等人害死。

此時兄漁、妹嫚和小巫都離開了天邑商，如今子曜唯一能說話的對象，便只剩下子央了。當夜夜深之後，他帶了幾罐米粥偷偷送來給子央時，才發現他已不在地囚之中。子曜不知道他為何被放出，又去了甚麼地方，也不知道該去向誰打聽。

次日清晨，他依照大巫瞉的吩咐來到神室，心中擔憂子央的下落，忍不住問大巫瞉道：「大巫瞉！中兄央已不在地囚中了。您可知他去了何處？」

大巫瞉點點頭，平靜地道：「昨天夜裡，婦鼠偷偷放出了子央，讓他跟隨鼠侯征伐韋方去了。」

子曜大感驚訝，說道：「婦鼠？她為何要放出中兄？」

大巫瞉道：「二人之間自有恩怨。」

子曜不知該為子央高興還是擔憂，暗想：「中兄央原本就擅長征戰，如今能出去一展身手，建立戰功，自比窩在那地囚中好得多了。但婦鼠和王后貌似親密，不知她懷著甚麼心思？鼠方倘若依附婦井，和婦井聯手陷害中兄，中兄可危險得很。但盼中兄一切平安！」

他還在想著子央的安危，大巫殻忽道：「王子曜，我等會兒讓小祝領你去史宮，教你如何整理貞卜過後的龜甲。但在你去史宮之前，我需請你幫我施行一項巫法。」

子曜微微一呆，說道：「謹遵大巫之命。請問大巫殻，曜能幫您施行甚麼巫法？」

大巫殻道：「此法十分簡單，不需太多時候。請你坐在這兒。」說著指向神室中心，但見當地已放了一張色彩斑斕的圓形坐墊。

子曜乖乖來到坐墊之旁，見坐墊前方放置了一只半人高的吉金圓鼎，鼎的正中鑄了一頭獸物，形象十分奇特，身長如蛇，遍體魚鱗，眼大如兔，嘴闊如牛，頭生鹿角，掌如虎，爪如鷹，卻是子曜從未見過的禽獸，甚至從未在吉金神器上見過。他忍不住問道：「請問大巫殻，這鼎上鑄的是何種禽獸？」

大巫殻道：「這不是禽獸，是龍。」

子曜甚感好奇，問道：「龍？那是住在天上的神物麼？」

大巫殻微微一笑，說道：「不，龍並非住在天上，也並非神物。」

子曜還想再問，大巫殻已道：「王子曜，請坐下。」

子曜不敢多說，當即在那張五彩坐墊上坐下了。他不懂巫術，心中忐忑：「不知大巫轂要我幫忙他施展甚麼巫法？」問道：「請問我該做甚麼？」

大巫轂道：「你甚麼都不必做，閉上眼睛便是。」

子曜點點頭，心想：「大巫轂自不會害我，乖乖聽話吧。」於是閉上了眼睛。

他聽見大巫轂的聲音在自己的身前響起，不知何時已來到了那座龍鼎之旁，口中喃喃祝禱，似乎在誦念一串極長的咒語。子曜一個字也聽不懂，只隱約聽見自己的名字數度出現在大巫轂的誦念之中，卻無法確定。

果如大巫轂所說，這法術十分短暫，不過十多個呼吸之間，大巫轂便停止了誦念，開口說道：「完成了。王子曜請起身吧。」

子曜睜開眼，但見面前的龍鼎依舊，又彷彿有些許不同；那龍的眼睛彷彿多了一分生氣，發出隱約的光芒，正盯著自己直瞧。子曜不禁毛骨悚然，瞥見大巫轂站在龍鼎之旁，神色安穩平靜，這才稍稍放心。

大巫轂對著門口說道：「小祝，領王子曜去史宮。」

子曜回過頭，見到門口站了個全身白衣的俏麗少女，正是大巫轂的親信小祝。子曜知道她年紀輕輕，卻是大巫轂十分信任的助手，對她滿心敬畏，趕緊站起身，恭恭敬敬地道：「小祝。」

小祝的臉上毫無表情，只道：「王子曜請跟我來。」

於是子曜拜別大巫轂，跟著小祝來到大巫之宮中一間獨立的宮殿——史宮。

史宮藏放著歷年來所有的龜甲卜辭，由王昭最信任的史臣史尹負責整理收藏。史尹是個頭髮花白的老者，小祝帶子曜見過史尹，說道：「史尹掌管史宮多年，對宮中一切非常熟悉。你若有任何疑問，向史尹請教便是。」

子曜恭敬答應，對史尹行禮。

史尹面目陰鬱，沉默寡言，聽說大巫派子曜來此幫忙，也不多問，只簡單地告訴他如何清理分類過往的甲骨，再來便命他整理一屋子的古老甲骨。

之後的日子，子曜每日天一亮便來到史宮，遵照史尹的指示，專心整理那些貞卜用過的古老甲骨，也順便閱讀甲骨上的貞卜文字，看看先王先祖都做了些甚麼占卜，結果如何，歷代大巫又如何替先王解決疑難。

如此一個月，他發現了一件奇怪的事：所有的甲骨都刻於先王盤庚遷殷（天邑商）之後。他知道在先王盤庚遷殷之前，商都位於近海的奄，在殷的正東方，隔著大河，相距總有八百餘里。從奄遷都至殷，應是商王族多次遷都距離最遠的一次。

根據甲骨貞卜記載，八十多年前，先王南庚不知甚麼原因，決定將都城從庇遷至遠在東方的奄。南庚在位不過六年，便由虎甲接位，繼續定都於奄。虎甲在位也只有四年，就傳位給其弟盤庚。盤庚也定都於奄，十五年後，才決定大舉往西遷都，帶著上萬王族和臣民遷至遙遠的殷，遷都時曾遇到王族臣眾巨大的阻力。盤庚離開時似乎十分匆忙，並未帶上任何甲骨，因此史宮中並無任何遷殷之前的甲骨記載。

子曜心中籌思：「遷殷之前的甲骨，應該都還留在舊都奄吧？若有機會，我真希望能回去奄看看。若能進入當時的大巫之宮，或許能找到六十多年前，甚至幾百年前的甲骨。先王盤庚當時遷都為何如此匆忙，以致甚麼甲骨都未曾帶上？而且又為甚麼遷得這麼遙遠？先王小甲之時，都城在亳；之後先王河亶甲遷都至相，先王沃甲都於刑，先王南庚都於奄。先王虎甲在奄即位四年就死了。他是怎麼死的？不知在奄能否找到相關的記載？」

子曜正胡思亂想時，一個白影悄沒聲息地出現在史宮門口。子曜初時未曾留心，只倏然感到門口傳來一股寒氣。他一驚抬頭，但見來人正是大巫斝的親信小祝。子曜起身招呼道：「小祝。」

小祝臉色淡淡，好似大巫斝戴上面具時一般沒有表情。她冷冷地望著子曜，說道：「大巫斝命你立即去神室覲見。」

子曜趕緊答道：「是，我這就去。」

小祝轉身便走。子曜匆忙收好甲骨，放回木架之上，追出門去。小祝身形纖瘦嬌小，走路卻如風一般快捷，子曜快奔急追，只跑得氣喘吁吁，卻仍舊追她不上。

小祝站定腳步，回頭望向他，臉上露出一絲不耐之色，說道：「快些，莫讓大巫斝和客人等候太久。」

子曜彎腰喘息，脫口問道：「客人？」

小祝點點頭，說道：「是。」不再解釋，轉身又走。

子曜趕緊奮力跟上，一路快奔來到大巫殼的神室之外。

子曜跨入神室，但見室中除了大巫殼之外，還有一個身形巨大的中年男子，一身黃衣，式樣古怪，顯然並非大商王族。

子曜有些驚訝，他雖非巫祝，卻也知道神室乃是商王族最神聖的殿堂，最重要的祭祀之所，理所當然不能讓非王族之人進入。

子曜向那黃衣人打量去，見他體態高大雄壯，氣勢渾厚威武，一望便知是個地位極高的一方之長；他的臉面介於猙獰和威嚴之間，一頭黃髮，滿腮鬍鬚，乍看之下倒像一頭猛獸。

子曜勉強壓下心頭的疑懼，恭敬向大巫殼行禮，心中納悶：「大巫殼怎會讓此人進入神聖的神室？他召我來此，又是為了甚麼？」

那黃衣人睜著老虎般的眼睛直瞪著子曜，眼神銳利又威猛。

大巫殼招手讓子曜近前，說道：「王子曜，這位是虎侯，快來拜見。」

子曜大驚失色，心想：「他就是虎侯？他不是正率領虎師前來攻打天邑商麼？怎會進入天邑商，並且進入大巫之宮？」卻趕緊上前拜見。

虎侯仍舊凝視著他，說道：「你就是王子曜？」聲音沉重厚實，彷彿猛獸的低吼。

子曜點點頭，說道：「是。」

虎侯不再言語，望向大巫殼。大巫殼點頭道：「令子出事之時，王子曜在場，親眼見到事情的經過。」

子曜頓時想起自己在井方那時，被迫跟隨子央入林捕虎，目睹老虎咬死鼠充、子央殺死老虎等情。那段經歷實在太過怪異，太過恐怖，只消回想當時情景，便已令他的身子微微打顫。

虎侯轉頭望向子曜，說道：「王子曜，請你告知當時事情發生的經過，說得愈詳細愈好。」他的語音平穩，並無惱怒責怪，反而有些懇求之意。

子曜吞了口口水，眼前出現了子央高舉大鉞，斬下虎頭，用手提起血淋淋虎頭的一幕。他知道那頭虎便是虎侯之子，心中一軟，好生不忍，於是盡量回想，將事情經過詳細地說了一遍。

虎侯聽完之後，神色沉重，問道：「那頭虎，確實是子央殺死的？」

子曜心想子央因誤殺虎侯之子而悲慘遭囚許久，如今雖已脫出地囚並隨鼠師出征韋方，但子曜不願陷子央於更深的罪孽，於是替他辯解道：「當時猛虎咬死了鼠充，還咬傷了多名井戍。兄央命令多戍射箭圍攻老虎，將之殺死，不過是為了自保，並不知道那頭虎竟是虎侯之子。之後我父王為了此事十分惱怒，解除了他的王之親戍職務，並將他關進王宮地囚，直關了大半年，險些死在囚裡。」

虎侯嗯了一聲，說道：「你說商王為此懲罰他，因此商王知道子央犯了甚麼過錯？」

子曜不敢回答，只好向大巫㱿望去。

大巫嗀接口說道：「不錯。商王和王后都知道子央在井方殺死的老虎，正是令子。」

虎侯聽了，忽然老淚縱橫，舉起雙拳，猛搥於地，怒吼一聲。這一搥一吼，直震得神室中的諸多吉金神器嗡嗡作響。

子曜嚇了一跳，心中好生疑惑：「大巫嗀的職責，不是保護商王麼？他為何會接待虎侯，還將事情真相全盤托出？」

虎侯搥地怒吼之後，伸手抹去淚水，恢復鎮定，問大巫嗀道：「不知我兒遺體被埋在何處？」

子曜心想：「大巫嗀不是派小巫去井方森林，找回了老虎的遺體麼？」

不料大巫嗀卻道：「令子死於井方，遺體應仍在井方的森林之中。井方乃是王后的地盤，即使是我王，也不能派親戍去井方尋找令子的遺體。如今我王出征在外，天邑商由王后婦井坐鎮。大商諸事，都由王后作主。」

虎侯哼了一聲，說道：「我子死於井方，王后婦井絕對脫不了干係！」

大巫嗀道：「找回令子遺體之事，本巫或能替虎侯略盡微薄之力。待我王回到天邑商後，本巫將說服我王派親戍赴井方尋回虎屍，給虎侯一個滿意的交代。」

虎侯對大巫嗀拜倒為禮，說道：「多謝大巫嗀高義相助。」豁然站起身，大步離去。

虎侯如一陣風般離開之後，子曜忍不住問道：「大巫嗀，您……您為何將事情真相全數告知於他？」

大巫縠淡淡地道：「他原本就已知真相，特意趁我王和婦好出征時來到天邑商，便是為了證實此事。我親自去天邑商的城門迎接，表明願意襄助他釐清事發經過。」

子曜仍舊不敢相信大巫縠竟如此慷慨大方地相助外人，忍不住問道：「他若一心為其子報仇，那又如何？」

大巫縠神色平靜，臉上露出一個無解的微笑，反問道：「王子曜！大巫的職責是甚麼？」

子曜一征，立即答道：「是祭祀天帝、神靈和先王先祖，祈求祂們保佑大商子孫，以及替商王貞卜吉凶。」

大巫縠笑了，說道：「這只是大巫職責的一部分。大巫最重要的責任，是溝通天地，傳達天帝、神靈和先王先祖的意願。在天帝和先祖之界中，沒有欺騙隱瞞，只有真相。虎侯應當知道真相，而大巫也應當幫助他得知真相。」

子曜不知該說甚麼，只能問道：「那麼虎侯會怎麼做？他會出師攻打天邑商，向王后問罪？還是會要求王后交出子央，殺他報仇？亦或將攻打井方，找回虎屍，再逼王后交出兄央？」

大巫縠微笑著，答道：「虎方早已派出萬人之師，駐紮在天邑商外不遠之處了。王昭率領婦好、侯雀、亞禽去攻打羌方，目的就是為了引開虎方之師。然而虎侯並無心追上解救羌方，他大舉興師來到天邑商，不過是為了尋回其子的遺體。」

子曜更加困惑了，問道：「他帶著萬人之師，又知道父王和商師已離開天邑商了，為何不乾脆直接出擊報仇，奪回其子的遺體？」

大巫韰露出微笑，說道：「王子曜，那是因為有我大巫韰在此，所以虎侯無法攻擊天邑商。他此行只是希望找到其子的遺體，帶回虎方安葬，之後他才會著手準備報仇。」

子曜忍不住問道：「他不能攻打天邑商，卻將如何報仇？他會去攔截父王之師麼？他會去攻打井方麼？」

大巫韰道：「我王有天帝神靈和諸位先祖的庇護，誰也無法傷害他。」

子曜吁了口氣，說道：「原來您這麼有把握，才會放心將真相告訴他。」

大巫韰淡淡微笑著，沒有作聲。

子曜忽然明白了他的言外之意，脫口說道：「天邑商有你護祐，安全無虞；父王有先祖庇護，誰也無法傷他，但是其他人不曾受到任何守護。」

大巫韰微微點頭，說道：「確實如此。」

子曜心中一寒，徹底明白了大巫韰的用意：「大巫韰幫助虎侯，是希望他出手對付王后婦井！」

大巫韰顯然不再與子曜多做解釋，自顧低頭整理面前的卜甲。

子曜見大巫韰之意已定，不知如何再多說，只能起身告辭。他離開神室之前，大巫韰忽道：「王子曜，明日清晨不要去史宮了。你來神室，我教你一些巫術。」

子曜一呆，說道：「您要教我巫術？」

大巫瞉點了點頭。

子曜甚感受寵若驚，雖不敢質疑大巫瞉的言語，仍忍不住問道：「大巫瞉，莫非……莫非您想訓練我成為巫者？」

大巫瞉微微搖頭，說道：「王子曜，我說過了，商王族從未出過真正的巫祝。即使你的母婦斆乃巫彭之女，身上流著巫者之血，但你也不會成為一位巫者。不，我無意將你訓練成巫，而是要教你如何活下去，如何幫助那些需要你的人。」他說完後，不等子曜開口再問，便優雅地揮揮手，讓他出去。

子曜怔怔地行禮告退，滿懷疑惑地回到史宮。

他心中不停思量：「大巫瞉到底想做甚麼？我若不能成為巫祝，他又為何要教我巫術？虎侯之子被殺那日，子桑以及許多井戍都在森林之中，為甚麼獨獨叫我去向虎侯敘述事情的經過？他到底是想幫我，還是想害我？」

又想起大巫瞉最後的那句話：「我要教你如何活下去，如何幫助那些需要你的人。」他忽然想起那些受盡折磨的可憐羌女，那上千個默默無言，被商人以各種方法放血、砍死、燒死用於祭祀先祖的羌人，還有為了替自己換罪而遭流放荊楚的妹妹子嫚，心中陣陣抽痛，暗想：「倘若大巫瞉真心願意教我巫術，我一定盡我所能認真學習。讓我活下去還是小事，我真正希望能做到的，是幫助那些悲慘的羌人，更想救回流落在外、生死未卜的妹嫚！」

之後數日，子曜依照大巫瞉的吩咐，每日破曉便來到神室，跟隨大巫瞉學習各種通天之道，貞卜之術。大巫瞉先從器物開始，不厭其煩地向他詳細解說每件吉金神器的歷史和作用，子曜聽得津津有味，更是用心記憶。

這日，大巫瞉取出一只小小的方鼎給子曜觀看，說道：「這是前任大巫傳下的神器，叫作『雙虎鼎』。」

子曜見鼎上鑄著兩隻老虎，張開血盆大口，中間夾著一個面帶微笑的人頭，正是他第一次在神室中清醒過來時留意到的那座鼎。他忍不住問道：「請問大巫瞉，這鼎上的花紋有何意義？」

大巫瞉反問道：「你認為呢？」

子曜凝望著那個人頭，說道：「我猜想這是一位大巫。」

大巫瞉點頭道：「不錯。這是一位大巫。這位大巫便是先王虎甲在世時，侍奉虎甲的大巫沌。」

子曜問道：「那麼這兩頭老虎有何意義？」

大巫瞉道：「虎口大張，代表生死分界。這兩頭虎乃是大巫沌豢養的神獸，能在作法之時幫助大巫沌通靈升天，穿越生死。鼎上鑄造的兩虎正張口對大巫沌吁氣，為的就是幫助大巫沌升天，賓見先祖。」

子曜聽得一知半解，他並不清楚通靈升天、賓見先祖是甚麼意思，猜想是大巫諸多巫術中的一種，點了點頭，說道：「我還以為大巫須得鑽進老虎的口中，才能發揮巫術呢。」

大巫㱿微微一笑，說道：「你說得也沒錯。大巫所做的事情，就跟被老虎活活吃掉差不多。然而若要更進一步尋得永遠登天的祕密，那就不只要被老虎吃掉，還要受盡人間苦難，經歷神殺以及神生的過程，才能成為與天地融為一體的天下之巫。」

子曜更加不懂甚麼是「神殺」、「神生」或「天下之巫」，卻不敢多問，大巫㱿也不再解釋。

一日清晨，子曜來到神室時，見到大巫㱿正在為當日的祭祀齋戒沐浴。他全身赤裸，直立於神室之中，雙手橫展，雙目微閉。小祝站在他身旁，以潔淨的白布沾上清水，緩慢而細緻地替他擦拭身上的肌膚。

子曜正想要避開退出，卻被眼前一瞥所見震懾住了，雙腳再也無法移動。他當然從未見過大巫㱿裸露身體，然而他做夢也想不到，大巫㱿蒼白的肌膚上竟布滿了密密麻麻、千迴百轉的圖案！

子曜凝目望去，才驚然發現大巫㱿肌膚上的線條並非圖案，而是猙獰恐怖的傷痕。有的是火燒，有的是刀疤，顏色各異，布滿在他的胸口、小腹、雙腿之上，子曜只消望望那些傷痕，便感到背脊發涼，頭皮發麻。

就在這時，大巫縠睜開眼睛，紫色的眼眸直望向子曜，嘴角露出微笑，說道：「王子曜，你來了。」

子曜見大巫縠發現自己直瞪著他的身子瞧，不禁滿面通紅，連忙低下頭，說道：「大巫縠，對不住，我不該擅自闖入……」

大巫縠直立不動，讓小祝替他穿上巫袍，才緩緩坐下，對小祝點點頭，小祝躬身行禮，退了出去。

小祝離開後，子曜盡量裝作若無其事，來到大巫縠身前坐下，卻忍不住問道：「大巫，您身上那些是……是傷痕麼？」

大巫縠微笑著，點了點頭。

子曜問道：「是誰……是誰膽敢傷您？」

大巫縠笑得很自然，說道：「是我養父巫帛打的。」

子曜驚道：「您的養父打的？他為甚麼要打您？」

大巫縠說道：「原因很多。一來是為了訓練我成為一位大巫，二來他也控制不了自己。」

子曜奇道：「他為何控制不了自己？」

大巫縠靜了一陣，才道：「你跟我來。」他站起身，領著子曜走出神室，在大巫之宮後的迴廊中彎彎曲曲地走了一陣，來到一間隱密的房室。室中不斷傳出咚咚之聲，聽不出不知是甚麼聲響。

大巫㲄打開門，說道：「你看。」

子曜往裡面望去，但見那間房室頗為寬敞，布置乾淨樸素，光線充足。房中跪著一個肥胖臃腫、一頭白髮的老者，老者神態瘋癲，眼神渙散，口中冒出白沫，不斷用頭撞地，砰砰作響，原來他方才在室外聽見的聲音，就是這名老者以頭撞地發出的聲響。

大巫㲄淡淡地道：「這便是我養父巫帛。」

子曜從未見過這瘋癲老者，更沒想到他竟是大巫㲄的養父——巫帛；但見巫帛身旁坐著另一個老者，神色哀傷無奈，抬頭望向大巫㲄，只點了點頭，卻不言語。

子曜從來沒想過大巫㲄的養父竟然身在天邑商，張大了口，說不出話，良久才鼓起勇氣，輕聲問道：「那老人……您的養父巫帛，這是怎麼回事？」

大巫㲄神色如常，說道：「他少時便已成為兕方大巫，開始主持兕方的種種祭祀，通靈升天，日日需飲用大量的巫酒。十多歲時，他便患了嚴重的酒癮，中年以後，酒癮愈來愈嚴重，最後就變成這個樣子了。」

子曜自己不喜飲酒，雖見過商王族的父祖因飲酒過多而舉止癲狂、胡言亂語，卻不知道喝酒能夠成癮；而大巫因祭祀通靈，更須大量飲用性烈的巫酒，長年下來，酒癮深重，以致發瘋癲狂，不可自制。

大巫穀頓了頓，又輕聲道：「養父因瘋癲發作，被趕出了兕方，獨自住在荒野之中。十多年前，兕方毀於山崩地動，我便將他接來了天邑商。」

子曜不知該說甚麼，喟嘆道：「您的養父身為兕方大巫，竟會落得……變得這般模樣。」

大巫穀微微搖頭，說道：「世間所有大巫，都很難逃脫這般命運。我若未曾將養父接出並安頓於此，他早已瘋癲而死。」

子曜知道自己不該問，仍忍不住問道：「那麼您……您以後也會變成那樣麼？」

大巫穀道：「有此可能。但是我曾聽聞過一個能夠擺脫此一宿命祕法。世間之巫必得長年飲用巫酒，方能與天地神靈溝通。唯有『天巫』不必飲用巫酒，便能隨時隨地與天地萬物融為一體。」

子曜想起他之前說過的「天下之巫」、「神殺」、「神生」等等詞語，心下好奇，問道：「請問大巫穀，甚麼是天巫？」

大巫穀的臉上露出隱晦的微笑，眼神顯得有些迷濛，卻不再言語。

子曜忽然想起小巫，問道：「那麼小巫呢？他以後若成為大巫，也會因多飲巫酒而發瘋麼？他可以不做大巫麼？」

大巫穀垂眼望向子曜，微微搖頭，說道：「小巫有他自己的路要走。他是否會成為大巫，還難說得很。」說著關上了室門，回身走去。

子曜還想再問，大巫瞉忽然停下腳步，說道：「王子曜，你是婦斀唯一留在天邑商的子。婦斀從遙遠的兕方來到天邑商，並非意外，而是與一個預言有關。往年發生過的諸事，原本應詳細記載於史官，然而那段史實遭人蓄意抹煞，因此史宮中一無所存，即使是掌管史宮的史尹，也無法查知過去發生之事。唯有歷代大巫能將自己一輩子的記憶傳給下一代的大巫，因此大巫能記得許多不為人知的往事。」

子曜想起大巫瞉曾說起五十多年前在舊都奄發生的事情，想來是得自於前代大巫的記憶，而非他親眼所見，心中更加懷疑，問道：「大巫瞉，事情既然與我母斀有關，那麼也當與我有切身的關係，可以請您告訴我麼？」

大巫瞉緩緩說道：「王子曜，我特意讓你日日來神室，教你貞卜祭祀以及種種巫術，就是為了讓你做好準備。一旦我覺得時機到了，便會將事情原原本本告訴你。在此之前，你得耐心等待，明白了麼？」

他平時說話冰冷淡然，毫無感情，這幾句話卻說得語重心長，寓意深遠。子曜心頭一熱，點頭道：「我明白了。大巫瞉對我多方提攜指教，子曜感激不盡。曜一定盡心學習，做好準備，等候大巫瞉告知曜應知之事。」

大巫瞉臉上露出不可解的大巫之笑，微微點頭，回身走去。

往年子曜只知道巫祝需一輩子獨身，不可婚取，飲食必須清潔簡樸，起居必須嚴謹規律；自從他見到大巫骰身上猙獰的疤痕，和其養父巫帛因飲巫酒過度而發瘋的情狀後，對「巫」才有了更深一層的認識。巫祝們在商王族中位高權重，一輩子享受尊榮富貴，受到王族和多眾的恭敬崇拜，但是他們需得做出的犧牲也比常人更多。子曜不但同情巫帛、大巫骰，也同情尚未正式成為巫祝的小祝和小巫，他們才十多歲年紀，未來的路還長遠得很。巫祝這條路的艱辛苦楚，只怕更勝於隨師出征，浴血沙場。

子曜又想到己身的處境，心頭生起一股難言的悲憤，他們母子四人受到的冤枉屈辱實在太深太重：母斁受到軟禁，兄漁被迫逃離，妹嫚慘遭流放，自己則隨時會死在婦井的手中。

他告訴自己：「大巫說得對，我是母唯一留在天邑商的子了。我需得沉住氣，等待大巫骰告知我過往真相。等我掌握了原委，或許就有能力抵抗婦井的欺壓，保護母斁，找回兄漁，救回妹嫚了！」

第二十六章　子雍

之後數月，子曜日日來神室隨大巫殼學習祭祀貞卜之術。這日他見到許多巫祝在神室外忙碌來去，原來又到了祭祀先祖的肜祭之日。

王昭和婦好出征羌方已有一年餘，尚未歸來；然而東方傳來捷報，鼠侯和王子央出師征伐鄰近的韋方，大勝而回，更帶回了一百韋俘。韋方又稱豕韋，被認為是豬豕的後代，對商人來說十分適合用作人牲。

天邑商王宮大室之中，王族再度聚集，這回由王后婦井擔任主祭，大巫殼主持祭儀。然而這回肜祭之上，人人都留意到一個極大的改變——小王子弓首次在祭祀中擔任「尸位」，意即坐在祭台之上，代表先祖接受祭品的重要位置。

大巫殼在舉行肜祭之前，曾預先貞問此次祭祀的吉凶，以及讓小王子弓居尸位的吉凶，卜象皆為吉。

婦井對此結果非常滿意，對天邑商所有王族宣告道：「小王子弓乃天命所歸，先王先祖皆賜福於他，無庸置疑。往後王族所有祭祀，皆由小王居尸位領祀。」

王族之中，無人不知婦井試圖逼迫王昭退位、讓小王子弓提早接位的陰謀；眾人素來忌憚王昭勇武好戰，而小王子弓則相對溫和無能，倘若婦井成功讓子弓提早接位，對王族眾人而言或許並非壞事，因此無人出頭反對婦井之議。然而王族自也清楚婦井的計畫不一定能成功，倘若王昭阻止了婦井的陰謀，繼續任王，那麼此時出頭附和婦井的王族就得遭禍了。因此眾王族皆唯唯稱是，既不讚嘆恭維，也不批評反對，盡量不表示任何意見，以免落人口實，招來後患。

然而在肜祭之前，小王子弓因身居尸位，預先向大巫穀提出了要求：「這回獻祭，不可用鼠侯從東方征戰帶回的韋俘。」

大巫穀面無表情，說道：「肜祭乃是重大祭祀，向來使用人牲，以表達對先祖最高的虔敬。這回鼠侯和王子央征韋取勝，自應使用新擒獲的韋牲，不知小王為何反對？」

小王子弓尚未答話，王后婦井已插口道：「此回肜祭，一切由小王作主。」

大巫穀聞言點點頭，不再質疑，只恭謹答道：「敬遵小王之命。倘若不用韋牲，請問小王欲以何牲取代？」

小王子弓試探地道：「五牢五羊？」

大巫穀搖頭道：「不足。」

王后婦井建議道：「不如卯十牢十羊？」

小王同意了，於是大巫穀貞問卯十牢十羊之吉凶，卜象為吉。於是一場盛大的肜祭就在暗潮洶湧之中展開。

子曜雖是獲罪之身，但肜祭乃是王族大事，他身為商王大示之子，仍必須親身列席。他得知這回肜祭不會有人牲，只會卯十牢、十羊，大大吁了口氣。他實在受不了見人遭屠，宰殺牛羊雖也十分血腥，但勉強可以忍受。這時他坐在大室角落，盡量不引起任何人的注意，卻忽然留意到王族中多出了一個高大的人形，正是中兄央。子曜從大巫殸處得知，虎侯在入城密見大巫殸和自己後，便已退師而去，為此王后婦井終於放下了心，宣告王子央出征大勝，准以戰功抵罪，並未將他再關回地囚中，也未曾追究他是如何偷偷出來的。

當時子曜得知子央被婦鼠偷偷放出地囚，跟隨鼠侯出征韋方，便一直十分掛念他的安危；此時見他平安回到天邑商，心中大喜，真想衝上前去一把抱住他，好好敘舊一番。但見子央全身武裝，神色嚴肅，這才打消了念頭，只偷偷向子央點了點頭。子央卻對他視而不見，雙眼直望著坐在尸位的小王子弓，眼中如要冒出火來。

子曜和子央在地囚中相處了半年，聽子央說得多了，清楚知道中兄央和大兄弓之間的激烈競爭和仇恨，心想：「這回肜祭並未使用中兄帶回來的韋牲，很可能是小王有意貶低中兄，不想讓他出風頭。看中兄的模樣，顯然也並未放棄和大兄弓爭奪小王之位。」

這場肜祭，子弓和子央之間的仇恨簡直如烈火一般，燃燒得整個大室中的王族都感到炙熱難受。大室中只有大巫殸一人安穩平靜，不動如山，沉穩地主持祭祖儀式。

數月之後，小王之婦婦鼠誕下一子，舉城歡慶。王后婦井更是歡喜至極，忙著指揮僕婦妥善照顧婦鼠剛剛生下的王孫。王孫的「子子」儀式，例由王親自貞卜；她不願等王昭回來，便跳過了「子子」儀式，直接請大巫彀替此子命名。大巫彀並無異議，貞卜之後，命名為「子雍」。

婦井並不知子弓的元婦婦鼠和中子央私通，婦鼠剛剛生下的子並非子弓之子，而是子央之子，心中還頗為歡喜，暗暗盤算：「婦鼠原本只有子辟一子做為大示王孫，未免單薄了些。要像我這樣，連生三子，才能坐穩王后之位啊。幸而她聽信了我的話，這陣子和子弓相處多了，又順利生下一子。倘若子辟遇上甚麼災咎，這個子雍便將是我大商未來的希望了。」

此時，天邑商婦鼠的寢殿之中，門外侍妾稟報道：「王子央來見。」

婦鼠從床褥上坐起身，披上外衣，說道：「讓他進來。」

侍妾遲疑道：「婦鼠剛剛生產不到十日，是否……是否不宜見客？」

婦鼠雙眉豎起，喝道：「我說讓他進來！」

侍妾不敢再說，開門讓子央進來。子央高大壯碩的身形出現在門外，神色陰沉，離寢褥十幾步外，便不再接近。

婦鼠對身邊多名侍妾揮手道：「全給我出去，關上門！」

侍妾們趕緊出去了，只剩下子央站在室中。

婦鼠抬頭望向子央，神色顯得極為哀怨，說道：「我三番五次派人去找你來見我，你卻遲遲不肯來，這是甚麼意思？」

子央低頭望著她，冷然說道：「我為何需來見妳？」

婦鼠指指身旁的一張小床，以及躺在床中的嬰兒，激動地道：「這是你的親子啊！他出生這許多日，你竟不來看看他，你這算甚麼父！」

子央臉色愈發難看，說道：「妳當真不要臉得很，這等話也敢掛在嘴邊？再說，這是不是我的子，我可不知道！」

婦鼠秀眉豎起，說道：「你自己做下的事情，竟不敢承認麼？」

子央不為所動，說道：「是妳引誘我，可不是我主動接近妳！再說，妳除了引誘我之外，天知道還引誘了天邑商多少其他人。這究竟是誰的子，恐怕要請大巫㱿仔細貞卜一番，才能確知。」

婦鼠凝望著他，說道：「我對先祖神靈發誓，自從我兄充死去後，我便只有過一個人，那就是你。這個子只能是你的子，不可能是別人的。」

子央哼了一聲，說道：「我當時喝醉了，將妳當成是別人，才讓妳有機可乘。」

婦鼠姣好的面貌露出肅殺之色，瞇起眼睛，咬牙道：「我知道，你心中還掛念著那個賤婦婦嫜！」

子央冷冷地道：「那又如何。」

婦鼠冷笑道：「你此時應已知道了吧？你入囚之後，她便立即變心，捨棄了你，自願嫁給侯告啦。」

子央忿忿說道：「只因我被父王關入地囚，她的母擔心她受到牽連，才逼她嫁出天邑商。」

婦鼠臉上露出陰冷的微笑，柔聲說道：「子央啊子央，看來你甚麼都不知道！但你至少該知道我對你的心意吧？一直以來，我都對你極好，然而你卻只掛念著那空有姿色而無才智的婦嬗。我就明白告訴你吧！若不是因為你對她太過癡戀，我又怎會故意挑唆，勸王后將她嫁給一個擁有千人之師的糟老頭子？」

子央聞言又驚又怒，喝道：「原來主使者是妳？」

婦鼠臉上的笑容更加燦爛了，說道：「你可知我為何要這麼做？一來我要好好懲罰她這低賤之婦，二來我要讓她離你愈遠愈好，三來我要讓你永遠也奪不回她！」

子央衝上幾步，來到婦鼠身前，握緊拳頭，幾乎要一拳打上她雍容姣好的臉龐。

婦鼠仰頭望向他，臉上露出輕蔑的微笑，說道：「你要打死我，就打吧！你的子已出生，你想對我做甚麼，此刻都已太遲了！」

子央全身發抖，激動得幾乎難以自制。婦鼠不但先勾引自己，懷上了自己的子，之後更想方設法將自己從地囚中救出，讓他跟隨其父鼠侯率師出征，以戰功贖罪，令自己深深欠她一份恩情，卻又直言不諱使計將自己心愛之婦遠嫁他方，這許多事情加在一起，讓他驚覺自己的過往和未來命運，竟掌握在這蛇蠍般的女人手中，不由自主受她驅使奴役！

子央勉強壓下怒氣，露出一絲冷笑，說道：「我可當真料想不到，妳貴為小王之婦，身分何等高貴，竟對我子央如此重視！」

婦鼠即使剛剛分娩未久，身形仍舊婀娜。她伸出手，握住了子央粗大的手掌，拉他在自己身邊坐下，臉露微笑，嬌滴滴說道：「子央，我對你如此重視，當然是為了我們新生的子啊。」

子央忍不住哼了一聲，說道：「這子有甚麼重要？妳早已生了王孫辟，誰不曉得子弓即位後，子辟就將成為小王？」

婦鼠凝望著他，平靜地道：「你想必聽過那些難聽的流言，說甚麼子辟並非子弓之子，而是鼠充之子。」

子央皺眉道：「這等醜陋之事，妳竟有臉說出來！」

婦鼠並無半絲羞慚之色，只淡淡地道：「兄充人都死了，我說甚麼，都已沒有關係了。你以為我不想替小王生個子麼？我和小王成婚將近二十年，你可知他與我共寢過幾次？」

子央冷然道：「我怎知道？」

婦鼠臉色陰沉，說道：「子弓整日和伊鳧混在一起，誰不知道他自幼便不近女色，只好男色？這也不是什麼祕密。我們新婚三日之後，子弓便再也不曾與我共寢。」

子央懷疑道：「伊Ｘ和我兄弟一起長大，我瞧他和子弓並不是那種關係。」

婦鼠哼了一聲，說道：「我可是子弓之婦，你知道甚麼？此事我從未跟我王說過，但我王遲早會知道，也自然會追究子辟究竟是誰的子。」

子央瞪著她，說道：「妳打算怎麼說？」

婦鼠道：「兄充已死，死無對證，我想說是誰都可以。」

子央一怔，又道：「那麼這個新生的子，妳又打算說甚麼？」

婦鼠伸臂攬住子央的頭頸，膩聲道：「他的父當然是你了！你想過麼？我王若認定子辟不是子弓之子，而這個子確定是你的，那麼我王是否會願意廢除子弓，立你為小王？畢竟我王不希望由一個無後的王子繼任王位。你說是不是？」

子央靜默下來，他終於明白了婦鼠的打算，她想以子弓無子為由，說服王昭廢除子弓的小王之位，另立子央為小王，而她也將嫁給子央，成為新的小王元婦，靠著這個初生的子雍，仍舊做她的王后、王母大夢，這便是她勾引自己的心計！

子央知道婦鼠這是在玩火，危險非常，自己一不小心，便會被她一起扯入火坑之中。然而他想：「我曾身陷火坑一次，差點就此斷送一生，若不冒一冒險，子弓將永遠壓在我的頭上。倘若父王無法重掌天邑商，而子弓的權勢日漸坐大，第一個遭殃的一定是我。若不想辦法除掉子弓，自己坐上小王之位，我的性命終究不保。」

子央想到此處，心中已有決斷，但仍猶疑說道：「然而母后一心支持子弓，絕不會轉而支持我。那又如何？」

婦鼠撇嘴道：「婦井不會如願的。她不敢下手害死王昭，只想急逼王昭退位。依我王的性子，你想他會甘心退位麼？」

子央質疑道：「子弓已是小王了，母后為何如此著急？」

婦鼠微微一笑，說道：「這還用說麼？當然是因為不死藥啊。」

子央抬眼瞪著他，問道：「甚麼不死藥？」

婦鼠笑了起來，說道：「子央啊子央，你竟然連這個都不知道！」

子央惱道：「妳願意說就說，不說就算了！」

婦鼠放柔口氣，說道：「不必著惱，我甚麼都告訴你便是。我是從王后那兒聽聞這個傳言的。王昭多年前曾遭其父王放逐，流浪到了昆侖山，在山腳遇見十巫，得到了不死之藥，因而能延長壽元，不但不死，甚至不會老。」

子央聽了，半信半疑，搖頭道：「世間豈有這等異事？」

婦鼠道：「你怎知沒有？我問過巫古，他說昆侖確實有十巫，十巫手中確實有不死之藥。我王年過半百，卻沒有一根白髮白鬚，精力充沛，猶勝青年。若說他未曾服過甚麼神藥，那才令人難以相信。」

子央沉吟道：「如此說來，母后當真相信父王能長命不死？」

婦鼠輕蔑地道：「我怎知婦井心中在想些甚麼？她若想下手殺死王昭，原是輕而易舉，絕對不會下不了手。問題是王昭死了之後，倘若人人都知道是她害死了王，必然會有王族出頭追究此事。不說別人，就說那個對王昭忠心耿耿的侯雀，定會跳出來指責王后，說不定還會出師討伐，那亂局便難以收拾了。」

子央聽她講述自己的生母打算害死自己的生父，語氣彷彿理所當然，毫不出奇，不禁感到一陣難言的厭惡，對婦鼠的不喜愈加深重，說道：「妳找我來，到底有甚麼骯髒事要叫我去辦，就直說吧！」

婦鼠親密地攬著他的頭頸，說道：「別這麼說！我掌握著你的命運，你原本就得聽我之言，照我的話去做。骯髒或乾淨，又有甚麼分別？我想做的事很簡單——我要出手和伊鳧相鬥，需要你幫我。」

子央皺眉道：「我的敵人是子弓，跟伊鳧有甚麼關係？」

婦鼠笑道：「你別蠢了。小王子弓可不是你真正的敵人。他一派正經，行事中規中矩，有甚麼本事坐穩商王之位？真正難纏的是他的密友兼輔佐——伊鳧。只要除去伊鳧，子弓這小王之位絕對坐不長。子弓和你都是王后親子、大示王子，子弓失勢之後，王后就算不想立你為小王，也沒得選擇了。你那三弟子商被封在遠地，更不需擔心。」

子央凝視著她，說道：「妳打算如何對付伊鳧？」

婦鼠微笑地望著子央，膩聲道：「我要你去陷害他，說他圖謀殺害王昭。」

子央忍不住搖頭，說道：「這等荒誕的指控，誰會相信？」

婦鼠微笑道：「一點也不荒誕。你想想，倘若王昭不死，子弓便無法繼位。若許多人都聽聞了王昭服過不死藥，長命百歲。身為子弓的謀士，為了讓子弓提早繼位，謀害王昭自然是唯一的辦法了。倘若人證物證確鑿，別人不信也得信。你幹不幹？」

子央原本便對子弓心懷嫉妒怨恨，這時要他出手加害子弓的親信伊鳧，自然並無異議，立即便道：「好！我就替妳去辦到此事。」

婦鼠笑道：「好極。你聽我說，這計畫很簡單……」

她湊近子央的耳邊，兩人在寢榻上低聲密密，傾談了好一陣子。

而小王之宮中，子弓和伊鳧相對而坐，子弓滿面苦惱，伊鳧卻顯得好整以暇。

子弓一手敲著几面，說道：「母后要我立即行子子儀式。你說，我該怎麼做才是？」

伊鳧道：「大示王孫子雍的出生，本是王族大事；然而在王昭出征尚未回到天邑商之前，王后便命大巫轂替此子貞卜命名，未免讓人感到太過倉促，似乎在掩蓋其中隱情。我曾勸王后不要如此著急，她卻不聽。」

子弓嘆道：「母后早已寵壞了子辟，而這個子雍才剛出生，她便已開始寵他了！」

伊鳧笑道：「天下母妣，都是一般。王后其實自己並無野心，她的野心，只在替你和你的子打算啊。」

子弓忍不住道：「可是子辟和子雍兩個都不是我的子！此事天下皆知，為何獨獨我母后不知？」

伊鳧搖搖頭，說道：「別說甚麼天下皆知。誰是誰的子這等事情，只有大巫殼的貞卜才算數。他已替子辟卜算過無數次，證明了他確實是你之子，就算你不承認，也是無用。」

子弓激動道：「我和婦鼠成婚後，她只跟我同寢過幾回，之後她便直接對我說，她和其兄鼠充要好，說我遠遠不如鼠充，再也不要見我的面。一個婦竟這麼說了，我還有臉再去見她麼？她生的這二子，怎麼會是我的！」

伊鳧摸著下巴，說道：「子辟自然是鼠充之子，那麼子雍是誰的子呢？」

就在此時，忽聽門外小臣傳話道：「啟稟小王，王子央求見。」

子弓和伊鳧對望一眼，伊鳧道：「你坐著，我出去見他。」

伊鳧站起身，瘦長的身形如一頭鶴一般，來到門外，見到子央站在客室之中，於是上前行禮，說道：「王子央，小王正在歇息，不知王子央有何指教？」

子央見到伊鳧，當即回禮說道：「不必煩擾小王，我是來找你的。」

伊鳧側頭望著他，臉上露出古怪的微笑，說道：「噢，原來王子央是來找我伊鳧的。不知你有何陷害我的計謀？」

子央聽他言語如此直接坦率，不禁一愣，暗想：「此人精明古怪，我得小心應付。」

於是不動聲色，說道：「你說笑了。我是有要事與你商量。」

伊鳧道：「讓你來跟我商量要事的，顯然不是出征還未歸來的我王；也顯然不是王后，她正忙著慶祝王孫子雍的出生，哪有工夫命令你來找我？再說，王后和小王乃母子之親，有甚麼大小事情，王后定會直接召我去見，不會派你來找我商量。」

他一邊說著，一邊扳去兩隻手指頭，瞇起眼睛，望向子央，說道：「因此會派你來找我的，只有婦鼠了。她打算派你來構陷我，是麼？」

子央身子一震，難掩驚詫；他並未料到伊鳧竟精明若此，而言語也直白若此，一時不知該如何對答，只能硬生生地道：「伊鳧何出此言？讓我來找你的自然不是婦鼠。她是小王元婦，有何事情，直接找小王逑說便是，何須派我前來？」

伊鳧見他神色生硬，心中雪亮：「子雍之父，原來就是子央這個蠢蛋！婦鼠這女人的手段當真厲害，竟然搭上了子央，還替他生下一子，並加以利用！」他想到此處，許多疑團一時盡解，忍不住哈哈大笑起來，說道：「原來如此！原來如此！」

子央不明白他說「原來如此」是甚麼意思，也不知道他究竟猜測到了多少，心想：「伊鳧這人太過精明，不易對付。婦鼠想對他下手，只怕是自討苦吃！」

但他既已來到此地，也只能硬著頭皮說道：「伊鳧，我有事找你商量，請你來我宮中一談如何？」

伊鳧心想：「我已知道他意圖陷害我，豈會怕他？憑他和婦鼠兩個，如何騙得到我？」於是說道：「王子央既有所請，伊鳧知無不言，言無不盡。」於是也不通報子弓，逕自跟著子央去了。

兩人來到子央所居宮中，子央領他來到內室，指著牆角的許多酒罈，說道：「我這裡有十多罈母后從井方進貢給父王的酒，竊想等父王征戰勝利回到天邑商後，我便從中挑一罈，敬獻給父王。你以為如何？」

伊鳧道：「王子央欲獻美酒給我王，我王自當樂意接受，何須問我？」

子央道：「我王歸來之後，小王定也將獻酒給我王，我若獻上與小王同樣的酒，我王定然認為我僭越，有意與小王爭強鬥勝。因此我找你商量，想知道小王將獻哪一種酒，我好選擇比小王所獻稍次之酒，進獻給我王。」

伊鳧聽了，心想：「子央頭腦簡單，想必說不出這番話。婦鼠能教他說出這番話，心機倒也頗為深沉。」說道：「王子央如此謙遜自制，當真令人敬佩不已。然而我若告知小王預備進獻哪一罈酒，怎道中兄不會在酒中下毒，嫁禍給小王呢？」

子央聞言一呆，沒想到婦鼠的計畫竟被伊鳧一語道破，只能假作驚怒，喝道：「伊鳧！你這是何等居心，竟出此大逆不道之言！」

伊鳧側頭望著他，哈哈一笑，說道：「是我多慮了。中兄至孝正直，對我王忠誠無貳，自然不會想到這等卑劣的陰謀。」

子央皺起眉頭，慍怒道：「你不願意告知，那就罷了。我好意向你請問，你卻對我充滿疑心，出言譏諷！」說完便轉頭欲拂袖而去。

伊奡在他身後嘎嘎而笑，說道：「中兄何須動怒？請中兄對婦鼠說，王孫子雍的事情，我全都知道了。婦鼠倘若不願事情敗露，就最好安分些，少張揚滋事，否則惹禍上身，讓全天邑商都知道她不但與親兄不倫，還與夫弟通姦，臭名昭彰，那可就誰也救不了她了！」

子央聽了，驚怒交集，倏然回過身，大步衝上前，面對面瞪著伊奡，惡狠狠地道：「你胡說甚麼？」

子央身形高大健壯，加上他面頰上豹爪之痕仍歷歷在目，模樣看來極為猙獰可怖。伊奡卻毫不害怕，臉上仍舊笑嘻嘻地，仰頭望向子央的面孔，說道：「中兄，我和你們三兄弟一起長大，小時候我便不曾畏懼過你，你道此刻我作何想？」

子央忽然伸手抓住伊奡的衣領，將他提在半空，喝道：「婦鼠的事情，不准你胡說！我才剛剛從地囚出來，和那婦人半點關係也沒有，不准你信口汙衊！」

伊奡從容地道：「中兄入囚，是半年多前的事情。我雖不是婦人，卻知道生子需懷胎十月。中兄入囚之前，我王和婦好出征夷方，中兄並未曾跟隨，卻在井方待了好長一段時候。以此算來，時日不是剛剛好麼？」

子央怒氣勃發，舉起拳頭，幾乎一拳揍上伊奡的臉面，卻又勉強忍住，重重地哼了一聲，用力將伊奡摔到牆邊，喝道：「胡言亂語之徒，看在往年的情分上，今日便放過你。

往後再敢放肆，絕不輕饒。給我快快滾出去！」

伊鳧站起身，整整衣裳，好整以暇地離開了子央之宮。

子央氣沖沖地回去見婦鼠，大怒道：「伊鳧這人精明古怪，甚麼事情都被他料個一清二楚！而且他說話無所顧忌，語出驚人，太難對付！」

婦鼠忙問究竟，子央將事情經過說了。婦鼠哼了一聲，說道：「我早就告訴過你，伊鳧這人甚難對付。他和子弓乃是摯友，從小一起長大，子弓對他信賴至極，言聽計從。要不是有伊鳧在後面扶助子弓，子弓自己一點本事也沒有，如何能坐穩這小王之位？」

子央道：「他識破了妳的計策，如今又該如何？」

婦鼠不屑地道：「他不過口頭上說說，我豈會懼他？他以子辟的王孫身分威脅我，我可不怕。我只要說子辟和子雍都是你的子，那就沒有問題了。子弓無子，便不能勝任小王之位；這二子都是你的，那麼他們仍舊是我王之孫，並無差別。」

子央皺起眉頭，他對婦鼠絕無好感，卻被迫得承認她生的二子都出於自己，這也未免太過強人所難。然而他心知肚明自己此刻處境艱危，父王出征不知何時歸來，鼠方救他出囚，並助他征韋建立戰功，這份恩情實在太過重大；此時此刻，不論婦鼠對他有何要求，他都難以拒絕，只能咬牙接受。

伊摯回到小王之宮，子弓問他子央何事找他。伊摯一邊說了，一邊哈哈大笑。

子弓不禁皺起眉頭，說道：「原來子雍之父竟是子央！」

伊摯笑道：「可不是！若子央真的打了我，我可能還會相信他！婦鼠這一招極為聰明。她勾搭上了子央，又恰好遇上子央獲罪入囚，得她出手搭救，這一切都給了婦鼠極大的優勢，讓她能將子央握在掌心之中，唯她之命是從，半點也不敢違抗。」

子弓甚感擔憂，說道：「婦鼠和子央聯手，又以子辟、子雍的身世要脅，難道不會讓父王和母后生起疑心麼？」

伊摯哈哈大笑，說道：「他們以為說出子雍乃是子央之子，便能替子央爭取到高一點的地位，根本是癡人說夢！子雍才剛剛出生，能不能活下來還是未知之數。子辟已有十多歲年紀，將近成年，又早已公認為我王大示大孫，我王絕不願輕易動搖他的地位，王后也絕不會讓人懷疑他的身分。你放心吧，憑婦鼠和子央兩個蠢人，哪裡害得到我們，又如何動搖得了你的小王之位？」

第二十七章 雀方

卻說王昭和婦好造訪鬼方靈師時，婦好擅作主張，下令屠滅鬼方。王昭並不贊同，但未能及時阻止，令鬼族轉眼死盡，彼時再怪罪責罰婦好也已於事無補，於是下令率師回往天邑商。

歸途之中，王昭沉默寡言，終日不發一言，單獨坐在馬車上，不斷飲酒，對婦好更是極為冷漠。他對身邊親戍說道：「余誰都不見。即使王婦求見，也告訴她余要歇息，不見任何人。」

婦好知道自己下令毀滅鬼方，導致鬼方靈師對大商發出詛咒，令王昭十分不快，便也不去吵擾，遠遠避開。

侯雀眼見王昭情狀有異，甚是擔心，來找婦好，問道：「王婦可知我王為何事憂心？」

婦好見侯雀主動來找自己，正是借重其力的時機，於是答道：「我王遠近皆有所憂。」

侯雀道：「近處之憂，應是指我王心煩王后和小王之事吧。遠憂又是甚麼？」

婦好不願說出鬼方靈師死前的詛咒，只道：「我王擔憂羌方釋比逃脫，將帶給大商更多的禍患。」

侯雀搖頭道：「羌伯已死，大城毀壞，羌師消滅，我王實不必擔憂小小羌女再給大商帶來後禍了。」

婦好道：「侯雀所言不錯。倘若能解決王后和小王之內憂，我王便可放心對付一切的外憂了。」

侯雀想起傅說的言語，期待地望著婦好，問道：「不知王婦有何計策？」

婦好望向侯雀，說道：「請侯雀相信好。好心中已有主張，但此刻不能說出來讓任何人知道。」

侯雀見她不肯說出，微微皺眉，說道：「我相信王婦一心為王兄打算。王婦之計策，只要不會危害到王兄，並能除去內憂，雀都一力贊成。」

婦好微微一笑，說道：「多謝侯雀信任。好對我王一片忠心，絕不會做出傷害我王之事。然而好要做的事情，我王並不會贊成。」

侯雀多年來跟在王兄身邊，對王昭的性情十分了解，微微點頭，說道：「我明白。要對王后婦井下手，確實不能讓王兄知道太多。他太顧念舊情，狠不下心，下不了手。」

婦好點頭道：「正是如此。因此好要替我王辦妥此事，必得暗中去做，避免我王正面與王后衝突。我打算勸王不急著回去天邑商，轉而造訪雀方，在雀方待上一些時日，從長計議。侯雀以為如何？」

侯雀道：「自然歡迎！王兄已有多年未曾蒞臨雀方了，我自當竭力招待王兄，王兄在雀方待多長時日都不是問題。」

於是侯雀便和婦好一起去見王昭，告知邀請王昭赴雀作客之意。王昭見侯雀盛情相邀，又確實不想回天邑商，便即答應了。

婦好指揮商師改道往東，向著天邑商東方的雀地而去。萬人之師不必全數跟去，婦好讓一半師眾由亞禽率領，先回天邑商，各歸田里，其餘則跟隨王昭造訪雀方。

侯雀乃是王昭同母親弟，往年對王昭有恩有義，因此王昭對他的封賞也最為豐厚。雀地不但廣博，更且富饒；田地多產黍稷來牟，魚池桑林豐饒，鳥獸繁多，更有三處金穴，雀方能夠自行採金鑄造吉金器物，乃是最富裕的多方之一。

王昭來到雀方，精神大振，侯雀難得有機會招待王兄，大感榮幸，於是卯足了力，帶領王昭參觀雀方的宗廟宮殿、山林田園，展示諸般珍禽異獸、珠玉寶貝，並讓王昭享用雀方特有的鯽魚和熊掌等美食。王昭王心大悅，讚嘆不絕。

婦好威名遠播，天邑商左近多方無不對她敬重畏懼。雀方王族和師長聽聞王婦婦好到來，都紛紛前來拜見致敬，向她請益。侯雀之女雀女向來尊重敬愛王婦婦好，更是悉心招待，親領婦好參觀她自幼生長之地，並請婦好率領雀戍狩獵，藉以訓練雀戍的馬術箭術。

這日，雀女在自己的宮中宴請婦好，亞禽也在一旁相陪。

婦好忽然問道：「你們二人，已成婚多少年了？」

亞禽和雀女對望一眼，雀女道：「八年有吧？」

婦好問道：「成婚八年，都未有子女？」

雀女爽朗一笑，說道：「我和亞禽連年跟隨我王和王婦出外征戰，哪有空閒生子生女？」

婦好望著她，若有所思，說道：「如今我王征服羌方，你們也可休息一陣子了。何不乘機多生幾個子？」

亞禽哈哈一笑，對雀女道：「王婦之命，我等豈能不遵？雀女，我們還是趕緊多生幾個子吧，如此才能向先祖和王婦交代啊！」

雀女橫了亞禽一眼，佯怒道：「你倒說得輕鬆愜意，懷胎十月、辛苦生子的可是我！你有辦法，便自己生個子看看！」

婦好望著這對年輕夫婦鬥嘴說笑，不禁觸動心事，暗自神傷，趕緊轉頭望向窗外，陷入沉默。

雀女觀望婦好的臉色，猜知她的心事。宴席過後，她悄悄湊到婦好身旁，低聲說道：「王婦，妳已有幾年未曾生育了，這是蓄意的，還是無心的？」

婦好微微一愣，說道：「甚麼叫蓄意的，還是無心的？生育與否，取決於天帝、先祖和神鬼的意思，並不是好能決定的。」

雀女側眼望了望向坐在遠處、已喝得醉醺醺的亞禽，壓低了聲音說道：「我雀方有位女巫，名叫巫露。她擁有神奇的巫術，能夠讓婦隨心所欲生不生子。方才王婦問我和亞禽為何結褵多年卻未生育，就是因為我請巫露替我施了巫術，讓我不能生育。」

婦好睜大了眼，大感驚奇，忍不住問道：「這卻是為何？」

雀女招招手，讓婦好跟著她來到內室，脫下衣衫，露出赤裸的身軀。婦好望著她黑黑瘦瘦的軀幹和手腳，發現她實在瘦得厲害，整個人好似只有骨頭一般，但骨頭上確實長有結實的肌肉，黝黑的皮膚發出耀眼的光澤。婦好望著雀女的身軀，露出疑問之色。

雀女轉了一圈，說道：「王婦，妳瞧我的身子，是不是和男子差不多？」

婦好微微點頭。她和雀女都勇武善戰，但自己身形壯碩，胸大臀大，明顯是婦的體態；雀女的身子卻直如少年一般，看不出男女。

雀女微微笑著，說道：「我的身子原本便瘦削，但在巫露替我施法之後，便完全和男子的身體一模一樣了。因為如此，我才不會生育。」

婦好不禁皺眉，說道：「莫非妳讓巫者施法，讓妳轉女成男？亞禽竟不曾反對麼？」

雀女搖搖頭，穿上衣裳，坐了下來，說道：「巫露之法，並非讓我轉女成男，而是讓我無法生育。當她替我解除巫術之後，還能另施一種巫術，讓我立即懷孕，更能確定我將生子還是生女。」

婦好聽了，簡直不敢相信；世間若有這等巫術，她身為商王王婦，怎會不知？她微微搖頭，說道：「我不信世間有這等巫術。」

雀女湊到婦好身旁，低聲說道：「王婦，雀女對妳一片赤誠，只盼妳相信雀女一切都是為了王婦著想。請王婦相信我，讓我帶妳去見這位巫露，她一定能幫助王婦達成心願。」

婦好望著雀女，她和雀女相識不深，但二女畢竟是曾並肩作戰的戰友，雀女對自己又極為恭敬崇拜，心想：「我便信她一次，去見見這位巫露也無妨。即使她並無甚麼神奇的巫術，不能讓我成孕，想來我也沒有損失。」當下說道：「好，我便去見見這位巫露。我希望生子，而且愈快愈好！」

雀女露出微笑，說道：「王婦請隨我來！」

此時天色已黑，雀女用頭巾遮住臉面，替婦好也戴上頭巾，領著婦好走入雀方市集。二女愈走愈偏僻，道上人煙也愈來愈稀少。行出半里，來到市集邊緣的一座小小木屋之外。木屋的窗中透出微弱的火光，雀女掀開門帘，當先跨入，躬身請婦好進去。

婦好跨入屋中，但見屋中生著一堆營火，正熊熊燃燒。一個少婦坐在火旁，身披薄沙，身形婀娜；她抬起頭來，對著雀女和婦好微微一笑，面容竟美艷不可方物。

婦好不禁一怔。她想像中的女巫都是老邁佝僂、怪異醜陋，沒想到這位巫露竟然年輕貌美，簡直不輸給天邑商第一美女婦戮。

雀女說道：「王婦，這位便是巫露。」

巫露跪坐在當地，恭敬向二婦行禮，婦好向她點頭為禮。

巫露請二婦坐下了，望向雀女，微笑說道：「雀女，終究到了妳想生育的時候了，是麼？」

雀女搖搖頭，豪爽地道：「不！我要等亞禽再苦苦哀求三年之後，才考慮替他生子。」

巫露笑了，望向婦好，說道：「巫露久仰大商王婦婦好之名。王婦戰功彪炳，地位尊崇，今夜光臨敝舍，不知巫露有何得以效勞之處？」

雀女毫不掩飾，直白說道：「王婦想要生子，而且愈快愈好！」

巫露側頭望向婦好，臉上笑容不減。婦好只覺得這少婦的面貌實在太過美艷，美艷得有些不真實，暗想：「她多半施了巫術，才讓自己看來如此年輕美貌，她的真貌想必不是如此。倘若天生如此美貌，她便不會去做巫者，早就嫁給雀方或是大商的王族了。」

巫露似乎能讀取婦好的心思，微笑說道：「我的真貌太過恐怖，會嚇到人的，絕對不敢在王婦面前展露。」又道：「王婦的願望，巫露一定能替妳達成。但是王婦需得答應巫露一件事。」

婦好心頭一凜，暗想：「我聽聞與巫者交易，失去的往往比得到的更加珍貴，我不能輕易答應她提出的條件。」於是警戒地道：「妳要甚麼？早早說出，我可不一定同意！」

巫露笑了，語音輕柔，說道：「王婦不必擔憂，巫露要的東西，王婦已經擁有太多了。分一點點給巫露，王婦絕不會捨不得的。」

婦好更加戒懼，提高了聲音，說道：「妳要我的甚麼？」

婦好凝望著巫露，但見巫露的眼神忽然變得如水波雲霧一般，極端嫵媚，極端誘人。婦好忍不住盯著巫露的雙眼，感到那雙眼睛無比深邃，似乎能將自己吞噬進去，永遠沉浸在那雙眼睛的深處。

之後發生的事情，婦好完全不復記憶。雀女在旁觀望，卻恐懼驚惶得幾乎窒息。在她眼中看到的是這樣的景況：巫露張開雙臂，將婦好擁入懷中，兩個婦人糾纏在一起，既似互相擁抱歡愛，又似互相扭打纏鬥，最後逐漸融成了一個人。

不知過了多久，雀女才見到巫露鬆開雙臂，放開了婦好。婦好全身無力，斜倚在地，目光呆滯。巫露站起身來，懶洋洋地撥開一頭黑亮柔細的長髮，轉過頭望向雀女，媚笑道：「妳放心吧，事情一定會成的。」

她從口中取出一顆血紅色的事物，似乎是一粒藥丸，放在婦好的口唇之前，柔聲道：「來，吃下了。」

這時婦好的身心已完全在巫露的控制之下，馴服地吞下了那枚血紅色的藥丸。她感到肚腹一陣溫暖，全身暖洋洋地，十分舒服暢快，臉上露出微笑。

巫露在婦好耳邊輕輕吐氣，低聲說道：「未來數月中，我婦需多與我王共寢。半年之內必有喜訊。我婦肚中的胎兒，必定是子。」

婦好聽了，心中欣喜不已，對巫露的言語沒有半點懷疑。她想轉過頭去，多望望巫露美艷的面孔，忽然腦中感到一陣昏眩，不知不覺便伏在巫露的膝頭，沉沉睡去。

雀女擔憂地望著婦好，皺起眉頭，說道：「巫露！王婦……王婦她沒事麼？」

巫露伸手輕輕撫摸婦好的頭髮，低聲道：「她沒事的，只是睡著了。快送她回去吧。很快便會有好消息的。」

說到此處，巫露抬起頭，直視著雀女，神色轉為嚴肅陰沉，冷冷地道：「我在她身上施下的巫術，絕對不能讓她知道。等她醒來之後，只會記得要多與我王同寢，卻不會記得今夜發生的任何事情，妳也切切不可對她說出半句，不然我所施的巫術就會完全失效。聽見了麼？」

雀女連連點頭，恭謹答應。巫露道：「事已成，妳帶她回去吧。」

雀女趕緊扶起婦好，親自將她揹起，負回自己的宮殿。

卻說王昭在雀方待了十餘日，日日歡宴飲酒、冶遊狩獵，過得十分愜意。這日他和侯雀在林間田獵，獵得了三頭野豕，巨大肥美；王之親戍和雀戍都讚賞不絕，一行人興高采烈，準備當夜便炙豕煮羹，大宴一番。

王昭忽發奇想，說道：「雀方物產豐饒，比之天邑商實是有過之而無不及。恰好我等今日獵得肥美野豕，余想讓王族眾卿開開眼界，順道品嘗炙豕。不如就在五日後，余在此大宴王族眾卿，雀立即派使者回天邑商，通知所有王族小臣全都來此赴宴！」

侯雀吃了一驚，心想如此大陣仗地將數百王族、眾小臣召來雀方宴饗，未免太過勞師動眾，但怕掃了王昭的興，又怕他怪自己不盡地主之誼，只能滿口答應。

婦好在旁看著，微微皺眉，卻也未曾出言反對，心想：「我王讓王族眾臣來雀方朝見，為的是彰顯他的實力，藉以震懾婦井。這麼做無可厚非，但我王畢竟還是不願對狠下心對付王后。」

於是五日之後，王昭借用侯雀之宮，在雀方大宴王族多臣。他命小王子弓坐鎮天邑商，王族中除了小王子弓之外，其餘所有重要王族都已到齊，包括子央、子商、子桑三位王子，連王后婦井都帶著井戉來了。

宴會之中，王昭起身對眾人敬酒，說道：「王族、眾臣多年來盡心輔佐余，令大商強盛繁榮，威服四方。余心存感激，特此宴請諸位，以示謝意。」

眾王族多臣都起身回敬，各自說了一些歌功頌德的言論。

王昭喝了一爵酒，又道：「王族和多臣若有任何建言，請隨時向余提出，余必廣納善言，從善如流。」

三卿之一的傅說站起身，說道：「我王薄有四海，威震天下，乃因我王勤於政務，無荒於嬉。盼我王不忘精勤，遠離美酒享樂。」

王昭點了點頭，神色嚴肅，說道：「傅卿說所言甚是，余將自省，少飲鬯酒。」

自從征伐羌方和鬼方之後，王昭便陷入了難以自拔的沮喪消沉，湎於酒鬯，往往終日不離爵尊。傅說追隨王昭出征羌方，繼而來到雀方，早已看出王昭飲酒過度，因此本著忠臣職責，直言勸諫。

師般也站起身，向王敬酒，說道：「愚臣亦有一言，盼我王採納。」

王昭舉起酒爵，想起傅說的勸戒，勉強自制，放下了酒爵，說道：「師般請言。」

師般說道：「十多年前，我王和當時的大巫㠯多次貞問子弓是否適任小王，卜象次次皆為大吉。老身今日想請我王貞問：中子央是否適任小王。」

此言一出，王族和眾卿盡皆譁然；子弓年輕健壯，並無過咎，為何無端貞問其弟子央是否適任小王？而提出此議者，竟然正是子弓之師師般！

子央人在座中，聽了師般的建言，臉色也不禁一變。他並未預料師般竟會當此重要聚會提出貞己之議，心中懷疑：「莫非是婦鼠的伎倆？」

王昭皺起眉頭，摸不清師般究竟在玩甚麼把戲，正要拒絕，婦好忽然開口道：「師般所言甚是。子弓居小王之位甚久，然而天佑大商，我王多子之中，很可能有多於一位王子得以勝任小王。如當年先王祖丁，便有虎甲、盤庚、小辛、小乙四子相繼為王。兄終弟及，乃是大商王位傳遞之常規。即使小王子弓年輕無疾，亦無過失，師般提出貞問中子央為小王之吉凶，也不為過。」

王昭望向婦好，清楚她暗中痛恨婦井，絕不會出言相助子央，卻猜不出她支持師般的因由。他望向傅說，說道：「傅卿，你怎麼說？」

傳說恭敬答道：「說出身微賤，並非王族，在王位繼承一事上，絕無意見。」

王昭望向坐在遠處的王后婦井，但見她神色自若，心想：「這必是她的主意。不錯，子弓和子央都是她的親生之子，她很可能已知道了子辟之事，明白子弓不易扶持，因此轉而扶植子央了。」

這時一個王族站起身，說道：「子央年過三十，未立元婦，亦無大示之子，並不適任小王。」

婦好說道：「那也不要緊。子央雖無元婦，亦無大示之子，卻有多位王弟。倘若中子央不能傳王位於子，想必能夠傳位於弟。」

這話一說，王族更是驚詫不已。婦好所議，分明是想重啟大商王位之爭的亂世；數十年之前，虎甲、盤庚、小辛、小乙四兄弟彼此爭奪王位，導致王族陷入前所未有的混亂。盤庚從虎甲手中奪過王位後，引起王室重大分裂，不得不毅然遷都，帶領上千王族和上萬民眾從東方的奄遷至洹水旁的殷，在此重新建都，命名天邑商。之後他遭自己的弟弟小辛篡位，小辛趁盤庚年老病重時，殺死了盤庚及其三子，自居商王；不多久，小辛又遭其弟小乙刺殺篡位。但小乙手段較為溫和，只囚禁了小辛多子，並未將他們全數殺死。當時還是王子的子昭同情小辛多子，曾向父王小乙進言，懇求父王釋放小辛多子。小乙大怒，將子昭放逐離開天邑商，命他永遠不得返殷。

這都是陳年舊事了，但在王昭心中卻仍歷歷在目。他親眼目睹多父相爭，目睹一起長大的多兄多弟慘遭擒戮，而他正是因為替兄弟求情，才引起王父小乙之怒，遭父流放。這段骨肉相殘的傷痛太過深重，王昭極不願意見到自己的多子為爭奪王位而彼此殘殺，因此即使在他發現了子辟的身世之後，仍堅持傳位給大示大子弓，並未考慮傳位予其他多子或是多弟。

如今王昭卻感到意興闌珊，心想：「余何必在乎這些身後之事？婦好說得對，余既見到過十巫和不死藥，得到百年之壽，壽命便將比所有多子都長。子弓也好，子央也好，便貞問一下又如何？他們反正都無法活得比余長，也都做不成王。反倒是年紀較幼的王子們，方有機會才是。」

於是王昭示意啚小臣上來添酒，說道：「巫箙！師般和王婦既有此議，便請巫箙貞問以中子央為小王之吉凶。」

王族聽王昭開口了，方停止議論，心中皆想：「看來王昭對小王子弓甚感不滿，正醞釀廢除他的小王之位，以子央代之！」

子央心中激動，臉色變換，坐立難安。當此情景，他自不宜出聲，也不宜妄動，只能勉強自制，安穩坐在當地，靜觀事態發展。

巫箙沒想到如此重大的貞問竟然落在自己的肩上，戒慎恐懼，趕緊備妥貞卜之具，就貞人之位，對王昭說道：「請王及王族准貞。」

王昭道：「貞。」

其餘王族也都道：「貞。」

於是巫箙取過一塊龜甲，謹慎貞問「央為小王」之吉凶，卜象卻是「中凶」。

巫箙宣布結果之後，子央臉色雪白，握拳咬牙，身子顫抖；他心中知道，自己換下子弓、爭奪王位的夢想，就在這一卜中粉碎了。王后婦井和師般微微皺眉，彼此望望；王族眾卿則交頭接耳，低聲議論。只有王昭全不在意，舉爵飲酒，說道：「謹受先祖之意。」

巫箙道：「請問我王，須多貞數回麼？」

王昭擺手道：「不必。」

於是巫箙親自刻下卜辭，將龜甲放置在一塊白布之上，正要退下，王昭卻道：「且慢。」舉爵飲了一口酒，淡淡說道：「余要貞問以子漁為小王之吉凶。」

這話一出，王族盡皆譁然，一直安然不動的王后婦井豁然站起身，厲聲道：「我王此舉不妥！子漁有何資格？」

王昭笑了，說道：「王后且莫動怒。我等既已聚集於此，師般既已請問以子央為小王之吉凶，那麼貞問其他大示王子又有何不可？」

王后婦井橫眉怒目，說道：「我王破壞祖制，竟欲貞問非王后之子為小王之吉凶，如何可以！況且子漁獲罪潛逃，怎能成為小王？」

王昭哈哈一笑，望向婦井，說道：「余父先王小乙，便非王后之子；余亦非王后之子。余年少時，也曾獲罪離開天邑商，最終還不是回來任王了？」

王后婦井氣憤難當，卻又啞口無言。她若再說下去，便等同質疑王昭和其父先王小乙的正當性。即使商王的傳遞已混亂了許多代，但到了王昭這一代，終於穩定了十六年，王昭也多次宣稱自己將遵守只傳大示大子的祖傳規定，絕不更改，然而王昭及先王小乙皆以非王后之子而上位，也是無法否認的事實。

婦井於是說道：「若要貞子漁，那也須貞子商！」

王昭笑道：「有何不可？多多益善。巫箙，請貞以子商和子漁為小王之吉凶。」

巫箙戰戰兢兢，只能依照商王和王后之命，貞問以子商和子漁為小王之吉凶，卜象皆為「中吉」。

子商坐在王族之中，臉上不自禁露出一絲微笑，身旁的元婦和輔臣紛紛對他道賀。

王后婦井臉色稍稍緩和，微微點頭，說道：「中吉，不惡。」

巫箙望向王族眾卿，小心翼翼地問道：「請問我王、王婦及諸位王族，還須貞問其他多子麼？」

王族皆知王昭在位已久，大權在握，都不想另生變故，自然希望子弓繼續擔任小王；如今中子央貞卜結果為中凶，小子商和子漁則是中吉，誰都不想夜長夢多，倘若再貞問下去，只會讓事情變得更加複雜，因此都搖頭說道：「不必了。」

一片寂靜中，王昭忽然說道：「余要多貞一人。」

巫箙忙道：「請王示下。」

王昭說道：「余欲貞問以子曜為小王之吉凶。」

這話一出，不但王族吃驚，王后婦井更是臉色驟變，忍不住道：「子曜不但是獲罪之身，更常年病弱，朝不保夕，絕不合適！」

王昭道：「余年幼時亦體弱多病，如今卻健壯勝牛。等子曜成年之後，或許體格也將如余一般轉為強健，也說不定。」

王后婦井再次無言以對。王昭對巫箙道：「巫箙！快替余貞卜。」

巫箙恭敬答道：「謹遵王命。」低頭貞卜，這次的卜象竟然是「大吉」。

王昭點點頭，神色如常，似乎並不十分在意，其餘王族雖感到驚詫，卻不願太過重視此次貞卜的結果，紛紛說道：「子商、子漁是中吉，子曜是大吉，不過稍好一些，那也沒有甚麼。」「子漁獲罪離開天邑商，子曜體弱時病，顯然都非擔任小王最佳的人選。」「小王子弓的卜象亦為大吉，又已擔任小王多年，先祖的意思早已十分清楚了。」

巫箙又問了一遍眾人有無其他的貞卜人選，都無人出聲。巫箙便將多片龜甲恭敬地排成一列，說道：「今日貞卜多位王子是否適任小王，卜象如下：王后大示中子央，中凶；王后大示小子商，中吉；婦嫚大示大子漁，中吉；婦嫚大示中子曜，大吉。先祖之意在此，恭請我王檢閱審視。」

王昭說道：「甚好。」卻看也不看，只顧飲盡了爵中之酒，接著抹抹嘴，站起身，逕自離席，在王之親戍的簇擁下，回往侯雀替他安排的寢宮去了。

婦好見王昭離開，也默默起身，隨後離去。

王后婦井面目沉沉，難掩怒氣，又在宴會中坐了一會兒，才站起身，拂袖而去，留下一室驚詫震駭的王族，彼此竊竊私議，談論不休。

王昭身在雀方，心血來潮，命巫箙貞問多子是否適任小王一事，當日傍晚，大巫嗀便將此事告訴了子曜。

子曜十分震驚，脫口道：「貞問中兄央、小兄商和兄漁都合理，父王為何會提出貞問我？」

大巫嗀搖頭道：「我王可能喝醉了，也可能存心打擊王后婦井，才故意貞卜王子漁和你二人。他自然未曾料到，你的貞卜結果會是大吉。」

子曜鎮靜下來，將事情思慮了一遍，緩緩說道：「事已至此，那曜……是否只有一條路可走了？」

大巫嗀雙手攏在袖中，點了點頭，平靜說道：「正是。我王留在雀方，不知何時方歸。王后明晨便從雀方回來，她一回來，你便立即拜見王后，自請放逐吧。」

子曜知道就算自己不肯離開，王后婦井也會找藉口將自己殺死或趕離天邑商；所謂自請放逐，也只是逼不得已之舉罷了。

他吸了一口氣，拜謝大巫，回到寢室，思前想後，一夜無法入眠。讙察覺他有心事，窩在他懷中，不斷舔舐他的臉頰。

次日清晨，天才剛剛亮起，子曜便去婦好之宮求見王后婦井。婦井尚未回到天邑商，他便跪在宮門外等候。

等到將近日中時分，王后婦井的馬車才回到天邑商的婦好之宮。不多時，一個親戍出來對子曜道：「王后命王子曜入內晉見。」

子曜跨入婦好的宮室，見到子辟正對著王后婦井比手畫腳，述說他在右學學到的祭祀貞卜之道，她孫二人言笑晏晏，氣氛歡洽。原來子辟嫌左學無趣，一心想學貞卜祭祀之道，因此吵著不去左學，要求直接去右學。耆老師般雖不贊成，但師貯卻欣然答應，於是子辟便直接進入右學，跟著一群年長的王子學習祭祀貞卜之道。

子曜聽子辟說了幾句，便知道他只學了一些皮毛，自己這幾個月來跟隨在大巫罄身邊，早已知祭祀貞卜之道更為深入奧妙。

門戍高聲報道：「王子曜晉見！」

王后婦井和子辟聽見了，一齊回過頭來。子曜一見到王后婦井，便感到她的目光灼灼，因而背脊發涼，只能勉強鎮定，恭敬對王后婦井行禮。

子辟對子曜毫無興趣，只瞥了他一眼，便又繼續對王后婦井述說他學到的貞卜巫術，說得口沫橫飛。子曜見慣了他目中無人的模樣，也不在意，只一心想：「子辟若當真學會了巫術，那可是天下蒼生之禍。」

王后婦井微笑著傾聽子辟的敘述，同時對子曜招了招手，說道：「子曜，你上前來。」

子曜硬著頭皮，來到王后婦井的身前，恭敬跪拜行禮，說道：「子曜拜見我后。」

王后婦井凝望著他，慈祥的老臉上雖帶著笑容，眼神卻寒若冰霜，緩緩問道：「你來見本后，所為何事？」

子曜答道：「子曜聽聞我后剛從雀方歸來，特來拜見。不知父王與我后是否貴體安好，飲食順遂？」

王后婦井喝了一口酒，悠然道：「本后都好，你父王也都好。」身子傾向前，說道：「子曜，你出囚之後，這是第二回來見我。第一回我召你來飲酒，你擅自放走一個羌女，罪孽深重，卻被大巫㱿相救。之後你便蓄意避開本后，再也不曾來晉見。今日特意來見，想必不只是來向本后問好吧？」

子曜一時不知該如何啟齒。王后婦井慈祥地笑笑，說道：「你不肯爽快說出來，那也不要緊。我倒有件事想問你——倘若小王子弓不幸病逝，那麼該由誰來擔任小王呢？」

子曜已得大巫㱿透露內情，這時只能趕緊說道：「大兄弓長命百歲，我后怎會有此一問？」

王后婦井老臉一沉，說道：「我既問了，你便回答！」

子曜只能小心翼翼地答道：「曜以為，父王和王后應當立王孫辟為小王。王孫辟聰明勤勉，強壯勇武，又擅長祭祀祇卜之道；倘若大兄弓有何不測，自當由我王大示大孫，小王大示大子擔任小王。」

王后婦井滿意地點點頭，側眼望向子曜，說道：「然而在我看來，王似乎十分偏愛你。你以為如何呢？」

子曜知道自己再無退路，露出惶恐之色，跪倒匍匐在地，說道：「大商過去數代，多有兄弟父子爭奪王位之事，令王室衰弱，天邑混亂。小王子弓和王孫辟自然是最適當的小王人選，曜遠遠無法攀比，豈敢僭越？」

王后婦井見他神態惶惶，言語誠懇，微微點頭，說道：「那你有何打算？」

子曜隨即道：「我后在上，曜打算立即離開天邑商，遠遠避開王邑，直到大兄弓順利當上商王，再由小王子辟接位之後，曜才敢返回天邑商，以表己心。在曜有生之年，絕不讓父王和我后為傳位之事擔憂煩惱。」

王后婦井甚是滿意，緩緩說道：「如此甚好。那你就馬上走吧。」

子曜稽顙一禮，長跪而拜應諾，再起身退出婦好之宮。

他回到寢室，匆匆收拾了一個包袱，只帶上幾件衣服物事，卻無法喚人送來隨身飲食，便抱起了讙放入懷中，來到母斁的寢宮。他輕輕喚醒母斁，告知父王貞問己為小王之吉凶，以及自己已向王后自請放逐。

婦斁聽了，蛾眉深鎖，臉色慘白。她清楚明白王后婦井的陰毒手段，也知道在王昭刻意貞卜子曜之後，子曜正處於極大的危險之中，若不自請放逐，想必無法苟活。自己畢竟留不住這最後一子，只能流下眼淚，虛弱地握住子曜的手臂，做手勢要他保重自己。

子曜忍不住伏在母斁的身前，痛哭失聲。婦斁輕撫他的頭髮良久，接著伸手指指天色，示意他趁早離開。

子曜哭了一陣，勉強止住淚眼，拜別母斁。他取出自己出生後行子子儀式時，父王親賜、大商王子獨有的吉金小刀，插在腰間，帶上了譴，獨自離開婦斁之宮，悄悄遠離了天邑商。

第二十八章 自逐

其實子曜心中早有預感，知道自己終有一日也得離開天邑商。他回想近兩年之前，妹妹子嫚毅然替己換罪，慘遭王后婦井流放荊楚，一去之後便再無音訊。子曜曾試圖尋找當初押送她的囚役，探問子嫚被流放到了何處，但卻如何也找不到那人。子曜一心掛念妹妹，總希望能夢到她；他們兄妹是同胞所生，心靈相通，年幼時兩人往往一同做夢，醒來後能記得同樣的夢境；長大以後，子曜只要想夢到妹嫚，便能夢到她，並在夢中跟她見面說話。然而自從子嫚離開天邑商後，子曜便無法再夢到她，得知她的生死存亡，就算她還活著，也不知她被送去了何地，如今是否一切無恙。

子曜又想起兄漁；兩年前他也和自己一般，倉皇逃離天邑商，再無音訊。子曜只知道兄漁在小巫的陪伴下抵達了魚婦屯，被魚婦阿依留了下來；他雖多次請問大巫散兄漁是否平安，大巫散卻甚麼也不說，而小巫也始終未曾回到天邑商。

如今輪到子曜自己遭到流放了，但至少他是自己走出天邑商的城門，而不是像子嫚那般被當成犯人，剝光衣衫，關在牛車的木籠中，在眾目睽睽之下充滿羞辱地離開；也非子漁那般倉皇逃離，連拜別母戮一面都未曾見得。況且他還有巫彭送給他的讙跟在身旁，並非單獨一人，情狀已比兄漁妹嫚當時好得多了。

子曜從北門離開，一出城門，放眼便是一片寬廣無邊的王田。此時正當春耕之時，烈日之下，田地中數百名裸身羌奴正埋首農活，有的除草，有的耕地，有的趕牛犁田。數十名商王稷小臣手持皮鞭站在田崁上監視，不斷呼喝叱罵，命令眾奴不准偷懶。

子曜曾聽子漁說過，天邑商周圍百里的土地皆為王田，由王族擁有的羌奴耕種。因地近洹水，土地肥沃，受年豐富，產量足以供天邑商所有王族食用一整年，並有大量剩餘的存糧。加上方族進貢的多糧和布帛，天邑商王族生活富裕優渥，不僅能日日享用大量的美酒佳餚，更能居於巨大華麗的宮室，擁有珍貴的玉石吉金器物。

子曜見那些羌奴的皮膚被烈日曬得紅腫龜裂，汗流浹背，氣喘如牛，眼神呆滯，行動遲緩，似乎隨時能倒地死去。他此刻自身難保，但眼見這些羌奴悲慘辛苦的情狀，也不禁滿心同情憐憫，暗想：「我們天邑商王族和多眾的食物，大都來自羌奴耕種的收穫。倘若羌奴不替商人耕種了，我們能以何為生呢？」

子曜見到幾個稷小臣轉頭望向自己，對自己指指點點，心想須得儘快離開王田，脫離諸多稷小臣的視線，於是快步走上往北的大道。直行出十餘里，才離開了王田的範圍，道路兩旁出現了平野、樹林和村落。

這時子曜雖已滿十四歲，除了去西南昆侖求巫彭治病那次之外，從未離開過天邑商，更從未一人獨行。他不知道自己能去哪兒，這時左右望望，只覺天地之大，卻無自己可容身之處，不禁甚感倉皇淒涼。又想起母斁的三個子女都相繼離開了天邑商，只留下她單獨一人在空曠陰寒的婦斁之宮中，處境悲哀，想到此處，眼淚不禁奪眶而出。

天色漸漸暗下，他深深吸了一口氣，即便心頭恐懼無依，也知道哭泣無用，但還是找了棵大樹，窩在大樹下又痛哭了一場；想起母、兄漁和妹嫚和自己的現況，又憐又傷，只哭得聲嘶力竭。

天很快便全黑了，子曜哭累了，便感飢寒交迫，身子抖個不止，終於縮在樹根旁昏睡。幸而讙縮在他的懷中，還能讓他感到一絲暖意。

夜間他肚餓難忍，翻來覆去無法熟睡。迷迷糊糊中，忽然感到耳畔風聲響起，心中一驚：「那個在天上飛翔的怪夢又回來了！」

他自懂事起便常常做這個怪夢，夢到自己在天空中翱翔，如同飛鳥一般，離地數百丈高，做夢時並不覺得，醒來後偶爾回想起來，卻甚覺驚險萬分。幼年時他曾向母說起過這個夢，婦斁聽後顯得十分驚恐，做手勢警告他，命他不可對任何人提起此夢。

此時子曜被迫自我放逐，獨自離開天邑商，寒冷飢餓，已陷入絕境；為了暫時逃避飢寒交迫的困境，只能拋下恐懼，全心投入這個飛翔之夢。他睜大眼睛，但見山河大地如一塊毛氈般鋪展在眼前，狂風在耳畔呼嘯。他忽然感到身子不冷了，心頭生起一股難言的快意，彷彿自己就該這麼在天空中翱翔，日日夜夜皆是如此，不必停頓，不必休憩。

他忽然想起感覺肚子甚餓，往下一望，見到一團黑色的物事在草叢間快速奔跑。他想也不想，當即俯衝而下，疾若流星，瞬間便已撲上那團黑影。他伸出尖銳的爪子，深深嵌入那黑影柔軟的身體中，感到溫暖的血液從指尖流出。那鮮血不但新鮮，更是香甜可口，霎時令他無比快意，口中涎水滴落，知道自己就將飽餐一頓……

清晨時分，子曜迷迷糊糊地醒來，感到肚子飽脹，十分舒暢。他一驚清醒，暗想：「我不是正餓著麼，怎會覺得飽呢？我吃了甚麼？」

舉起手來，但見滿手都是汙濁的沾血皮毛，一摸嘴巴，也是滿嘴鮮血，似乎還有不少碎肉留在口中，似乎剛剛生吞活吃了甚麼獸物。他登時毛骨悚然，心想：「我定是半夜起來夢遊，捉到甚麼活的就塞嘴裡吃了，連自己吃了甚麼都不知道！」

他趕緊奔到一條溪邊，打算洗淨手腳嘴臉，低頭望見溪中自己的倒影，只見自己滿面鮮紅，猙獰可怖，一顆心怦怦而跳，手腳發軟，顫抖不止，心想：「我發瘋了，我要變成鬼怪了！」

他勉強定下心神，匆匆洗淨手臉，再也不敢望向自己的倒影，奔回大樹邊，心中一團混亂，只能盡量不去多想剛才之事，硬逼自己去想下一步：「我該回去天邑商向王后求情麼？當然不能，她一定會出手殺了我。我若死了，母獸更要傷心欲絕了。那我該去何處？我單獨一人，又該如何覓食果腹，如何活下去？」

又想到方才自己滿臉鮮血碎肉的恐怖模樣，不禁感到一陣噁心欲嘔，「或許我昨夜吃的是一隻田鼠？下回定要先吃飽了再睡，免得又夢遊亂食。」

這時他發現平日跟他形影不離的讙竟不見蹤影。子曜又驚又急，高聲呼喚：「讙！讙！」然而他呼喚了許久，讙卻並未出現。

子曜心想：「平時讙喜歡白日睡眠，夜晚出去捕蛇，清晨時分多半已回到我身邊，今日卻為何未曾回來？」

於是他在田野中信步遊走，口中低聲不停呼喚讙，同時也試著尋找可以獵食的小獸。此時正是深秋，田鼠野兔之類的小獸原本甚多，但他手無縛雞之力，如何捉得到甚麼小獸？最後只能胡亂摘些果子裹腹，又去附近村莊人家偷取些瓜果乾糧充飢。但他一直等到天黑，讙都未曾回來。子曜心中愈發擔憂，晚上又回去前夜那棵大樹下睡倒，以枯葉為被而眠。

奇怪的是，之前他只要讙不在身邊半日，便全身不舒服，回復到幼年時體弱多病的狀況。這日讙離身良久，他卻仍感到氣息充沛，精神奕奕，毫無虛弱之感。

子曜甚覺奇怪，心想：「讙為何離我而去？牠跑去哪兒了？這回牠離去了足有一整日，我卻並未感到虛弱。莫非我的病已有好轉，不需要讙跟在我身邊了，因此牠才不告而別？」他懷著一肚子的疑惑，沉入夢鄉。

當夜他又做了飛翔之夢，只令他心動神搖，驚詫不已；他一意識到自己在做夢，便趕緊逼迫自己清醒過來，不敢再夢下去。當夜他每回醒來，便低聲呼喚讙，但讙始終沒有出現。

他就這麼在荒野中度日，整天為尋覓吃食苦惱，累了倒地就睡，做起飛翔的怪夢；醒來後往往肚子已經填飽了，身上手上則滿是泥巴和血跡，有時口中還留有不知甚麼禽獸的肉片碎骨。

過了大半年，天氣漸涼，漸漸進入冬季，子曜愈來愈難尋得果實充飢，每回去村莊偷糧，也總笨手笨腳，被村人發現，一邊呼喝咒罵，一邊拿著木棍追打他，令他再不敢輕易下手。

這日傍晚，他冷餓到了極點，在一棵大樹下發現了一個田鼠穴，於是趴在地上，用樹枝奮力往穴中扒去，試圖挖出一隻田鼠來飽餐一頓。

正當他埋頭苦幹之時，面前忽然出現了一對腳。

那對腳甚小，大約只有五寸長短，穿著一雙輕軟的鹿皮靴，看來是上好的材質；袍子是綴滿飛雲紋的絲綢，下襬一圈精緻的鳥形刺繡，十分華麗。

子曜抬頭一望，但見腳的主人是個白鬚白髮、小頭銳面的老頭子，正低頭凝望著自己。

這些日子以來，他只有被村人咒罵追打的份兒，一見到人便害怕，連忙站起身，退開幾步。正要轉身逃跑，那老頭卻忽然伸手阻止，說道：「慢著，別走！」

子曜停下腳步，警戒地望向那老頭，但見老頭凝視著自己，神色激動，忽然流下眼淚，嚎哭道：「王子，我終於找到你了！」說著衝上前，跪倒在地，一把抱住子曜的腿，泣不成聲。

子曜聽他叫自己王子，不由得一驚：「我被人認出來了？他是王后派來殺我的麼？」連忙抽腿跳開，叫道：「我不是王子，快放開我！」

老頭哭道：「王子，你從嬰兒時就被人從鷹絕崖偷走，拋棄在人間。你可是鷹方唯一的直系王子，更是鷹王王位的繼承人啊！」

子曜聽了這話，心想：「原來他不是王后派出來的，卻是個瘋子。甚麼鷹絕崖，甚麼嬰兒時被偷走，我當然是母斁和父王所生，不是甚麼鷹方王子。」他連連搖頭，說道：「你認錯人了，快放開我！」

老頭卻仍抱著他的腿，堅持道：「你是鷹王之子，絕對沒錯！」

子曜說道：「你胡說些甚麼，我半點也不信！我怎麼可能是甚麼鷹方王子？若是鷹方王子，又怎會孤身在外流浪，挨凍挨餓，無處可去？」

老頭抹去眼淚，說道：「也難怪你不信。你離開鷹方太久了，甚麼都不記得了。王子殿下，老身冒險偷下鷹絕崖，就是為了找到你，向你透露你的身世。時候不多了，你若不早點學會復身，過了十五歲，便再也無法隨意復身了！」

子曜雖然聽見了老頭這段話的每一個字，卻完全不明白其中意義，忍不住問道：「你說『復身』，那是甚麼意思？」

老頭見他似乎開始相信自己了，雙眼發光，趕緊解釋道：「我們鷹方族人原本是鷹，之後才學會變化成人身。『復身』就是回復我們原本的鷹形，鷹方所有族人都能夠復身，但是需要從小訓練，才能隨心所欲變化。」

子曜這才恍然，老頭口中的「復身」，就是變身！如羌方釋比姜變身為羊，虎侯之子變身為虎等。他想起自己幼年時偶爾做的飛翔怪夢，以及剛剛離開天邑商、餓極了的那夜，感覺自己凌空翱翔、俯衝捕獵、大啖田鼠的夢境，心中不禁一震，暗想：「莫非我做夢時，真的曾變身為鷹？」半信半疑地問道：「你能教我如何……如何復身為鷹麼？」

老頭喜道：「當然可以！但是殿下必須回到鷹絕崖上，只有在鷹絕崖上接受訓練，才能學會復身。」

子曜不知鷹絕崖位在何地，是何所在，不敢輕易答應，又心想：「這老人若不是瘋子，便是傻子。但是他或許能收留我，給我衣食，也非壞事。」但想想又覺得老頭行事古怪，於是厲聲說道：「甚麼復身不復身，你說的不正是變身麼？人怎麼可能變身成飛鳥？」

老頭唉聲嘆氣，說道：「王子！你在人間待得太久了，連復身這回事都不相信了。我還能說甚麼呢？」說著便突然掉頭而去。

子曜見他離去，正想出言挽留，忽然眼前一花，老頭的背影陡然開始變形，兩片黑影從寬袍之中竄出，寬袍有如一片落葉般飄落在地，而那黑影陡然向兩旁伸展開來，長達三丈。子曜驚駭之中，才發現那竟是一對翅膀！翅膀的主人是一頭黑色的巨鷹，巨鷹昂首高嗚，發出一聲尖銳的鳥唳，接著巨翅鼓動，直飛而上，轉眼鑽入雲霄，再也看不見了。

子曜張大了口，心中震驚，不敢置信：「那老人當真變成了一頭大鷹？他當真飛走了？」

他抬頭極目望去，但見那巨鷹早已消失在雲天之際，一去不返。

子曜吞了口口水，低下頭，小心翼翼地走上幾步，蹲下身，看著老者之前穿著的袍子、褲子和皮靴都留在了當地。他撿起那件華麗的繡花寬袍，持在手中翻來覆去地觀看，心想：「瞧這袍子的顏色花紋，確實便是那老人方才所著。難道他真能變成一頭大鷹？還是……還是他使了甚麼幻術？」

子曜曾親眼見過姜變身為羊、豹，也見過虎侯之子變身為虎，這時見到老頭變身為鷹，雖驚訝卻已見怪不怪，打定主意：「看來那甚麼『鷹方』的人都能夠變身為鷹。他若認定我是鷹方王子，想必會回來，試圖說服我去鷹絕崖，學習變身。我留在此地等他便是。」

然而，他一直等到日落天黑，那老頭或老鷹都沒有回來。

子曜甚感懊惱，懷疑自己是否做了個夢，或是看見不實幻象，或是遭人欺騙戲弄？但他親眼見到那老頭變成一頭巨鷹，這又如何解釋？老頭飛走之後，又為何不曾回來尋找自己？

他感到身子寒冷，便將那件袍子披在身上，全身立即暖和了起來。這繡花袍子又輕又軟，竟是件難得的羽裘。他伸手摸索袍袋，摸出一對鹿皮手套。就在這時，一片巨大的羽毛從袍子中跌出，飄落在地。子曜俯身拾起，但見羽毛上寫著一行文字：

「伏雲王子：鷹絕之崖，北境雪原。速來崖頂，老身恭候。」

子曜見到「伏雲王子」四字，心中疑惑更增：「我乃是商王之子，名曜，跟鷹族伏雲王子毫無關係，他一定是找錯人了。倘若我當真找上崖去，定會被他們趕下來。」隨即感到驚異之處：「這並非大商文字，我如何看得懂？」

他定睛看去，羽毛上卻只有迴旋的花紋，哪有甚麼文字？他迷惑不已，隨手將羽毛收入懷中，抬頭望向已被冬意掃遍的鄉野樹林，心中卻陡然升起一個強烈又衝動的念頭：

「我想學飛！我想學飛！」

於是他站起身，套上老頭留下的褲子，穿上那對鹿皮靴子。幸而老頭身材矮小，子曜身形瘦弱，穿上老者的褲子靴子，倒也不嫌大。他繫好繡袍的帶子，邁開腳步，慢慢往北方行去。

老頭的衣服神奇非凡，不但輕暖，而且貼身，一穿上便包裹住子曜的身子，極為舒服。子曜一路往北行去，天氣漸寒，但他已有衣褲皮靴保暖，只有食物仍是個問題。他經過村莊時，白日便向人乞討，乞討不到，便趁夜晚偷一些乾糧，放在袋中，一路往北而去。

途中他多次懷疑自己是否上當受騙，聽信了那古怪老頭的一番胡言亂語，便如此大膽遠離天邑商，千里迢迢，去往北境。然而他轉念籌思：「我一直留在天邑商左近，也不是辦法。倘若那老頭不是騙子，只是找錯了人，至少我有個去處，能學會變身。往後如何，也只能走一步算一步了。」

如此行出大半年，子矅終於來到苦寒極凍的北境。他曾聽大巫瞉說起過北境之名，約略知道天邑商四周分布了數千個不同的「方」和「境」，「方」為有人聚居之地，「境」則為無人居住的荒地。極北之地被稱為「北境」，寒冷荒涼，人煙稀少，傳說住著各種妖魔鬼怪、非人族類。

子矅放眼望去，但見眼前這片雪原空曠荒涼至極，除了一望無際的冰雪之外，甚麼都沒有。他從頭到腳都感到冰冷無比，肌肉僵硬，勉強在深雪中走出十餘步，便喘息不止，吸入肺中的空氣如尖刀一般，狠狠地切割著他的胸肺。

子矅喘著大氣，感到這一切都如夢境般虛幻不實，似乎他甩甩頭，眨眨眼，便會發現自己仍住在天邑商的婦斁之宮，每日去神室跟隨大巫瞉學習祭祀貞卜之術，或去史宮幫助史尹整理甲骨……

然而天邑商的一切，都已漸漸在眼前模糊了，似乎沉積靜躺在他的腦海深處，再也不會浮現。

他在雪地中走出一段，忽然感到極為口渴；然而放眼望去，北境所有的水都早已凝結成冰或雪了。他只能咬緊牙關，抓起一把雪塞入口中，慢慢等雪在口中融化，再吞入肚中。

他在冰原中走了三日三夜，乾糧吃了約莫一半，但不知為何，他既不餓也不累，似乎能永遠這麼走下去，甚至有一絲隱隱約約的熟悉感受。

如此走出十餘日，他遠遠見到前方出現了一條直線。子曜抬頭仔細望去，不禁倒抽一口涼氣。原來那並非直線，而是一座高而窄的山峰，高聳矗立，直入雲霄，不知有幾千仞高。子曜心中一動：「這或許便是那老頭口中說的『鷹絕崖』了。」

他奮力向著那筆直入天的山峰走去，又走了半個月，才終於來到鷹絕崖之下。遠看時，這座冰峰極窄，來到近處，才發現這山峰不但不窄小，而且佔地寬廣，方圓總有三十里左右。崖壁上結滿了堅冰，在蒼白的日光下發出淡淡的藍光。

子曜想起老頭留在羽毛上的字句：「速來崖頂，老身恭候」，心想：「看來我得攀上這座冰峰，才能見到那位老人。但這冰壁如此滑溜，我要如何才能攀得上去？」

他心一橫，打算徒手試試，於是放下乾糧包袱，戴上鹿皮手套，尋找突出的冰塊，手腳並用，奮力往上攀去。

子曜自幼體弱無力，不但不善戈弓，也很少攀樹爬牆；然而他不知為何，一見到這冰峰，便一心一意地往上攀爬，毫不猶疑。他攀上了十餘丈，低頭一看，只見底下白茫茫地一片全是冰雪，自己離地面不知已有多遠。

他不敢再看，繼續往上攀爬。他完全不知道自己攀了多久，也不覺得疲倦；冰壁凹凸不平，尖銳如刀，他緩緩往上攀去，手腳開始發疼，身子也漸感冰凍；高空寒氣襲人，比地面還要冷上許多。

攀到了約莫數十丈時，子曜忽然腳下一鬆，立即知道事情不好了。他腳下那塊冰石陡然鬆脫，令他趕緊伸手抓住冰岩，但觸手滑溜溜地如何捉得住？只覺十指快速滑過崖面，身子逕自往下溜去。他知道自己若這麼一路溜下去，尖銳的冰岩隨時能將自己開膛剖肚，只能用力一推冰壁，將身子推離冰壁數尺，飛身繼續往下跌落。此時他全身懸空，手腳揮舞掙扎，在空中連著翻了幾轉，心中閃過一個念頭：「你可以變身成鳥！你可以飛啊！」

然而他不論他如何祈求、如何努力，卻始終未能變身，仍舊直直往下跌落，砰一聲摔到了數十丈下的冰雪之中。

子曜全身疼痛難忍，左腿尤其劇痛入骨，眼前一片黑暗，眼冒金星；驚慌混亂中只能慶幸自己還知道痛，至少還活著。

子曜躺在冰峰之下，全身又是疼痛，又是寒冷，幾乎失去知覺。他想出聲呻吟，卻發不出半點聲響，只能睜眼望著天空，視野一半被那冰峰佔據，一半則是白茫茫的穹蒼。他堅持了一陣，眼前漸漸朦朧不清，暗了下去。

過了不知多久，子曜睜開眼時，面前陡然出現了一張少年的圓臉，臉上毫無表情，圓臉旁圍了一圈淺棕色的皮毛，皮毛看來十分柔軟輕暖。圓臉上配著一對細眼，眼眸是褐色的，顏色甚淡，小鼻闊口，臉頰紅撲撲的，稚氣未脫，似乎比自己還要年幼幾歲。若非那對眼睛透出一股冷酷嚴厲之氣，子曜幾乎想對他笑一笑，叫他一聲小弟弟。

圓臉少年淺褐色的眼眸在他臉上轉動了一會兒，開口說了一句話，子曜卻聽不懂，猜想他在問自己是誰，於是說道：「子曜。」他左腿痛極，凍餓交加，一開口才發現自己音調嘶啞，幾乎無法出聲。

圓臉少年仍舊面無表情，轉頭望了望他的腿，皺起眉頭，又說了一句話，似乎在說他的腿斷了。子曜再也忍不住腿痛，整張臉都皺了起來，呻吟出聲。

圓臉少年點點頭，站起身，走開幾步，回來時手中拿著一片好似草蓆般的東西。他將那草蓆放在子曜身旁，伸手推他，將他推到草蓆之上。接著少年又走了開去，不一會兒，牽來一頭龐大的白色巨獸，在草蓆的一頭綁上繩子，繩子的另一頭則繫在那頭巨獸的身上。

子曜望向那巨獸，見牠的頭上長著一對龐大而崎嶇的角，看清楚了，才發現那竟是一頭巨大的雪白麋鹿。他心中驚異：「世間怎能有如此巨大的麋鹿？」

這時只聽那少年一聲叱喝，巨大麋鹿舉起前蹄，往前走去，自己身下的草蓆也跟著前進。子曜感到身子在冰雪中快速滑過，震動得傷處痛楚難忍，再也支撐不住，眼前一黑，又暈了過去。

第二十九章　鷹崖

子曜再次醒來時，發現自己睡在一座皮製的帳篷之中，身邊坐著那個圓臉少年，手中持著一把小刀，正在小心地切割一段木頭，不知有何用途。

子曜感到左腿仍然甚痛，但比起初受傷時略有減輕，尚能忍受。他低頭望去，見到自己的左腿夾在兩片木板之間，以布條層層包紮起來。他知道是那少年從冰天雪地中救了自己，並替自己包紮腿傷，心中感激，對他說道：「多謝你救我性命，替我醫治腿傷。請問如何稱呼？」

圓臉少年側過頭望向他，眼中露出疑惑之色，顯然聽不懂他的言語。

子曜指著自己，說道：「子曜。」又指著圓臉少年的胸口，問道：「你叫甚麼？」

圓臉少年思索一陣，才指指自己，說道：「納木薩。」

子曜奇道：「納木薩？」

納木薩伸手在空中拂過，好似清風一般，解釋道：「納木薩，薩滿，度卡。隨風。」

子曜一個字也聽不懂，於是兩人比手畫腳，試圖溝通。

如此過了幾月後，子曜才漸漸能與少年溝通，並推敲出來，「納木薩」即是「薩滿」，也就是大巫之意。納木薩雖只是個孩子，卻是度卡族的薩滿，意即巫師。他名「風」，出身世代擔任度卡族薩滿的隨氏，正式的名字是「隨風」，但族人都尊稱他「納木薩」。而隨風納木薩所屬之族名為「度卡」，自古便居住在冰原之上，以馴養白鹿維生。

子曜跌斷的左腿在隨風的草藥治療之下緩緩恢復，他在帳篷中休養了數月，終於能撐著拐杖，起身行走。他出得帳篷，放眼望去，只見到一片遼闊無比的冰原，冰原上疏疏落落地搭了上百個帳篷，帳篷之間穿梭著和隨風打扮相似的度卡族人，每間帳篷外都有一兩頭巨大的白鹿在低頭吃草。

子曜生長於天邑商，何曾見過這等景象？只覺得這度卡族人比他想像中的任何方族更加古怪離奇。他回到帳篷中後，便問隨風道：「那些白色的巨鹿，都是度卡族人馴養的麼？」

隨風搖搖頭，說道：「麋鹿並非由度卡族馴養，而是我們的兄弟。度卡族自古便與麋鹿相伴共生。我們度卡人馴養的動物是狼、鷹和冰原上的黑熊。」

子曜甚感驚異，說道：「我從未聽過人能夠馴狼、馴熊！」他轉頭望出帳篷的窗戶，想再看看那些巨大的白鹿，卻正好望見不遠處的鷹絕崖，心頭再次湧起想攀爬上崖的衝動，目光再也難以移開。

隨風見了，問道：「那座冰崖，你還想攀上去？」

子曜情不自禁地點了點頭。

隨風問道：「那崖上究竟有甚麼，你要這樣冒著生命危險攀爬上去？」

子曜搖搖頭，說道：「我也不知道崖上面有甚麼。之前有個老人來找我，要我攀上那座鷹絕崖去找他，他才能告訴我更多我想知道的事。」

隨風側眼望著他，似乎並不完全相信他的話，但也並未出言質疑。他沉吟道：「那座冰峰叫作『鷹絕崖』麼？我從未聽過這個名字。我們這大半年來都在左近紮營居住，從未見過有人從那冰崖下來，也從未見過有人上去。崖上真有人住麼？」

子曜自也不知崖上是否住著人，只能猜測道：「或許住在崖上的人能變身成鷹，可以直接飛上崖頂，不須從地面攀爬上去？」

他話才剛說出口，便立即後悔了。人能變身為禽獸之事，在天邑商乃是莫大的禁忌，連提都不能提，子曜不知度卡族如何看待變身一事，自己貿然說出「崖上的人能變身成鷹」這樣的言語，不知會否招來隨風的怒叱或嘲笑？

然而隨風聽了之後，只凝望著子曜，臉上並無半絲憤怒、驚訝或取笑之色，眼神深邃，面無表情。

子曜心想：「他和大巫翫一般，臉上都不透露半點情緒。想來不管東南西北，各方的大巫都是這樣的。」

隨風望了他一陣子，忽然點了點頭，說道：「我助你攀上崖去。」

子曜大喜，說道：「多謝納木薩相助！」但又忍不住問道：「隨風，你為甚麼要幫我？」

隨風擺擺手，說道：「因為你是我的客人。而且我身為納木薩，也想知道那冰崖上住著甚麼人，是我們度卡族的敵人或朋友。」

子曜聽他說得直接坦率，心想：「他待我為客，我也須敬他為主。」於是說道：「隨風，我不能陷你或你的族人於危難。待我將所知盡數相告，讓你考慮斟酌，再決定是否幫我。」當下坦誠告知古怪老人來尋找自己，認定自己是「鷹族王子」，留言要自己去鷹絕崖找他學習「復身」，之後自己目睹老人變身為鷹、展翅飛去等情。

隨風靜靜而聽，聽完後微微皺眉，說道：「鷹族？」

子曜問道：「你聽說過鷹族麼？」

隨風沒有回答，閉上眼睛，微微抬頭，口中喃喃禱念，不知在跟度卡族的那一位神靈溝通。

子曜不敢打擾，靜靜地等了好一會兒，隨風才睜開眼睛，說道：「我們明日便去攀鷹絕崖。」更不多加解釋，逕自站起身，走出了帳篷。

次日清晨，隨風準備了長長的繩索和尖銳的石釘，裝在兩個大袋子中，牽出兩頭巨鹿，和子曜一人騎上一頭。子曜從未騎過鹿，甚覺新奇；這些白鹿比他往年騎過的馬高大許多，背上並無鞍韂，也無轠繩。子曜正想著自己該如何控制鹿的走向，但聽隨風開口對兩頭鹿發號施令，鹿似乎完全能夠聽懂，乖乖地往前走去，步伐緩慢而平穩。子曜好生驚異：「這些巨鹿更不需轠繩，只要度卡族人開口發號施令，牠們便知道要往哪兒走去。」

兩人騎著白鹿，相偕來到冰崖之下。隨風取出石槌和石釘，在冰崖壁上釘上一排釘子，綁上繩索。他手腳利索，一路往上攀去，一路釘上更多石釘，很快便在冰崖壁上造起一道繩梯。

子曜想要幫忙，但隨風道：「你腿傷初癒，在繩梯上槌釘甚易失足，在冰崖下等候便是。」

於是隨風不斷上下繩梯，取釘製梯。如此花了一整日的工夫，繩梯才只達到冰崖的一半。將近天黑時，隨風攀下冰崖，臉不紅，氣不喘，這一整日在冰雪嚴寒中的苦工對他來說，似乎完全不當一回事。他對子曜道：「天黑了，我們回去吧。明日再來。」

子曜跟在他身後走去，見他比自己還矮上一個頭，體態有如七八歲的孩童，但筋肉結實健壯，手腳靈活，自己和他相比實是遠遠不及，心想：「唯有體格如此健壯的度卡族人，才能在這冰原上存活下去。我們商人慣居南方，可受不了此地的酷寒風霜，只怕幾日都活不了。」

次日天還沒亮，隨風便叫醒了子曜。子曜睡眼惺忪地走出帳篷，但見隨風已將三袋石釘綁在巨鹿身上，爬上巨鹿的背，對子曜伸出手，說道：「走吧！」

子曜騎上鹿背，忍不住問道：「為何我們今日共乘一頭巨鹿？」

隨風道：「那老人請你上崖，並沒有請我上崖。我送你上去後，便將獨自歸來，因此只需要一頭鹿。」

子曜聽了，雖覺得有理，仍不禁感到一陣惶恐焦慮。

不多時，兩人共騎一頭巨鹿，來到了冰崖之下。

這日隨風揹著三袋沉重的石釘，獨自往冰崖上攀去，一路搥釘綁繩。子曜怕自己礙手礙腳，不敢跟上，只能抱膝坐在冰崖腳下等候。他忍受著嚴寒，望著那頭巨鹿在附近吃草，心想：「這鹿怎地這麼乖，竟不會自己跑走？」

直到日中時分，隨風才從繩梯落下，對子曜道：「繩梯到達崖頂了。你準備好了麼？」

子曜心頭一跳，又是緊張，又是興奮，說道：「隨風，多謝你！」又問道：「你上去崖頂了麼？那上面有甚麼？」

隨風搖搖頭，說道：「你自己上去看看便知。你帶頭攀，我跟在你後面。」

子曜便不再多問，當先攀上繩梯，隨風跟在他身後，防備他失手失足跌下。兩人一路緩緩攀上繩梯，終於在傍晚前攀到了冰崖頂上。

崖頂離地總有數百丈高，寒風凜冽，雲霧繚繞，較地面更加冰寒刺骨。

這時雲霧略略散開，子曜抬頭望去，但見崖頂上矗立著一座高大雄偉的石堡，四角皆有高塔，直入雲霄，壯觀至極。

子曜只看得目瞪口呆，心想：「不知當初建堡之人，是如何將這些巨大石塊搬上崖頂的？」

隨風抬頭仰望石堡，臉上仍舊沒有表情，彷彿在觀看再尋常不過的景物一般，並無絲毫讚嘆驚佩之意。

子曜吞了口口水，說道：「看來這兒真的……真的有人住。」

隨風忽道：「有人來了。子曜，你好自為之，我先走了。」伸手拍拍他的肩膀，不等子曜反應，便大步來到繩梯之旁，快速往下落去，轉眼便不見了影蹤。

子曜開口想要留他不及，心中好生驚惶。轉頭望去，只見一個人形從雲霧中走來，正是那個曾來找過自己的老者。

老者身上穿著另一件華麗的羽裘，滿臉堆笑，張開雙臂，說道：「伏雲王子！你終於來了！我可等你好久了！」

子曜不知該高興還是害怕，勉強一笑，說道：「不錯，我依約來了。你答應過我，要教我復身之術。」

老者哈哈笑道：「這個當然，這個當然。王子快請進入王宮，鷹王正等著你呢。」

子曜心想：「鷹王？這又是甚麼人？」

老者當先往王宮中走去，子曜如履薄冰地跟在老者身後，走上一條寬廣的石板路。石板路鋪得十分平整，但縫隙間已長出了不少雜草。不多時，兩人來到碉堡的正門之外，但見那門高高拱起，抬頭幾乎見不到門頂。子曜放眼望去，整座城堡皆以巨石構成，巨石上爬滿了藤草青苔，顯得頗為荒涼陳舊。子曜出身商王族，整日出入天邑商王宮，卻也從未見過如此壯觀宏大的建築，不禁暗自驚嘆。

老者領著子曜進入王宮正門，門內是間巨大的室，比商王族用以祭祀聚會的大室還要大上十倍。室中並無燈火，甚是陰暗，空氣中瀰漫著一股濃烈的腐臭潮溼之味，似乎已有許久沒有用過了。子曜望向腳下，但見石板地大多已碎裂，裂縫中雜草叢生，滿地灰塵石礫，深逾一尺，幾乎難以落足。

老者似乎完全不覺得這地方有多麼破敗，伸手指著大室盡頭，說道：「鷹王就在王座之上，你快去拜見他吧。」

子曜極目望去，見到大室盡頭放置了一張巨大的石椅，石椅上並沒有坐人，卻踞著一頭三人高的巨鷹。

子曜先是一驚，見到巨鷹並不移動，才發現那巨鷹乃以石頭雕成，並非活物。他忍不住問道：「那……那座石雕的巨鷹，便是鷹王麼？」

老者哈哈一笑，說道：「正是。」

子曜脫口道：「鷹王是一座石雕？」

老者神色嚴肅，說道：「那可不是石雕！那是老鷹王。我們的老鷹王已死去數百年，那是老鷹王留下的屍身。」

子曜愈聽愈覺得不對勁，說道：「那現任的鷹王呢？」

老者說道：「現任鷹王於一百年前離開鷹絕崖，去往商地，如今已失蹤超過八十多年了。」

子曜只聽得一頭霧水，不知該如何問下去，想了想，才道：「那麼你為何說我是鷹方王子？」

老者說道：「這就說來話長了。我只能告訴你，現任鷹王一百年前去往商地之後，便當上了商王，王號虎甲。」

子曜頓覺不可置信；他知道虎甲乃是其祖小乙之兄，大商先王之一，曾定都於奄，在位四年後，便被其弟盤庚奪去王位，引起王室重大分裂，盤庚不得不毅然遷都於現在的天邑商。虎甲怎麼可能是鷹族之王？

老者凝視著他，面帶微笑，說道：「王子曜，你是虎甲唯一的孫，沒錯吧？」

子曜搖頭道：「不，我的祖並非虎甲，而是虎甲之弟小乙。」

老者皺眉道：「那你的父是誰？」

子曜道：「我父乃是王昭。」

老者滿面喜色，說道：「那就沒錯了。王昭並非小乙之子，而是虎甲之子。你是虎甲唯一之孫，因此是我鷹族的王子。」

子曜聽了，不禁一怔，說道：「不可能！我父當然是小乙之子，怎會是虎甲之子？」

老人搖頭道：「不對，不對。你想想，王昭若是小乙之子，小乙怎會狠心將他放逐？他其實乃是虎甲之子，小乙心中清楚，因此才對他冷眼有加，蓄意將他放逐。」

子曜道：「即使如此，我父也有三十多個子，我並不是唯一的子啊。」

老人道：「三十多個子又如何？他們都不算。唯一擁有虎甲純正血統的，只有你一人。你母出身兕方，唯有鷹方和兕方通婚，才能生出純正血統的鷹王子孫。」

子曜愈聽愈稀奇，搖頭道：「但我還有一兄一妹，他們和我為同父同母所生，不管怎麼說，我都不是虎甲唯一之孫。」

老人顯得頗為不耐煩，揮手道：「你跟我爭辯有甚麼用？我說你是虎甲唯一的孫，你就是虎甲唯一的孫。別再囉嗦了！」

子曜開口還待再說，老者忽然回過身，面對著王宮門口，神色恭敬中帶著幾分畏懼和諂媚。

子曜順著他的目光望去，只見王宮門口多出了一個人影。那人身形極高，雙肩高高拱起，彷彿一頭瘦骨嶙峋的禿鷹。

老者對門口那人恭敬行禮，說道：「這位是伏霜王子，他是鷹王之弟的獨子。伏霜也想繼承鷹王之位，他得知你有虎甲的血統，因此特意讓我找你來此。」

子曜聽到此處，立即知道事情大大地不對頭了，趕緊說道：「既然這位伏霜王子想繼承鷹王之位，而我對鷹王之位絕無覬覦之心，這就下崖離去，不再叨擾。」

老者回頭凝望著子曜，嘴角露出狡猾的笑容，卻不言語。

子曜見狀退後幾步，說道：「我來此地，只是想學會復身之法。你若無意教我，子曜就此告別。」

老者搖搖頭，說道：「王子曜，已經太遲啦。你既已來到鷹絕崖上，便再也別想離開了。伏霜想當鷹王，已經等了幾十年。如今終於等到你，便能消滅敵手，名正言順地當上鷹王，他又怎會讓你走呢？」說著一揮手，大室左右衝出了十多個剽悍的鷹戍，一擁而上，抓住了子曜的手臂，將他押到大門口，來到那名叫伏霜的鷹族王子身前。

子曜面對著那高瘦的人形，但見他面目陰鷙，勾鼻小眼，臉雖是人的臉，卻長著鳥的喙，看來半人半鳥，長相極為古怪可怖，不禁打了個寒顫。

那半人半鳥的伏霜王子低頭凝望著子曜半晌，才張開鳥喙，尖聲說道：「關入石牢，讓他活活餓死！」說完轉過身，再也不看子曜一眼，雙眼直視著遠處王座上的石雕巨鷹，臉上露出志得意滿之色。

老人滿面諂媚討好，說道：「恭賀我王今日達成心願，正式坐上鷹王之位！」

子曜無力抵抗，掙扎一陣後，還是任由鷹方之戍將他押入一間巨石建成的石牢，關上了石門。

子曜坐在石牢之中，心想自己千里跋涉來到北境，又經歷千辛萬苦才攀上鷹絕崖，豈知竟落得個再次陷入囚牢的狼狽處境！

他只能苦笑，知道自己實在太過愚蠢，聽信了那鷹族老頭的一番鬼話，乖乖地自己送上門來，讓不知從哪兒冒出來的仇家輕易便將自己禁錮起來，關在這石囚中活活餓死。

他想起自己在天邑商時，也是因威脅到大兄弓的小王之位，一度遭王后婦井囚禁，最後即使被放了出來，旋即因父王貞問自己是否適合擔任小王，不得不自我放逐；如今來到這偏遠北境的鷹絕崖之上，竟然也因威脅到他人的王位繼承，再次遭到囚禁。他心想：「我究竟是得罪了哪位神靈，竟然得不到先祖的任何庇佑？我雖無絲毫野心，卻不斷招人疑忌，陷入諸般危難！我到底該向哪位神靈先祖祈禱奉獻，才能遠離災厄？」

正感到絕望時，他的腦中忽然浮起了一張面孔，那是張圓圓的臉龐，細細的眼睛……他忽然振奮起來，「隨風！隨風親自送我來到了鷹絕崖頂，見我就此音訊全無，或許會攀上峰來，試圖尋我？」

他心頭升起一股希望，興奮了半刻，轉念又想：「隨風雖是度卡族的納木薩，但也只是個年紀尚幼的孩子，即使上得峰來，那老頭想必輕易便能將他打發了。就算隨風發現我遭人囚禁，又哪有本領將我救出這巨石囚室？我還是別胡思亂想了。他從雪地中將我救回，替我治傷，還助我攀上鷹絕崖，對我已有莫大恩德，我又怎能期待他親身涉險，前來相救？」

子曜獨自在那石囚之中待了足足三日三夜，沒有人來探望他，也沒有人送來飲食，鷹族那些人果然想讓他活活餓死。

三日三夜之後，子曜餓得實在無法忍受，眼前一黑，昏厥了過去。他昏厥過去後，便再度做起飛翔之夢，夢見自己俯衝到樹叢田野之中，捕捉鳥雀田鼠，生生吃掉，吃得滿手滿臉都是鮮血生肉。清醒過來之後，往往見到自己手指甲中全是褐色乾血，嚇得厲害。即便做過怪夢之後，肚子就不那麼餓了，夢中喝下那許多鮮血之後，也不渴了，然而他寧可挨餓受渴，也不敢繼續做那恐怖怪夢。夢中自己彷若禽鳥，不但能隨心飛翔，而且精擅捕捉小禽小獸，甚至喜歡連皮帶骨地將捕獲的禽獸生吃活吞下去……有一回他竟然夢到讙，讙捲著三條尾巴，縮成一團，想要鑽入地底，卻被自己一爪抓下，柔軟的皮毛被抓出條條血痕，發出尖銳的貓叫聲，睜著獨眼望向自己，眼中滿是求懇之色……

子曜頓時嚇醒，全身冷汗，驚懼不已：「我為甚麼會做這個夢？莫非……莫非我真的把讙吃掉了？」

他感到難以置信，但自己離開天邑商時，讙確實跟在自己身邊；在他做過幾次飛翔和捕捉田鼠的夢後，讙便不見了。讙失蹤之後，自己的身子忽然好了起來，再無病痛，他想起巫彭將讙交給自己時曾說過：「必要時你還能將牠殺了，吃下牠的肉，能治百病。」當時自己堅決地對讙說：「不，我絕不會殺你，或吃你的肉，即使病死了也不會。」然而自己離開天邑商後，孤獨恐懼加上寒冷飢餓，神智並不總是清醒，莫非在恍惚之中，自己真的變身成禽鳥，下手殺死讙，並將牠吃掉了？

子曜想到此處，冷汗直流，嚇得渾身發抖，他不敢相信自己能殘狠若此，連心愛的友伴讙都不認得，都捨得下手！

然而他心底知道，這十有八九是事實，因而更加害怕再次做夢，不敢讓自己睡著。每日都想盡辦法，白日勉強讓自己不打盹兒，晚間又睡得極不安穩，一有動靜便趕緊醒來，不敢進入深睡，以免自己又做惡夢。如此一來，他不但飢餓，而且疲累，不多久便再也撐不下去了，陷入昏迷。

他卻不知道，人在昏迷中也是可以做夢的，只是醒來後更難記得夢中發生之事。他在昏迷中多次變身為禽鳥，從石囚的窗戶中竄出，自由翱翔於廣大的雲天之間。餓了就補雀鳥田鼠來吃，渴了就落在溪邊飲水。這樣的生活既單純又自在，幾乎不知道世間能有任何痛苦或煩惱。

到得後來，他昏迷的時候倒比清醒的時候多。有時清醒過來時，他完全不知道自己是誰，只感到無盡的飢餓、痛苦和煩惱壓抑折磨著身心，讓他難以承受，只能強逼自己再次昏迷過去，回到那無憂無慮、任意飛翔的世界。

第三十章　鎖王

卻說當時王昭召來天邑商王族多臣齊赴雀方聚會宴飲，品嘗他親手獵回的炙野豕，並從師般之議，在宴中貞卜多位王子是否適合擔任小王；之後王昭繼續留在雀方，又待了將近半年。

一回，王昭和侯雀出去打獵，侯雀不小心跌落馬來，跌斷了腿，需得留在宮中休養。王昭想起自己已在雀方打擾了將近一年之久，日日讓侯雀陪伴自己打獵遊冶、歡宴飲酒，然而侯雀年紀也不小了，又不似王昭有不死藥力強身，畢竟撐不住如此長期招待陪伴王兄，終致意外墜馬受傷。王昭甚覺對不起弟弟，終於下令啟程回往天邑商。

啟程的前一夜裡，一個瘦小的人影來到婦好在雀方的寢宮之外，輕輕敲了敲門。由於王昭惱怒婦好擅自屠滅鬼方，在雀方時也不與婦好同寢，因此宮中只有婦好一人，以及恰巧也在宮中陪伴她的雀女。

雀女聽見了聲響，皺眉道：「誰敢來打擾王婦？」起身去門外探視，但見門外站了一個瘦瘦小小的巫者，一張青臉，面目陰沉，開口說道：「王后派我來見王婦婦好。」

雀女只好讓他進來，婦好見到了巫者，立即站起身，將他迎入宮中，說道：「巫古！

請問王后有何吩咐？」

巫古望了雀女一眼。婦好便說：「雀女，請妳暫時迴避。」雀女十分乖覺，當即退出宮外，但她滿心好奇，仍躲在側門之旁偷聽。

巫古率先問道：「王后要王婦向我王探詢不死藥的祕密，進展如何了？」

婦好低下頭，說道：「我王征羌之後，心情抑鬱，終日飲酒，再也不與好同寢，因此好並無機會詢問我王。」

巫古嘿了一聲，說道：「如今我王就將啟程回返天邑商，事情已經迫在眉睫！」從懷中取出一個吉金小盒，說道：「王后命我來此，將此物交給王婦，請王婦今夜便讓我王服下。」

婦好接過了，微微皺眉，說道：「王后為何如此著急？」

巫古道：「一旦回到天邑商，我王便將受到大巫戠的護祐，我的巫術便無法施行了。」

婦好望著手中吉金小盒，說道：「請問巫古，此巫術有何效果？」

巫古青臉上露出得意的微笑，說道：「這叫作『鎮魂鎖』，能夠壓鎮中術者之魂，令其陷入迷神恍態，無法清醒。」

婦好懷疑地道：「也就是說，王將昏睡過去，無法醒來？」

巫古嘎嘎而笑，說道：「我巫古之術，豈有如此粗陋！這鎮魂鎖將牢牢鎖住受者之魂，除了我之外，其魂將無法與任何巫者相交。即使大巫瞉想救他，也找不到他的魂，無法得知他被甚麼巫術鎖住了。」

婦好問道：「這巫術會傷害到王麼？能夠解除麼？解除之後，人能夠恢復麼？」

巫古翻眼道：「我王服過不死藥，人是不會死的。解除之術，只有我巫古可以辦到。至於完全恢復神識，這要看王被鎖住多長時候。十天半月應該不礙事，倘若被鎖了一年半載，容易喪失心神，在禁錮之中發了瘋，那麼即使解了鎖，也難以恢復了。」

婦好沉吟不語。

巫古又道：「王后吩咐了，命妳今夜就下手，不可延遲。接近天邑商一日，大巫瞉的巫術就強上一分，下手就愈發不易了。哼！」言下之意，充滿了對大巫瞉的忌恨仇視。

婦好躬身道：「謹遵王后之命。」

巫古又道：「混在酒中，效力最佳。我在此等候佳音。」說完便在宮中坐下了。

婦好點點頭，持著吉金小盒，走出宮去。

雀女見婦好出來，快步追上，但見婦好手中持著那盒鎮魂鎖，神色淡漠，似乎對這厲害至極的毒藥毫不懼意。

雀女壓低聲音，說道：「王婦！王后派人來毒害我王，我等正好向我王舉報，我王便有藉口除去王后了！」

婦好搖搖頭，說道：「不。我必須依照王后所言而行。」

雀女滿面驚詫，說道：「王婦，妳當真……當真聽從婦井的命令，打算加害我王？」

婦好望向她，神色冷漠而平靜，說道：「雀女，等妳到了我的年紀，便會懂得了。」她面對著雀女，雙目直盯著她的眼睛，說道：「出征羌方之前，妳曾說妳全心相信我，甚至願意將性命交付給我。現下還是如此麼？」

雀女吞了口口水，勉強答道：「正是。雀女全心相信王婦。」

婦好點了點頭，說道：「那麼妳必須繼續相信我。我今夜就將讓我王服下此藥。王后深信我對她忠心不移，我不能讓她對我生起任何疑心。況且在對付王后之時，我王倘若清醒著，只會造成阻礙。巫古讓他昏睡過去，未始不是一件好事。」

雀女聽了，才知婦好想得比自己深遠得多，但她並不明白王昭和王后、婦好之間錯綜複雜的關係，不知能說甚麼，只能點了點頭。

婦好說道：「妳在此等候。」她快步走入自己的內室，室中並未點燈，一片黑暗。婦好低聲喚道：「巫永！」

一團黑影出現角落，那是個腦袋奇大的人，膚色蒼白如屍，肩膀上站著一頭巨大的鴟梟，一人一鳥的兩雙眼睛在黑暗中閃閃發光。大頭人躬身對婦好行禮，說道：「請問王婦有何吩咐？」

婦好並不點燈，在黑暗中走向大頭人，將那盒鎮魂鎖遞了過去，說道：「巫永，這是王后讓手下巫古交給我的，要我今夜便給王服下。」

巫永乃是婦好出征土方時遇見的黑暗巫者。當時婦好做為王之前導，夜晚紮營之時，巫永忽然從黑暗中出現，告知婦好土方師眾將趁夜偷襲王昭之營。婦好大驚，立即回師搶救，及時解救了王昭。之後巫永表示願意繼續為婦好效勞，請她收留，但須讓他留在黑暗之中。婦好深明巫者的用處，立即便答應了，悄悄將巫永帶回天邑商，留在身邊。

大頭巫永伸手接過那盒鎮魂鎖，將盒子持在長長的指甲之間，緩緩轉動觀望，臉上仍掛著那個無法除去的僵硬笑容，說道：「鎮魂鎖？並非甚麼了不起的巫術。對我王並無大害，表面便如醉酒或是重病昏迷一般，不易為人察覺。」

婦好道：「巫古說道，我王中了這鎮魂鎖後，便只有他能與我王交談，其他巫者都找不到我王的魂了。這是真的麼？」

巫永道：「確實如此。王后想必以為，她將我王的魂鎖住之後，便能逼問出不死藥的祕密了。」

婦好心中一動，眼睛一亮，說道：「你說王后其實打算藉機向我王逼問不死藥的祕密？」

巫永的雙眼在黑暗中閃著光芒，「不死藥的所在，不正是王后最關心的事麼？」

婦好神色凝肅，點頭道：「你說得對。那你可有甚麼巫藥，能讓人一服下便立即死去？」

巫永臉帶笑容，說道：「回王婦的話，此類巫藥，本巫所藏甚多。」

婦好緩緩點頭，說道：「我知道該怎麼做了。你跟我來。」舉步往王昭的寢宮走去，大頭巫永無聲無息地跟在她的身後。

王昭數月來飲酒過度，又往往單獨留在寢宮，命手下守在宮外，不可進來打擾。婦好於夜半時分來到他的寢宮，在他酒中偷偷下藥，簡直是輕而易舉，毫不費力。

婦好下藥成功後，便立即回去告知巫古。巫古甚是滿意，快步出了婦好的寢宮，消失在夜色中，趕回天邑商向王后婦井報告。

王昭恍惚之中喝下了藥酒，立即中了巫古的巫術，魂魄受到巫古巫術鎮鎖，再也無法甩脫。巫箙雖跟隨王昭的隊伍而行，但他巫術太淺，毫無知覺；王昭原本便終日沉醉，如此過了三四日，竟無人發覺他中了巫術。

將近天邑商時，侯雀、雀女和亞禽便向王昭和婦好道別，各領雀師和禽師回到領地；婦好則率五千王師，護送王昭回往天邑商。

王昭一行並未命令王族齊聚城門迎接，而是打算安安靜靜地進城，直驅王宮。眾人皆知王昭性喜張揚，這回出征羌方大勝歸來，竟打算如此偷偷摸摸地回到天邑商，想必有何特異之處。於是傳言很快便流竄全城：「為何王昭不肯公然露面，莫非他受傷了？」「王昭病倒了？」「莫非王昭已死？」

王后婦井料到城中會有傳言，於是早早便親自出宮迎接王昭，對外宣稱道：「我王出征羌方大勝，之後在雀方停留數月，大肆慶祝歡宴。然而我王在歸途中受了風寒，身有微恙，將速請小疾臣診治。」

於是王昭在沒有讓任何人見到的情況下，坐著封閉的馬車，回到了天邑商王宮的寢宮之中，自始至終都昏迷不醒。

傳說和師般來王宮中覲見王昭，王后婦井請他們進入寢宮，讓他們親眼見到王昭昏睡不醒的情況，對他們道：「我王平安，只是出征途中患了小恙，休養數日便沒事了。」

至於大巫嗀，他似乎早已料知發生了甚麼事，自從王昭回到天邑商後，他便留在大巫之宮的神室中，避不見人，也不來王宮拜見王昭。

巫古猜想大巫嗀正設法解除自己的鎮魂鎖，但他自信滿滿，深信即使是大巫嗀，也無法解除自己的高深巫術。

而天邑商婦好之宮中，婦好此刻正跪在婦井面前，神態溫順恭敬，說道：「托賴先王先祖保佑，我王此番出征順利，大破羌方和鬼方。但我王啟程返回天邑商之前，在雀方患了風寒，昏睡不醒。」

婦井甚是滿意，點頭道：「很好，很好！一切皆如巫古所料。」她又問道：「妳出門之前，我交給妳辦兩件事。那第一件事，辦得如何了？」

婦好道：「王后命我殺死那個羌女，羌方釋比姜。我們在羌方大城捉住了她，我已親手將她殺死了。」

婦井點點頭，說道：「甚好。那第二件事呢？」

婦好道：「這一路上，我不斷向王探望關於不死藥之事，得知我王手中確實握有不死藥，但只有他自己知道藏在何處。他對我言道，不死藥應當傳給小王子弓，讓小王子弓長命百歲。」

婦井哼了一聲，冷然道：「他願意給小王子弓，卻沒想過我？」

婦好說道：「我王說道，他手中的不死藥只剩下一份，只足夠一人服用。」

婦井沉吟一陣，說道：「這也不要緊。他將不死藥交給我，我在適當時機，自然會將不死藥給小王服下。他是我的親子，我是他的親母，我王當不必有所疑慮。」

婦好說道：「王后所言甚是。然而我王已陷入昏迷，尚未恢復神識。若要直接向王請求給予王后不死藥，需得讓王清醒過來，如實稟告我王，求我王應允賜藥。」

婦井連連搖頭，說道：「不，萬萬不可！第一，巫古好不容易才對他施以巫術，怎能輕易解除？第二，他醒來後若不應允，卻又如何？」

婦好道：「謹憑王后指示。」

婦井問道：「他的病症，是否如巫古所言，全身無力，長時昏睡？」

婦好道：「正是。」

婦井側過頭，說道：「巫術為巫古所下，鎮魂鎖的鎖匙，自然握在巫古的手中。我可命巫古進入他的神識，逼問不死藥的所在。只要能問出我王將不死藥藏在何處，我便能自行尋藥取藥，更不需經過他的同意。」

婦好說道：「王后此議極佳，好如何都想不到這等妙策。王后當真天縱英明，機敏睿智！」

婦井老臉露出微笑，說道：「去喚巫古來！」

王昭獨自斜躺在寢宮之中，一口又一口地飲著美酒。對他來說，沉浸於酒鄉和遭到巫術禁錮並無任何差別；事實上，他並不知道自己遭到了巫術禁錮，只覺得能夠從早到晚獨自飲酒，醉了就睡去，醒了就繼續喝，沒有任何人來打擾，實是世間最愉悅痛快之事了。

然而這日晚間，他的面前突然出現了一個瘦小的老巫，一張青面，甚是陰森。王昭揉了揉眼睛，定睛瞧去，才認出那是王后婦井的親信巫古。

王昭擺擺手，說道：「王后有事，為何不親自來見余？」

巫古走上一步，說道：「王后來不到此處。」

王昭覺得此言十分可笑，環望四周，說道：「這不就是余的寢宮麼？怎麼，王后不屑來余的寢宮見我？」

語畢卻隨即感到有些不對勁。這兒看來像是王之寢宮，卻又並非他的寢宮；王昭留意到牆壁上的裝飾似乎與記憶中略有不同，至於如何不同，他卻也說不上來。凝目望去，那些裝飾竟逐漸模糊，最後完全消失不見。他這才發現，原來此刻身處之「寢宮」中的一切都不禁細看，只要專心凝望，所有的裝飾、牆壁、屋頂、門戶便再也不存在。

王昭猛然一驚，放下酒尊，赫然發現連放著酒尊的矮几也不見了；他望向酒尊，以為自己一直用著最心愛的雙立虎吉金酒尊飲酒，卻發現那竟是一只木製的酒杯，破敗簡陋至極。

王昭這才明白過來，望向巫古，冷冷說道：「原來這一切都是幻境。你將余關在這地方，究竟關了多久？」

巫古微微一笑，並不回答，只道：「我王若想出去，也是有辦法的。」

王昭依舊斜倚而坐，並非因為他假作鎮定，故示閒暇，而是因為他根本不知道自己坐在甚麼事物之上，只覺頭昏腦脹，這時倘若站起身，只怕也難以站穩。

巫古凝視著他，又跨上一步，說道：「只要王回答我一個問題，就可以離開此地了。」

王昭展開雙手，哈哈而笑，醉態畢露，說道：「此地舒適安靜，又有喝不完的美酒。余為何要離開此地？」

巫古不答，仍舊注目著王昭。

王昭拿起木杯，又喝了一口酒，發現這酒不再是王室珍藏的鬱鬯，而是淡薄的米酒，略帶酸味。他苦著臉，舉起木杯，說道：「你連余喝甚麼酒都能掌握，想必也能隨意折磨余，讓余受盡苦楚。」

巫古露出詭異的微笑，說道：「我王明鑒。」

王昭道：「你要甚麼，就直說吧。」

巫古道：「請王明示收藏不死藥的所在之處。」

王昭嘿嘿而笑，說道：「原來是為了此事。婦井念念不忘的，竟是不死藥。余要是有不死藥，怎會不早早給了她，省得她為此下手謀害余？」

巫古並不回答，只緩緩舉起一隻手。

王昭忽然感到全身熾熱，彷彿在火中燃燒一般。他忍不住跳起身，在「寢宮」中到處狂奔，發現四面都是粗糙的石牆，絕非自己慣住的寢宮，也沒有門戶能夠出入。他嘶聲慘叫，卻如何也逃脫不了烈火焚身之苦。最後他滾倒在地，全身揪成一團，心中恨恨咒罵：「大膽惡巫，竟敢如此折磨你王！待余離開此地，叫你飽嘗千萬倍的痛苦，痛苦一千日才死去！」

然而他心中清楚得很，巫古有膽量如此對待他，便表示自己多半無法離開此地，或許將永世受困於此，直至老死；也或許……將被眼前的巫古慢慢折磨而死。

王昭一邊承受痛苦，一邊心中動念：「為何大巫散不曾來救余？是誰對余施的巫術？到底發生了甚麼事，余是何時中了巫術的？是了，余和婦好、侯雀、亞禽征伐羌方、鬼方，在雀方停留將近一年，之後余下令率師回往天邑商，莫非是在途中中招？」

王昭腦中陡然閃過許多面目和景象，但他彷彿仍在酒醉之中，甚麼都看不清楚，記不清楚。他盡力忍受烈火焚身之苦，勉強集中精神，忽然隱約記起了一件事：他知道這是至關緊要的一件事，咬牙忍耐身上的痛楚，專心去回想這件事——

那便是婦好，她不知為何來到自己在雀方的寢宮中，奪過自己手中的酒尊，說道：「我王，倘若有人問你不死藥藏在何處，你必得照我的話去做。」

王昭記得自己睜目望向她，震驚加上酒醉，一時不知該如何回答。

婦好又接下去道：「倘若有人逼問我王不死藥的所在，你這麼告訴他：不死藥藏在寢宮榻下的海貝寶箱之中，在最底層的一只鑲珠檜木盒子的夾層裡。聽清楚了麼？」

王昭恍惚之中，重複了一遍：「不死藥藏在寢宮榻下的海貝寶箱之中，在最底層的一只鑲珠檜木盒子的夾層裡。」

婦好又要他重複了三遍，才點點頭，說道：「千萬記住了！」

王昭記得婦好將酒尊還給自己，望著自己喝下那尊酒，才轉身離去。

王昭回過神來，忽然舉起手嘶吼道：「快止！余說！」

巫古放下手，王昭身上的火熱感頓時熄滅，他伏在地上喘息，狼狽至極。過了許久，他才爬起身，說道：「你告訴婦井，不死藥藏在余的寢宮裡，榻下的海貝寶箱之中，最底層，一只鑲珠檜木盒子的夾層裡。」

巫古點點頭說道：「倘若王后未能尋得，我將再來向王請問。」說著便消失不見了。

巫古出離王昭的神識後，便立即來到婦好之宮，將王昭所言稟告王后婦井。

婦井大喜，立即率領巫古和幾個親戌來到寢宮，翻開王昭的榻下，見到地下果然有個暗格；打開暗格後，裡面確實有一只海貝寶箱。婦井趕緊取出海貝寶箱打開了，翻到底層，一只鑲珠檜木盒子正在其中。

婦井小心打開了木盒，找出了盒子的夾層，但見夾層中藏了一包深紅色的粉末。

婦井興奮已極，聲音發顫，問巫古道：「這就是不死藥麼？」

巫古凝視著那紅色粉末，說道：「本巫從未見過不死之藥，難以判斷。然而我王的神識完全在我掌握之中，絕對不敢向我撒謊。王說不死藥藏於此處，那應當便是真的了。」

婦井心滿意足，命巫古退下。她取得不死藥後，樂不可支，立即回到婦好之宮，急召子弓來見，屏退侍者僕婢，關嚴房門，取出不死藥，放在面前地上，鄭重說道：「弓，你瞧！這就是讓你父長命不死的神藥！如今神藥在我們手中，你父又昏迷不醒，這正是你逼迫你父退位，登上王位的大好時機！」

子弓卻並不顯得高興，反而皺起眉頭，說道：「母后，父王病重，原已令我憂心忡忡。如今母后要我趁父王重病而逼其退位，未免不孝不仁。」

王后婦井啐了一聲，說道：「你要仁孝，那便直到你年老死去，也得不到接位的機會！別說是你，連子辟也等不到！」

子弓無言以對，只能說道：「然而父王雖服下了不死藥，卻能受風寒所侵，病重昏迷，這不死藥也沒有甚麼用處啊。」

婦井搖頭道：「母便告訴你也不妨。你父王並非受到風寒，而是中了巫古的巫術，暫時困住了他的神識。」

子弓大驚，脫口道：「巫古竟敢對父王施以巫術？這如何可以？」

婦井伸手按住他，說道：「你別擔心，是母命令巫古下手的。那巫術只會暫時困住你父王，並不會對他造成任何傷害。母這麼做，不過是希望減少你父王和我們母子二人之間的衝突。」

子弓顯得極為困惑，說道：「父王若能輕易被巫古之術所困，昏迷不醒，那麼這不死藥又有何用？我若服下了這藥，即使能長生不死，也能遭巫術詛咒而患病不起啊！」

婦井搖頭道：「你不明白。平日商王有大巫斅保護，只有你父王在外征伐之時，巫古才有機會對他施以巫術。你父王因擔心我坐鎮天邑商，於是命大巫斅留在天邑商看住我，保護婦斅等一干人等不被我害死，只讓巫箙跟隨出征。巫箙年輕又巫術低微，你父掉以輕心才會中了巫古之術。等你成為商王之後，只要指派法力高超的巫古隨時跟在你身邊，那就不會受到任何巫術的侵襲。」

子弓對巫古滿懷恐懼懷疑，心想：「我若讓巫古跟在我身邊，不就等同讓他控制了我的生死？只要母后對他下令，他立即便可對我施以巫術，讓我變得和父王一模一樣，受到禁錮。」但他在母后面前自然不敢說出心中疑慮，只點了點頭，說道：「原來如此。」

婦井又道：「加上我派了婦好在你父王身邊臥底，讓他放下戒心，他才不慎中術。你若留在天邑商，或是出征時讓巫古隨行左右，那便不會有問題了。」

子弓唯唯稱是。

婦井指向那不死藥，說道：「你要立即服下，還是等登基後才服下？你若想在登基時服下，那麼這段時候，這不死藥便由母后替你保管。」

子弓卻道：「我認為這不死藥，應當由母后服下。」

婦井聽了，滿心歡喜，滿是皺紋的臉上露出微笑，說道：「弓，你真是個孝子！你說說，為何母后應當服下不死藥？」

子弓說道：「我還年輕，而母后年事已高。我登基之後，仍須繼續仰賴母后輔佐教導，因此弓希望母后長命百歲，永遠陪伴在兒身旁。這不死之藥，父王能夠找到，我想必也能夠找到。未來數十年的光陰，我們多派巫者去昆侖尋覓，想必能找到更多的不死之藥。屆時我便與母后一起長命百歲，千年萬年，共治大商。」

婦井大為高興，笑得闔不攏嘴，說道：「你說得極是！既然如此，我便順著你的孝心吧。如今你父王已回到天邑商，在外人眼中，他已病重不起。他身邊最信任的王婦婦好，乃是我的親信。我們只需稍稍準備一下，便能逼他自願退位，讓你登位為商王了。」

子弓雖對上位仍有疑慮，卻知母后心意已決，自己多說也歸無用，只能對母后跪倒拜下，說道：「多謝母后！」

婦井又道：「還有一事。你登位之後，便當立婦鼠為王后，立子辟為小王。」

子弓有些遲疑，但仍點頭稱是。

婦井看出他面露不情願之色，問道：「怎麼，你不願意？」

子弓道：「母后明鑒，我和婦鼠雖有夫妻之名，多年來卻並不相合。況且，我認為婦鼠不適合擔任王后。」

婦井神色嚴肅，說道：「鼠侯乃是我極大的助力，不久前鼠侯征服韋方，佔領了韋方廣大的土地，已成為我西方重要的屏障。我心知你對婦鼠並無深情，但她畢竟是你的元婦，是子辟和子雍之母。無論如何，我們都應盡力維繫鼠侯的支持。」

子弓咬著嘴唇，神色顯得十分羞赧猶豫，最後終於鼓起勇氣，說道：「母后，關於婦鼠最近生下的子雍……」

婦井聽他提起子雍，頓時露出微笑，點頭道：「子雍白白胖胖，十分健壯，想必能夠平安長大。子雍的出生，可是大大的好事啊！你登位為王後，原本就應當多取他方之婦，多生子女，繁衍子孫。婦鼠替你生下兩個大示之子，只會讓你的王位更加穩固。」

子弓漲紅了臉，未曾回答，只道：「我住在天邑商，婦鼠住在鼠方。子雍應當不是……不是我的子。」

婦井臉色一沉，皺起眉頭，說道：「那麼他是誰的子？」

子弓吸了一口氣，說道：「婦鼠擅自從地囚放出了子央，讓他跟隨鼠侯攻打韋方。我猜想子雍之父，或許便是……便是子央。」

婦井臉色大變，怒道：「子央這小子好大的膽子！此事當真？」

子弓遲疑道：「此事不假，然而子雍已出生，母后還替他進行了命名儀式。我就算不認他，也已太遲了。再說，一旦立了婦鼠為王后，倘若連子辟的身世也公諸於世，那該怎麼辦？」

婦井陡然一驚，脫口道：「甚麼子辟的身世？」

子弓再次漲紅了臉，囁嚅說道：「子辟也不是我的子。婦鼠一直住在鼠方，子辟出生之前的一整年，我連她的面都沒見過一次。」

婦井頹然垮身，臉色蒼白，舉起手，阻止他說下去。她從未想過子辟竟然不是子弓之子，即使此事流傳已久，但婦井長年居於井方，又溺愛大孫，從來沒有人敢在她面前透露半點風聲。這時她聽子弓親口說出，彷彿地面忽然崩裂了一般，自己幾乎跌入地底深處，再也無法攀爬出來。

這時她勉強壓抑心頭震驚，思慮了一陣，深深吸了一口氣，緩緩說道：「子辟和子雍都經大巫認證為你的子，這是無法改變的事。然而婦鼠年輕，仍能生子。你成為商王後，必得立元婦為王后，也必得立其大子為小王，這是祖傳的規定。到時你命令婦鼠留在天邑商王宮之中，不讓她離開，再跟她生下其他的子，也就是了。」

子弓抬頭望向婦井，滿面無奈，說道：「然而母后，我們當真必須讓子辟成為小王麼？」

婦井想了想，堅定地道：「子辟乃是大示大孫，身分高貴，健壯勇敢，人又聰明，長年來深得我寵愛。我明白你心中顧慮，此事並不困難；子辟並沒有不死藥。你吃下不死藥後，便將長生不老，子辟也將長久做著小王，卻永遠無法接位。你登位之後，便多取四方之婦，多生子。等子辟死後，你挑選一個中意的子，讓他成為小王便是。」

子弓點了點頭，母后如此一說合情合理，然而他心頭卻充斥著一股難言的擔憂和焦慮。自己此刻的地位，不正和母后口中所說的子辟一模一樣麼？難道子辟不會有樣學樣，以咒術禁錮自己，逼迫自己退位？轉念又想：「只要有伊鳧在我身邊，他自會繼續輔佐我，不讓任何邪惡之事發生在我的身上。加上有長生不老的母后，她精明謹慎，對我珍愛回護，絕對不會讓子辟得逞。」

想到此處，子弓的心意又不禁動搖起來：「我讓母后服下不死藥，是正確的決定麼？有母后和伊鳧觀望守護著我，定能保證我的安全。眼下正是因為沒有人在父王身邊守護著他，他才遭人暗算。然而伊鳧總有一日會死去，往後數十年的時光，母后都將如此守護著我，不離不棄麼？倘若有一日，她鍾愛其他人勝過我，決定下手對付我，好讓他人繼位，那又如何？」

婦井並不知道他心中的種種疑慮擔憂，揮揮手說道：「你去吧！在你登位之前，我會好好守住你的。」

第三十一章 后崩

子弓拜別母后，回到小王之宮，立即找到伊鳧，將王后婦井對王昭施法禁錮，以及找到不死藥的詳情全都說了。

伊鳧聽了，大驚失色，叫道：「甚麼？你說要讓王后吃下不死藥？」

子弓點頭道：「母后愛護我如此，我讓母后享用不死藥，自是應當。」

伊鳧不斷搖頭，說道：「不，不，我不是說你不應當孝順母后。我是說，你怎麼知道那不死藥是真的？」

子弓一怔，說道：「是母后取出給我看的。她說是從父王那兒取得的。」

伊鳧道：「王昭遭到巫術禁錮，陷入昏迷，怎會將不死藥交給她？」

子弓這才發覺有些不對，疑惑道：「我……我不知道。」

伊鳧沉吟道：「莫非是婦好出手相助？但是……」

子弓開始擔心，準備起身，說道：「我立即回去見母后。」

伊鳧卻伸手按住他的肩頭，說道：「且慢！」

子弓和他雙目對望，清楚見到伊鳧眼中深深的恐懼和擔憂。

伊鳧腦中急速思索，靜了一陣，才道：「明日清晨再去。」

子弓不明所以，但習慣對伊鳧言聽計從，便也不再堅持，默默坐下了。

當夜夜深人靜時，婦井坐在婦好裝飾樸素的宮中，面對著不死藥，壓抑不住心頭的興奮，暗想：「今夜是我擁有平凡生命的最後一夜了。明日之後，我便將和王昭一樣，能夠長生不老不死！」

她勉強鎮定下來，取出慣用的井雷紋吉金酒爵，替自己倒了一爵酒，伸出顫抖的手，一手執起酒爵，一手執起那暗紅色的粉末，傾入口中，喝了一口酒，緩緩閉上眼睛，面帶微笑，吐出一口長氣。

最先發現婦井暴斃的是小王子弓。天一亮起，他和伊鳧便趕來婦好之宮，求見王婦婦井，侍者告知她獨自在寢宮中，不准任何人進入。

子弓闖入寢宮，發現母后安穩地坐在矮几之前，一手還握著酒爵，但雙目緊閉，眼耳口鼻等七竅各自流出一絲鮮血，已然死去多時。

子弓驚慌失措，大失方寸，坐倒在母后身前，整個人都傻了。

伊鳧和侍者進入寢宮，發現王后暴斃，整個婦好之宮頓時陷入一片慌亂；伊鳧見子弓失神不語，便作主吩咐幾個侍者喚來了寢小臣，將婦井的遺體搬到正室之中，子弓渾渾噩噩地跟到了正室，在婦井的遺體旁跪倒，撫著母后的屍身，哭泣呼號，真情流露，聞者無不為之鼻酸。

這件事情很快便傳遍了王宮，最先知道的自然是婦好。她不動聲色，來到大巫之宮，求見大巫㱿。

大巫㱿在神室接見她，婦好劈頭便道：「好的計策成功了。王后服下了毒藥，毒死了自己。」

大巫㱿神色平靜沉穩，毫不驚訝，只點了點頭，說道：「本巫知道了。請問王婦希望本巫做甚麼？」

婦好拜倒說道：「請大巫㱿儘快出手，救治我王。」

大巫㱿閉上眼睛，說道：「我王所中巫術，關鍵乃出自於王后本身。王后死去之後，王身上的巫術便將自行解除，我王此時應已清醒過來了。本巫和王婦一起去探望我王，確定他已恢復神識。」

婦好道：「如此甚好。」又道：「巫古說過，人倘若被禁錮太久，在禁錮中發了瘋，即使巫術解除，也無法恢復原狀。」

大巫㱿道：「我王遭受禁錮僅有月餘，請王婦不必擔心。」

兩人於是一齊來到商王寢宮，果如大巫㱿所言，王昭已然清醒過來，沐浴更衣過後，精神奕奕。他見到大巫㱿和婦好齊來拜見，心中有數，問道：「余昏睡了多久？」

婦好答道：「在離開雀方之前那夜，我王便中了王后手下巫古的巫術，病倒昏迷，至今已有一個月。」

王昭望向大巫㱿，問道：「余回到天邑商，有多長時日了？」

大巫㱿答道：「已超過三旬。」

王昭問道：「在這三旬中，大巫為何未曾替余解開巫術？」

大巫㱿道：「因為王后婦井禁止任何人接近我王，並明令不准本巫替王治病驅邪。」

王昭問道：「婦井如何了？」

大巫㱿望向婦好，婦好抬起下巴，靜靜地道：「王后昨夜在寢宮暴斃而亡。」

王昭揚起眉毛，訝異道：「當真？」

婦好點點頭，說道：「王后誤服偽不死藥，不但未能長生不老，反而被毒死了。」說完後，嘴角露出一抹若有若無的微笑。

王昭望向婦好，心想：「她終於下手了。好個婦好！她為了報當年殺子之仇，可以隱忍十多年，才一舉下手，在婦井即將攀到權力巔峰鬆懈之時，下手毒死她！」

王昭聽聞婦井暴斃，心中雖不免有些難受，卻並無太多哀憐之情。在他被逼親征羌方之前，王后婦井不但意圖逼迫他退位，更霸佔了天邑商，擺明與他為敵。這時他冷然道：「婦井死去，但她身邊的那群人，余絕不會放過。」

大巫㱿道：「巫古容易收伏，我王無須擔憂。」

婦好道：「子弓懦弱無能，也不必記掛。子央手握王戍，但他忠於我王，並與婦井交惡。婦井的五名擁護者：王子商、鼠侯、犬侯、子畫和伯甫，都各有其師，但他們未必有膽量繼續支持子弓。」

王昭道：「這五人都不難對付，余可將他們一舉攻破，徹底消滅。」

婦好點頭道：「我王所言甚是。然而我最憂慮的，乃是伊鼻。他對子弓忠心耿耿，一心輔佐子弓，詭計多端。我等需先除去他，以絕後患。」

王昭卻搖頭道：「王后既死，余便不急著廢除小王。子弓本身善良仁厚，不足為患。伊鼻聰穎能幹，是我大商之才，余珍惜其才，不可輕易除之。」

大巫殼和婦好對望一眼，心中都想：「我王念舊情深，竟然還想留著小王子弓，連伊鼻也不肯殺。」兩人知道無法相勸，只能應諾。

三人商量之後，定下了掃蕩婦井殘餘勢力的計策。

於是王昭親自來到婦好之宮哭悼婦井。他面露哀戚，暗自留心婦井身邊眾人的反應。子弓仍在母后身邊哀哭不止，他見到父王到來，衝上前去，抱住王昭的腿，說道：「父王，您好起來了！但是……但是母后……」再次泣不成聲。

王昭拍拍他的肩膀，臉色沉重。

過不多時，子央也趕來了。他對王昭跪拜為禮，說道：「父王恢復健康，可喜可賀！央拜見父王。」

王昭點點頭，望向他臉上的傷疤，問道：「你的傷可都好了？」

子央誠摯道：「多謝父王關愛，特意安排央在地囚中養傷，央已完全恢復了。」

王昭聽他這麼說，知道大巫瞉已告知自己故意將他關入地囚的用心，微微點頭，伸手拍拍他的肩膀，說道：「恢復了就好。」

子央站起身，立在一旁，冷眼望向子弓。子弓又撲在母井的遺體上痛哭，情真意切，而子央面色鐵青，一滴眼淚也沒有流。王昭側眼望向他，心中清楚，子央尚未原諒婦井多年來對子弓的偏心，事事以子弓為先，即使犧牲子央也在所不惜，因此子央對母后之死毫無悲傷之情。

就在這時，門外傳來雜沓的腳步聲，子商、鼠侯、犬侯、子畫和伯甫各自帶領一群親戍趕到，見到王昭已清醒，都極為吃驚，一時不知所措。

鼠侯最先鎮定下來，開口問道：「我等聽聞王后乃中毒而死。請問我王！何人膽敢下毒謀害王后？」

王昭露出暴怒之色，高聲道：「過去數月中，余病重臥床，昏迷不醒，直到今晨才恢復過來。醒過來的第一件事，便聽聞王后中毒而死。你們身為婦井的親信方侯，你們來告訴余，這是怎麼回事？」

鼠侯、犬侯等都面面相覷，王昭中巫古之術、病重昏迷，他們自然全都知情，這正是婦井準備逼王昭退位，扶持子弓登基的第一步。正因為王昭昏迷，王后之死定然與王昭無關，反而替他撇清了責任。

這時子弓站起身，抹去眼淚，說道：「母后昨夜告訴我，她從父王處得到不死藥，說要給我服食。我言道不死藥應當給母后服食，卻沒想到會……會發生這等事！」

這話一說，眾人都心中雪亮——婦井取得的不死藥是假的！

王昭轉向子弓，冷然說道：「世間並無不死藥這等事物。余已對王后說過許多次了，她卻始終不信。她曾多次向余索求，余都告知並無此物。豈料她會趁余昏迷之時，擅自取用余之藏藥，並誤以為是不死藥而服之！」

鼠侯知道其中必有蹊蹺，追問道：「那麼是誰將這藥物給王后的？」

婦好這時走上一步，說道：「是王后自行取走的。她命巫古進入我王夢中，探測不死藥的所在，之後便自行進入我王寢宮，取走了不死藥。」

鼠侯聽了，說道：「因此是巫古探夢出了錯？」

王昭怒道：「王后命巫者探余之夢？」

眾人聞雷霆都噤不敢言。讓巫者刺探王昭之夢，本身便屬極大的禁忌，此事如今既已公諸於世，那可是誰也無法替婦井辯駁了。

這正是婦好落井下石的大好時機，只聽她開口道：「正是。王后確實曾派巫古刺探我王之夢。不僅如此，我王在歸途之中病重昏迷，也是因為中了王后親信巫古的巫術。」

婦好此言一出，室中頓時陷入一片寂靜。這件事情鼠侯等都清楚知道，但天邑商中人卻並不知曉。這時眾人的眼光都落在婦井的遺體之上，她生前做過些甚麼惡事，已不再需要替她回護隱瞞；人既死了，便無法替自己辯解，生前的一切罪孽惡行，也只能任憑他人述說。

王昭臉色極為難看，顯然正勉力壓抑心中的憤怒激動。他深深地吸了一口氣，緩緩說道：「余明白了。此事往後休再提起！好生安葬了王后。」

王后婦井之死，有如晴天霹靂，天邑商王族多臣得知之後，盡皆驚詫難已，不知所措。昔年與她交好者慄慄自危，另一批人則冷眼叫好，靜觀其變。

婦井出身的井方十分富裕，因此她的葬禮也辦得極為風光。經大巫㱿貞卜之後，將婦井死後的日號定為「戊」，表示婦井將跟隨戊日升天，在天上與所有日號為「戊」的先祖同處。此後的王族祭祀之中，婦井的祭名便為「母戊」。

王昭下令在洹水北岸高地的王陵挖掘婦井陵寢，並命百工製造各種貴重的陪葬物品。王后身分貴重，葬禮自比當年鼠充的葬禮隆重百倍；陵寢足足花了三個月才完成，種種陪葬品琳琅滿目，光是吉金酒器便有超過五十套，每一套都極為精美貴重，鑄上「后母戊」的字樣，其餘金器、銀器、玉器、石器及各種首飾衣物，更是擺滿了三間墓室。

子弓對母后之死悲痛萬分，以淚洗面數日後，跟伊鳧商量，想要鑄造一件吉金神器，做為母后的陪葬品。

伊𦍒對他建議道：「你身為小王，自當以最貴重的葬器做為王后的陪葬，以昭顯並鞏固你小王的地位。」

於是子弓不惜重金，命王室的吉金工坊鑄造一只巨大的吉金方鼎。

受命鑄造這件吉金器的工者名叫子冶。子冶出身王族，原來叫甚麼名字大家都已忘了；因他擅長鑄造吉金器物，鑄造出來的器物形體勻稱，花紋精緻，高貴華美，因此大家都稱他「子冶」。

子冶親自以陶製模，先在泥料黏土中加入燒土、碳末、草料及水，製成大塊的陶模，表面堅硬光滑，易於雕刻。多塊陶模拼在一起，便是方鼎的雛形；子冶先在陶模上以瓦筆起草花紋圖案，多次與小王子弓商討修改，方才定案，開始雕刻。等陶模乾燥後，子冶將陶模一一置入窯中燒焙。同一時候，子冶開始準備製範的泥土，製範所需的土要求更高，黏土中須加入適量的細砂和草木屑，經過晾曬、篩取、混勻後，加入適量的水，和成軟硬適度的範泥，再經過反覆揉搓、捽打，方能使用。

之後子冶將精心預備的範泥均勻地敷在陶模周圍內外，是為「翻範」。翻範是製作吉金器最困難的步驟，尤其在鑄造巨大器物時，範泥需分成數塊，彼此連接，又需留下空隙得以拆卸，難度極高。子冶乃是箇中高手，製出的範與陶模緊緊貼合，完整地呈現陶模上的所有花紋圖案，只在不起眼處留下接縫。範完成後，他將二十八塊範板拆開，各自燒焙，重新組合，成為一個空心的範。子冶和手下工者將空心範以粗索綁緊，外表糊上泥沙，倒吊起來，預先放入窯中加熱。等範足夠熱了之後，才從鼎的腳部灌入金液。天邑商王宮累積了大量從各地金穴取得的金錠，工者將金錠熔解，過濾排渣後成為純金，再加入少量的錫、鉛，煮沸融化之後，便成為澆灌吉金所用的金液。等金液冷卻之後，子治將空心範敲破，便製成了一只完整的吉金巨鼎。鼎上的兩隻立耳則另外製模灌金，嵌入鼎中。

子治前後足足花了三個月的工夫，才鑄成了這個高及人胸的四足方鼎，鼎的邊緣雕鑄了一條寬寬的雙頭夔神紋飾帶，極為精緻，鼎腹鑄有「后母戊」（注）三個大字。子弓見後，十分滿意。自大商開邦以來，替先王先妣所鑄的陪葬之鼎，以此后母戊鼎最為巨大沉重，之後再也無出其右者。

后母戊鼎鑄好之後，王后婦井的墓地也已挖掘完成，其餘葬品也已齊備。同時陪葬的除了五十套吉金酒器，包括觚、爵、鼎、斝（音同『甲』）等等；另有多種精美的金玉骨雕器物，大多是王后婦井生前使用過的器物。由於王后婦井曾出征他方，陪葬品中也有吉金刀斧和骨質箭頭。最後王昭下命，用三十八個婦井生前的侍者、姬婢、羌奴、多戍做為陪葬，在大巫散的建議下，順道將婦井最忠實的巫者巫古也充作人牲，在冥界中繼續服侍王后婦井。

王昭並未忘記巫古曾對自己痛加折磨，於是命大巫散以卯法獻祭巫古。大巫散依命而行，巫古飽受煎熬，直捱了三日三夜才斷氣。

王昭自然不會放過當年支持婦井的五個同謀。婦井葬禮結束之後，他下令禁止這五個同謀離開天邑商，並將他們手下多戍囚禁起來。

葬禮後的第十日，他將鼠侯、犬侯、子畫、伯甫、子商五人召來天邑商皿宮飲酒，說是王后婦井生前有要事交代。

五人來到之後，王昭便關起宮門，婦好和子央各持斧鉞，率領王之親戍上前，圍繞在五人身周。

王昭厲聲道：「汝等五人身為王后婦井之親信，在余病倒之際，未能善於保衛王后婦井之安全，罪當處死！」

五人臉色大變，犬侯當先叫道：「害死王后者，正是婦好！我王豈能怪罪在我等頭上！」

王昭冷著臉，喝道：「推諉卸責，殺了！」

子央大步上前，舉起一柄巨大的吉金鉞，當場將犬侯的腦袋劈成兩開之狀，腦漿濺了

注后母戊鼎現存於中國歷史博物館，是出土商朝青銅器中最巨大的一件。鼎腹上鑄了「后母戊」三字，初時學者認為是「司母戊」三字。甲骨文往往有左右相反的寫法，後來學者認為「司」應為「后」字，因此這三個字應為「后母戊」。並有學者推測后母戊鼎乃是商王武丁之子、小王子弓替其母后婦井所製之陪葬品。本書中關於商朝的人物和器物大多有歷史根據；商朝並無正史，只能參考出土器物和甲骨卜辭，進行拼湊整合。

滿地，其餘人都大驚失色。

王昭怒氣未息，說道：「央！將犬侯的腦袋掛在天邑商的城門上，讓人人都看見叛賊的下場！」

子央答應了，上前斬下了犬侯的腦袋，踢在一旁。

王昭指著伯甫，說道：「甫！余對你一向信任，你竟膽敢依附婦井，合夥背叛余？」

伯甫倒是頗為爽快，說道：「不錯，甫聽從王后之命，逼迫我王讓位。如今王后亡去，甫早知自己不會有甚麼好下場。懇請王讓甫自行了斷。」

王昭道：「好！你甚有擔當，余便賞你全屍，讓你手下將你的屍首送回甫地安葬。」

伯甫從懷中取出一柄小刀，一把插入自己胸口，倒地氣絕死去。

王昭望向子畫，冷冷地道：「你有甚麼話說？」

子畫乃是王族遠親，這時眼見犬侯和伯甫當場死去，只嚇得跪倒在地，懇求道：「我王在上！子畫乃是先王羌甲之曾孫，與我王乃是兄弟之親。我之所以聽從王后之言，也是因為她保證絕對不會傷害我王，而此舉有益於我大商啊！請我王原諒子畫，子畫此後一輩子效忠我王，情願為我王而死！」

王昭怒道：「說甚麼有益於大商？妖言惑眾，殺了！」

婦好走上前，揮下金鉞，斬死了子畫。

王昭處置了這三人之後，望向他的大示小子商，說道：「子商！你是余之親子。你又怎麼說？」

子商昂然道：「父王！我遵從母后之命，輔佐我兄小王子弓為王，這原本便是王子、王弟所應當為。我支持母后之舉即使有錯，然而這也只是我等父母子女之間的爭執糾紛。父王若認為商有罪過，商願意就死！」

王昭對敵人和手下可以心狠手辣，對自己的婦和子卻畢竟下不了手，而且他心中又頗欣賞子商的征戰之才。他望了婦好一眼，婦好面無表情，對此事顯然並無意見；他又望向子央，子央雖與其兄子弓不和，與弟商倒是兄弟之情甚篤，當下跪倒在地，替子商求情道：「父王！商乃父王親子，央之親弟，只因聽從母命而行差踏錯，本意卻罪不至死，懇請父王大量寬宥！」

王昭嘆了口氣，說道：「罷了！央既替商求情，余便不賜商死。余將商分封到熏育，永世不得返回天邑商。」

熏育地位處大商西北千里之外，乃是一片蠻荒之地，散居著諸多野蠻方族。子商和其手下要能在熏育生存下去便已十分不易了，王昭雖說是「分封」，實際上便是放逐邊地。

王昭最後望向鼠侯，疾言厲色地道：「鼠！你認罪麼？」

鼠侯早已渾身發抖，立即跪倒在地，趴在地上，叫道：「鼠知罪！請我王看在鼠對我王一世忠誠的份上，饒鼠一條老命！」

王昭此前已深思熟慮，眼見鼠侯神態卑鄙猥瑣，冷笑一聲，說道：「你這老不死，也活得夠久了。」

鼠侯不斷磕頭，哭叫道：「鼠老邁愚蠢，犯下大錯，懇求我王大量寬恕！」

王昭冷冷地道：「你趁余出征未歸，擅自出師霸佔韋方，這是老邁愚蠢麼？余瞧你精明得很，野心也不小。看在你女婦鼠乃是小王子弓元婦，余對你特生寬容，並不賜死，只將你貶斥為庶人，收回鼠方、韋方土地，轉賜給小王子弓。」

鼠侯見自己竟能留下一條命，喜出望外，滿口說道：「感謝王昭大恩大德，鼠萬世難報！」

婦井生前不斷促使鼓動小王子弓爭奪父王之位，但子弓天性仁厚孝順，自己並無絲毫奪權之心。王昭原本知道子弓至孝，對己絕無背叛加害之意，又見他對母后之死哀慟逾恆，擔任小王時也中規中矩，謹守本分，便決定不撤換小王，並讓他繼續參與政事。而子弓在伊鳧的輔佐下，行事穩妥，寬容大度，很得天邑商多臣眾庶的喜愛擁戴。王昭原本欣賞伊鳧之才，見他輔佐子弓盡心謹慎，對他甚感滿意，下旨褒獎伊鳧，說他承襲了其祖伊尹之才，將來必能擔任大商三卿之一。

此時虎方危機已然解除，子央又在征伐韋方立下戰功，王昭正式下詔赦免子央的一切罪行，讓他繼續擔任王親戍之長。於是在王后婦井死去之後，大子弓仍舊安居小王之位，中子央仍舊擔任王親戍長，兄弟二人的地位並無絲毫改變，一切又回到了原點。

最大的改變是，在王昭懲處貶斥了鼠侯之後，小王元婦婦鼠的地位一落千丈，若非因為她生了二子子辟和子雍，險些便被廢為庶人。子弓原本已是小王，此時繼續受到王昭的重視，而鼠方則遭到了毀滅性的重懲，子弓和婦鼠的地位頓時反轉過來，一個在天，一個在地。

伊夐對子弓建議道：「你應趁此機會削去婦鼠小王元婦的地位，徹底將她撇開。」

子弓道：「削去她元婦地位，懲罰未免過重。」

伊夐搖頭嘆息，說道：「子弓啊子弓！你承襲了你父王太過看重舊情這唯一的弱點，你父王的決斷、英武等長處，你可半點也沒有繼承到。」

子弓仍舊遲疑不決。伊夐於是建議：「無論如何，你必得將她軟禁在小王之宮，免得她到處惹是生非，又去跟甚麼人亂來生子。」

子弓點頭道：「我同意。」

於是伊夐便傳小王之令，將婦鼠軟禁在小王之宮後的一間倉房之中，不准她會見任何人，身邊親近的鼠戌和侍女也全數撤換，不讓他們接近婦鼠，等同將她囚禁起來。婦鼠雖憤怒抗議，但她父貶兄死，原本最支持她的王后婦井也已過世，再沒有人會替她出聲。於是這個年紀不過三十來歲，雍容華貴的一代美女、小王元婦，就此遭受幽禁，一生不得自由。

至於婦鼠的二子，子辟仍是商王大示大孫，但在他的妣后婦井死去後，無人繼續溺寵於他，王昭對他原本並無好感，子弓更是完全不想認這個子，連他的面都不肯見，因此子辟的地位也大為降低，不得不服從王昭的旨意，每日乖乖赴左學，受到師貯的監督。還在襁褓中的子雍也子以母賤，完全不受重視。

子雍其實乃是子央之子，於是婦鼠偷偷派人傳話給子央，威脅說出這個祕密，逼迫子央出面照顧子雍。子央對婦鼠原本便滿心厭惡，毫無感情，對這個子也全不在乎，更不予理會。

婦鼠大怒，卻也無可奈何。過去十多年來，她將全部的心血關懷都投注於子辟身上，原本便對初生的子雍無甚感情，見其父也棄他不顧，對子雍更感嫌惡。於是子雍這小王之子、商王之孫便成了無人愛惜的棄嬰，全靠小王之宮中心善的侍妾照顧養大。

第三十二章 新后

王后婦井的葬禮結束之後，王昭命天邑商舉城哀悼三月，禁酒禁樂。

三個月後，卿者傅說上言道：「王后之位不可虛置，請我王考慮另立新后。」

王昭道：「此事余已開始考慮，眾卿眾臣有何意見，亦可告知余。待余深思熟慮之後，再做決定。」

於是王族紛紛討論王昭應當立哪位王婦為新后。與王昭有婚姻關係之婦共有三十多名，但只有三位王昭正式婚取者可稱為「王婦」，即婦井、婦嫊和婦好，其餘多婦多為王侯或方伯之女。強大方族之婦大多長居於各方，定期朝見商王並進貢，弱小方族之婦則居於天邑商，隨時等候王昭召喚。如今婦井死去，剩下的兩位王婦中，婦好戰功彪炳，長年協助王事，又最得商王信任重用，原本應是立為王后的最佳人選；然而婦好無子，按大商王族規矩，不能立為王后。剩下唯一能立后的，便只有婦嫊了。

王族和多臣對此事的意見十分一致，皆認為婦好無子，不能立后，而婦嫊身為王婦，又有二子，因此都建議王昭立婦嫊為后。他們口頭上未曾說出的顧慮，自然是婦好不但掌師，同時也掌權；倘若讓她任后，更將集大權於一身，不免成為比前王后婦井更難對付的勢力。

王昭雖感激婦好替他解除了虎方和王后婦井的威脅，但也對婦好擅自屠滅鬼方、陰謀殺害婦井的手段心生疑忌。此刻他已重回天邑商，重掌大權，對婦好的倚賴自然大大減輕。他記掛著多年前與巫彭的約定，在聽取眾卿和王族的進言後，便宣布道：「眾卿多臣之意，余已悉數聽聞。為歸順眾意，並尊重先王先祖的貞示，余將立婦斁為后。」

這個決定受到王族和多臣的一致贊成。婦斁的母方兕方乃是傳聞中的西南大方，地雖遙遠，卻是產金之地，每年進貢的金錠布帛數量甚多；婦斁乃是王昭流放時所取之婦，王昭重情念舊，早早便封婦斁為王婦，因此婦斁在天邑商的地位一直不墜。婦斁生有二子一女，大子漁文武全才，極受王昭重視喜愛，這是全天邑商人人皆知之事；王昭立婦斁為王后，讓她的二子擁有成為小王的資格，藉以抗衡已逝王后婦井及其多子的勢力，眾人心中明白這也是王昭很可能採取的制衡之策。

然而婦斁長年體弱多病，又曾遭婦井軟禁，已有多年不見天日。在立后的那一日，她穿上王后的貴重禮服，在忠實侍女朱婢的攙扶下，來到王宮大室，由大巫彀主持了盛大的祭祖儀式，正式立為大商王后。

王族和多臣見到她的絕世容貌，都暗暗驚豔；想不到她臥病軟禁這麼多年，竟仍美貌如此！但見婦斁弱不禁風，走路都需婢女攙扶，又不禁暗暗搖頭，知道她在世的日子大約不長了。

王昭回想自己流落西南方時，婦斁不嫌棄自己是個遭到流放的王子，對自己情深意重，以身相許，更千里相隨來到天邑商，心中對她始終深懷感激。而且婦斁雖已有三十多歲年紀，容色仍冠絕天邑商，在立后之後，王昭重啟對她的寵愛重視，多番賞賜，並時時去婦斁之宮陪伴。

婦好對此自然十分不懌，但強行忍住，並未多言，仍舊認真替王昭協理政事，掌領商師。她心中知道，即使婦斁身為王后，並受到王昭的關注眷寵，自己仍舊掌握著大商的命脈——王事和戎事。在有子這件事上，她確實比不上婦斁，但是自己年紀還輕，不一定永遠無子；而婦斁雖有二子，卻都已遭流放，生死不明，不一定永遠有子。就算婦斁二子還活著，婦好也有辦法讓婦斁成為無子之后。婦井已教過她一切排除其他王婦威脅的手段，她親身經歷，記憶猶新，也知道自己必須比婦井更加狠毒，才能避免落得跟婦井同樣的下場。

王后婦井暴斃，婦斁繼后，這兩件事在一年之內相繼發生，王族之中瀰漫著一股不安的情緒。眾人皆知，王昭即使立了婦斁為后，子弓仍是小王，婦井的舊勢力仍在，而王婦婦好的勢力也一日日擴大，無人能夠抑制。

就在眾人毫無留心之時，婦好已悄悄派人將二女子妥和子媚從井方接回了天邑商。

二女這時一個十四歲，一個七歲，兩人下馬車時，衣衫襤褸，臉頰骯髒，神色怯懦，彷彿驚弓之鳥，沒有半分王女的氣度。

婦好望著二女卑微淒慘的模樣，心中如刀割一般難受。自她們出生以來，她便沒見過她們幾回，只知道她們在婦井的掌握之下，除了還活著，其餘一概不知。婦好只能暗暗祈禱婦井對自己二女不致太過無情；她不敢期待二女能如其他王子王女一般赴左學就讀，但至少該有足夠的食物吃，有保暖的衣裳穿。眼見婦井竟比她想像中更加殘忍，竟如此苛刻虐待自己的兩個幼女！

婦好勉強壓抑滿懷怒氣，嚴肅地望著二女，說道：「我是王婦婦好，是妳們的母。今日接妳們回到天邑商，此後妳們在我的保護之下，誰也不能再欺負妳們！一切吃的穿的用的，都將是天邑商最貴重、最珍稀的事物。妳們想要甚麼，隨時開口，我一定全數供給。要記得！妳們乃是我王的親生之女，地位崇高，往後當以王女自居，抬頭挺胸地過日子。知道了麼？」

子妥和子媚怯生生地聽著，小聲答應了。她們在此之前從未見過婦好，並不知道她是誰，也不知道她是否真是自己的親生之母。這時見她神威凜凜，嚴厲冷肅，不禁又驚又怕，暗暗懷疑自己是否落入了另一個恐怖王婦的手中，她又將如何對付自己？

婦好讓子妥和子媚入左學就讀。子媚年紀尚幼，七歲開始就學還不算太遲，十四歲的子妥卻已明顯太遲了。一般說來，十四歲的王子王女早已讀完左學，有的去右學深造，有的已開始在王昭或其父母的宮殿中任職，男子可能已加入王師，東征西討或保衛天邑商，女子可能已嫁給他方伯侯或其他王族。子妥一個字也不認識，對於種種王族禮儀規矩、弓箭戈術更是一竅不通，怎麼學都學不會，在左學中惶惑無主，情狀悲慘。

第一日的晚上，婦好把子妥叫過來，問她當日學了些甚麼。子妥支支吾吾地答不出來，急得直掉眼淚。婦好大怒，厲聲斥責了她一頓。

如此過了一段時日，子妥愈來愈害怕上左學，每日早晨一起身便哭個不停，吵著鬧著不去左學；一個月後，她開始裝病逃學，躲在宮中，不但不見人，甚至拒絕飲食。

婦好見子妥如此，心中倒是憤怒多過憐憫。在她心中，自己之女理應和自己當年一般，健壯聰穎，在左學出類拔萃，遠勝其餘王子王女；至少也要像雀女那般，機伶踏實，勇敢善武，日後能夠輔佐自己，隨師出征，揚威他方。

然而子妥軟弱無能，令婦好失望至極，氣憤得幾乎不想認她。婦好終於認清了這個事實——子妥在井方活到十四歲，從小飽受虐待，在婦井的種種壓迫威嚇之下長大，想要讓她回復成正常的王女，已是不可能的事，更別說將她調教成下一個自己。

於是婦好咬牙狠心，索性放棄了子妥，讓她留在自己的宮中，不必繼續去左學。子妥既不識字，又不會武，孤獨一人，性情愈發孤僻怯懦。她的容色承襲了其母，原本便十分平凡，此後整日窩在婦好之宮的陰暗角落中，臉容浮腫蒼白，整個人變得更加不堪，成為一個絕對沒有任何侯伯想取的王女。

子媚的情況稍稍好些；她乖乖在左學待了下去，努力學習文字弓戈，很快便跟上了其他王子王女的進度。她的容色較其母其姊秀麗許多，甚至算得上美貌；但她也和其姊一般乖順馴服，完全沒有婦好年輕時的精明勇毅。婦好對子媚也頗感失望，但她知道自己甚麼別的都沒有了，只剩下這兩個飽受婦井摧殘的親女。她能做的最好打算，就是將她們養大，讓她們嫁給有權有勢的王族或是方伯方侯，以增強自己的實力。除此之外，這二女對自己的助益非常有限。她清楚知道，自己需要的是生下一子，一個能夠受封小王、成為未來商王的子。

在婦斁被立為王后之後，如同眾所預料，王昭急於找回婦斁的二子一女，於是召了大巫㱿來商討此事。

大巫㱿稟報道：「據本巫所知，子漁身在西南方魚婦屯中，取了魚婦女王為婦，必須留在魚婦屯三年方可離開。子曜遠去了北境，子嫚則在南方荊楚。」

王昭道：「快派人去找到他們，將他們接回天邑商！」

大巫㱿應諾，頓了頓，又建議：「本巫認為，此事應當祕密進行，較為妥當。」

王昭搖頭道：「子漁、子曜和子嫚乃是我大商王后之親子親女，怎能讓他們流落在外？余若不大張旗鼓地去將他們接回來，王族和他方之人如何會尊重大商王族？」

大巫㱿不再勸阻，心中卻很清楚：大張旗鼓地去迎接三位王子王女，一定不會有甚麼好結果。王婦婦好和小王子弓都不想讓他們回來，定會從中阻擾，甚至暗中派人跟隨而去，在途中害死三人。大巫㱿深知王昭的性情，之前他全心信任王后婦井，如今也全心信任王婦婦好和小王子弓，即便自己直言警示，終歸無用。

於是王昭派出三位王使，分別去西南、北方和南方迎接三位王子王女。果如大巫㱿所料，這三位使者離開天邑商的十羈之後，便完全失去了聯繫；大巫㱿事後探知，去西南方的使者被婦好派出的大頭巫者巫永殺死，去南方和北方的使者則遭伊𦤎派出之戍刺殺。

幾個月過去了，三位王子王女仍舊下落不明，不知所蹤。

婦斁成為王后之後，身體仍舊虛弱，不能言語，無法主持任何王族的祭祀或貞卜。因此一切王后應當擔起的責任，便都落在婦好的身上。王昭多次命婦好主持對先祖的祭祀，婦好不但協理王事，掌領商師，同時也成為王室重要的主祭者，地位顯赫無比。

宮廷之中，唯一能與王婦婦好抗衡的，似乎便只有小王子弓了。

這日，子央聽聞父王召見，來到天邑商公宮時，卻見王昭並不在宮中，只有王婦婦好坐在王座之旁。

子央有些驚訝，躬身道：「子央拜見王婦。」

婦好面帶微笑，說道：「王子央不必客氣，請坐。」

子央身為王戍，在王和王婦面前從來不能坐，這時聽王婦婦好命自己坐下，有些受寵若驚，跪倒拜謝，才坐下了。

婦好命侍女端上兩爵新釀的鬯，一爵給自己，另一爵放在子央身前。

婦好舉爵相敬，子央也舉爵回敬，喝了一口，依照禮節，讚嘆道：「好鬯！多謝王婦賜鬯。」

婦好神色漠然，說道：「這是前王后婦井進貢的井鬯。王后過世，王子央想必甚感悲痛。」

子央性情耿直單純，多年來對母后積怨深厚，裝也裝不出悲傷之情，只嗯了一聲，並不回答。

婦好凝視著他，說道：「看來王子央對王后之死並無傷悲，反而感到歡喜慶幸，是否如此？」

子央一呆，無論他心中如何痛恨其母，也絕不會在他人面前如實說出；但聽婦好說得直接，一時不知該如何回應。

婦好並不期待他有何回應，接著道：「你不必回答我的問題。你心中的感受，我清楚得很。過去十多年來，我一直活在王后的嚴厲掌控之下。十多年前，她逼我親手殺死我的初生之子，並將我的二女扣留在井方，當作人質。這麼多年來，她說的每一句話，我都必須恭敬傾聽，謹慎執行。身為王后中子，你的處境想必跟我相差不遠。」

子央心中大有同感，想起母后對大兄弓的寵愛回護，和對自己的種種冷落不公，不禁沉下臉，抿嘴不語。

婦好又道：「在王后心中，沒有甚麼比子弓和子辟兩人更加重要，其餘人的死活苦樂，在她眼中全如蟲蟻一般，微不足道。你我都在蟲蟻的行列之中。如今王后死去，正是你我重新為人的時候。」

子央抬眼望向婦好，想起她在諸多王婦之中年齡甚輕，尚未三十，身形壯健結實，容色樸素平凡；她出身於沒落的子姓王族，和自己一般，靠著武藝勇氣在右學中脫穎而出，受到王昭的重用，並在戰場上以鮮血廝殺證明了自己的能耐。子央向來尊重武勇之士，對王婦婦好一直心懷敬意，但他知道婦好乃是母后的親信，且是母后安置在父王身邊的臥底，對她始終存有疑忌之心，視她為敵。如今母后死在婦好的手中，兩人便不再是敵對之方了。

這時子央思慮一陣，才緩緩說道：「王婦所言不錯。不知王婦有何可以指教？」

婦好說道：「我雖無子，未能立為王后，但我王在世一日，我便一日掌握大商的王事和戎祀。我不想遭人掣肘，也不想見到小王子弓權力擴張，更不想見到他提早接位。」

子央心中雪亮：「我們二人都以子弓為敵，那便是同盟之友了。」於是說道：「王婦以為，如何才能限制小王的權力？」

婦好揚眉道：「我不只要限制小王的權力，更要廢除他的小王之位！」

子央聞言心中狂喜，將子弓拉下小王之位，正是他日思夜想之事，不料竟從王婦婦好的口中說出！他當下說道：「願聞其詳。」

婦好喝了一口酒，說道：「你不必高興得太早。即使小王子弓被廢，坐上小王之位的也不會是你。」

子央點點頭，訕然說道：「我雖有此野心，但亦有自知之明。父王一向不賞識我，認為我徒有勇武，缺乏智識，不適宜擔任小王，王族對我的評價也大多如此。上回我王貞卜我是否是適任小王，得到的卜象乃是中凶，看來先祖先王也都如此想。」

婦好凝望著他，說道：「那麼你認為，誰適合擔任小王？」

子央搖搖頭，說道：「商曾附和母后背叛父王，已受父王驅逐至偏遠之地。如今婦斁當上王后，小王之位，自應由她的子來坐了。」

婦好道：「婦斁有二子，子漁和子曜。我王貞卜過這兩位王子任小王之吉凶，子漁為中吉，子曜為大吉。」

子央想起在自己被關在地囚中那段時日，子曜對自己關心照料，出囚之後還不斷回來替自己偷送酒食，陪伴自己說話，心頭一暖，說道：「若要我選，我會選子曜。」

婦好揚起眉毛，問道：「卻是為何？」

子央有些後悔自己說出此言，當下又改口：「不，應是子漁較適合擔任小王。子漁智勇雙全，能文能武，嫻熟祭祀之儀，又能率師出征。子曜體弱多病，心地仁厚，只怕當上小王沒幾日，便會被人害死。」

婦好冷酷的臉上露出一絲笑意，說道：「倘若真是如此，那麼不是讓子曜擔任小王比較好麼？」

子央望向她，明白她的意思，心想：「原來婦好的心計如此之深。」說道：「王婦所言甚是。」

婦好放下酒爵，說道：「子央，我知道你仇恨親兄子弓，遠勝於你厭惡這兩個異母弟弟，而他們對你也並無仇恨。不管子漁或子曜哪個當上小王，對你來說都是好事，至少他們即位之後，第一件事不會是立即將你殺死。然而這兩個王子也大不相同，子漁倘若當上小王，即使不下手害你，也會防範你。子曜年幼善良，反而會信任你，聽你的話，甚至會願意推薦你擔任商師之長，給予你三卿的重權高位。」

子央點點頭，他能想像子曜親近信任自己，對自己推崇重視；然而子漁想必不會讓自己掌握商師，也不可能讓自己擔任他的輔佐。他說道：「王婦說得極是。然而王婦這是為央考慮，央擔當不起。不知王婦自己有何考慮？」

婦好說道：「我的考慮，和你相差不遠。子漁太過聰明，不易控制。子曜雖也不笨，但性情溫和善良，由他擔任小王，對大家都是好事。」說到此處，她伸手撫摸腹部，說道：「然而事情或許仍有變數。我等此刻談論此事，可能為時太早也不一定。」

子央望向她凸起的腹部，恍然大悟：「她年紀尚輕，仍能生育，此時想必已懷了胎。生下的若是子，她便絕對不會讓子漁或子曜當上小王。小王之位或許根本輪不到他們兄弟倆！」他若有所悟，點了點頭。

婦好又道：「無論如何，我等須走的第一步，便是除去子弓。」

子央俯首說道：「子央必盡一己之力，助王婦達成此願。先前央曾試圖對付子弓，卻被伊鳧阻撓了。」於是說出上回婦鼠讓自己去陷害子弓，卻被伊鳧識破之事。

婦好嘴角露出冷笑，說道：「上回出謀畫策的，是婦鼠那個沒用的蠢婦。然而我同意婦鼠的意見，要對付子弓，便須先對付伊鳧，而我自是有好辦法。」

於是婦好和子央祕密商議了一番，當日便著手安排。

婦好命親信巫永準備迷人心神的「巫酒」，裡面混入了大量的雲實、莨菪子等，並買通巫箙，去對伊鳧說道：「城南麥里之地，有人見到利於小王子弓提早登基的異象，請伊鳧一定得親自前去觀望。」

伊鳧並未懷疑，又想出城不過是一日的事情，便跟著巫箙離開了天邑商。巫箙依照婦好的指令，中途便對伊鳧施以巫術，讓他以為自己一直身在途中，無法覺知究竟過了多少時候，將他困在三羈之外。

子央則去王宮地窖中找出最陳香的一罈祭祀用的鬯酒，當作王昭賜給小王的禮物；之後便率領了十個王之親戍，去小王宮餽送鬯酒。

這時伊鳧已匆匆出城去了，由子弓親自出來迎接。子弓聽聞是父王所賜，心中極為驚喜；即使身為小王，祭祀時可居尸位，卻不能擔任主祭。王昭送祭祀用的鬯酒給他，可是一件舉足輕重的大事，表明他能夠擔任下回祭祀的主祭。

子弓眼見父王對自己愈來愈重視，心中好生感動，接見子央時，神態熱情地道：「弟央特意親來為愚兄送鬯酒，兄感激不盡。請弟央進來坐坐，與兄同飲一爵。」

婦好已指點他該如何應對，子央當即恭敬說道：「央為王之親戍，負責保衛王之安危，不敢越矩。父王親賜鬯酒予小王，大兄應自攜美酒，回贈父王，與父王同飲，以向父王表示謝意。」

子弓點頭道：「弟央所言甚是。」他未曾多想，便讓手下準備美酒，與子央一起搭乘馬車，來到王宮。

子央進去通報，說小王來回贈美酒，王昭親自出來接見，二人在王宮中坐定，婦好和子央在旁相陪。鬯小臣上前服侍，替王昭和小王子弓注了一爵子弓帶來的美酒。王昭和子弓對飲兩尊後，子弓忽然感到心神振奮，眼中看出去的父王形象模糊，似乎漸漸融化在空氣之中；他感到無比歡悅，只想當場起身唱歌跳舞，抒發心頭難以壓抑的快活。

之後的事情，他便全然不知道了。

當子弓清醒過來時，驚覺自己全身赤裸，躺在冰冷的石板地上。他大驚跳起，四處張望，才知道自己被關在王宮的地囚之中，竟和子央當年處境雷同！

他感到頭昏腦脹，呆坐了一會兒，便見到一個高大的身形來到囚室之外，正是全副武裝的子央。

子央神情嚴肅，嘴角卻帶著一絲冷笑，說道：「子弓，你好大的膽子！竟敢趁父王醉倒之際，試圖刺殺父王！」

子弓大驚失色，脫口道：「我……我怎會做出這等事！誰……誰說的？」

子央得意地笑笑，說道：「王婦婦好，我，以及十多名王親戍都在場，人人親眼目睹。你帶酒進入王宮，回贈父王，等父王醉倒之後，便取出弓箭，對著我王射去，連射了三箭！」

子弓驚詫至極，忍不住問道：「父王……父王平安無事麼？」

子央哼了一聲，說道：「小王子弓箭術精準，天下誰不知曉？父王當然不可能無恙。幸得婦好和我守在父王身旁，危急中以身相攔，父王才只是輕傷。」

子弓愈聽愈不對勁，問道：「伊鼂呢？他能證明我的清白！伊鼂呢？」

子央搖頭道：「伊鼂昨日出城去了，沒有人知道他人在何處。」

子弓驚愕無已，一時竟說不出話來。

子央蹲下身，靠近他身邊，低聲說道：「兄弓，你我素來不和，但我實在想像不到你會做出這等犯上弒父之事。我奉父王之命送鬯酒給你，勸你回贈酒予父王，只不過是基於父子之間的禮數。我怎知你竟趁此機會，試圖殺害父王！若非父王信任於我，只怕我也要被牽連進去。你罪行滔天，誰也難以替你開脫。你想想吧！父王對你恩義深重，你怎能喪盡天良，做下這等悖逆之舉！」說完長嘆一聲，站起身，轉身離去，離去前不忘對子弓投去一個充滿嘲弄的冷笑。

子弓望著子央的背影，心中漸漸發冷，清楚明白自己遭人陷害，而子央便是背後參與計謀的一隻手。

第三十三章 流放

大室之中，王族多臣聚會一堂，人人神情凝肅，靜默不語。大家都心知肚明，這次聚會是為了決定如何處罰小王子弓意圖殺害王昭之罪。此事有十多名王之親戍親眼目睹，罪證確鑿，眾人都知子弓絕對無法脫罪，同時也知道子弓絕對不會做出這等愚蠢犯上之舉，此番定是遭人陷害。然而誰有膽量、有動機陷害於他？那便只有王婦婦好了。眾王族無人敢公然與王婦婦好為敵，自然也沒有人會出頭替子弓伸冤辯解。至於子弓下場如何，眾人已無法顧及，只盼自己族中之人不要受到牽連波及，那便謝天謝地了。

不多時，王昭和王婦婦好相偕走入大室，眾王族多臣連忙起身行禮。

婦好顯然已懷有身孕，挺著肚子，滿面肅殺之色，不等大夥兒坐定，便高聲道：「我大商自大乙成唐開邦以來，從未發生過這等膽大妄為、悖逆犯上之事！」

眾王族皆噤不敢言。

王昭神色嚴肅中帶著少見的疲憊和哀傷，緩緩說道：「小王擇大示之大子而立，原是祖宗數百年來傳下的規矩，到了余這一代，處理不善，以致選立了一位無德之子，余委實愧對先祖先王！」

眾王族聽王昭這麼說，都紛紛出聲附和。當時王昭親眼見到子弓舉弓向自己連射三箭，顯然意在置己於死地，驚詫憤怒之下，並未覺察子弓行為失常，乃因其酒中藏有古怪。他想起往年婦井處心積慮對付自己，最多也不過偷偷以巫術鎖住己魂，畢竟不敢傷己性命；而子弓竟大膽至此，當著這許多人的面，對自己連射三箭！

但聽婦好接下去道：「王子弓這逆子，竟藉著請我王飲酒之機，令我王放鬆戒備，意圖以弓箭刺殺我王。這等狼心狗肺的賊子，應當如何處置，請王族商量定奪！」

她言語咄咄逼人，一眾王族沒有人敢出聲。婦好多年來戰功彪炳，但她向來冷漠寡言，靜默自持，從未在王族聚會、大室之中高聲言語。這時她簡直如同變了個人一般，氣勢洶洶，先聲奪人。

王族陷入靜默，過了良久，耆老師般顫巍巍地站了出來，說道：「啟稟我王、王婦，此事或有內情，容老身述說。」

婦好望向師般，高聲道：「王子弓試圖殺害我王，證據確鑿，還有甚麼內情！眾所皆知，子弓乃是師般的得意學子，但師般豈能因此而袒護於他！再說，教出如此悖逆惡毒的學子，師亦有罪！」

這話一說，其他人更加不敢為子弓發言了。

師般知道自己年老，沒有多少年好活，當下大著膽子，再說道：「王子弓受立為小王，乃是經過我王和大巫后多次貞卜，次次都得到先祖先王的允許，才得以確立。如今發生這等出人意表之事，一來與王子弓正直孝順的稟性完全不合，二來也與先祖先王的指示不合，其中必有內情。王子弓應是遭人陷害，並未犯下意圖弒王的惡行。」

這話一說，眾人的眼光都落在大巫轂的身上。師般這番話提到卜筮和先王的指示，顯然將箭頭指向了大巫轂。

但見大巫轂神色安詳，緩緩站起身，說道：「師般所言甚是。確立子弓為小王之前，我王、前王后婦井曾在諸位王族面前，囑咐前任大巫启向先祖先王請示此事。大家有目共睹，每一次的貞卜結果皆為大吉，無一例外。確立小王乃是大事，貞卜前後，大巫启皆沐浴齋戒，恭敬謹慎，絕無怠慢，我王及諸位王族皆可作證。」

眾人都點頭稱是。

師般高聲道：「我等自然相信大巫启誠敬恭謹，而且先祖先王的指示，又怎會有誤？」

這時人群中忽然冒出了一個高高瘦瘦的人形，正是子弓的輔佐伊㫨。他站起身，開口高聲說道：「貞卜和先祖的指示，自然真確無誤。這回發生這等意外之事，應是出於鬼方靈師的詛咒！」

伊㫨這話一說，王昭和婦好臉色都是一變，其餘王族則議論紛紛。

卻說昨日伊㫨受巫箙所騙，在城外耽擱了一整天，直到半夜時分才趕回天邑商。他當時便知道自己中了計，但來不及弄清楚是誰下的手，以及目的為何。巫箙乃是商人，在巫祝之中服役多年，雖無大功，也無大過，並不親近任何一位王族，應當頗為中立。伊鳧聽信他的言語，跟著他離開天邑商，正是因為巫箙本身老實可靠，而且不聽命於特定的王族，最後發現自己仍舊受騙上當。他絕未料到，就在自己離開天邑商的大半日之中，子弓竟陷入了如此惡毒的陷阱，遭到了如此嚴重的指控！

他得知子弓已被關入地囚，無法相見，於是立即奔去大巫之宮找大巫㱿，詢問事情經過。

大巫㱿夜晚從來不就寢。伊鳧來到時，他端坐於神室之中，抱著雙臂，神色嚴肅，說道：「伊鳧！你怎能輕易扔下小王，單獨離開天邑商？」

伊鳧大急，冤道：「我是被巫箙騙出城去的。難道我得時時守在子弓身邊，片刻不能離開麼？大巫㱿，您人在天邑商，不是應當由您守護小王麼？」

大巫㱿搖了搖頭，說道：「我早就跟你說過，子弓正直溫和，太容易遭人陷害。你需得時時刻刻陪伴著他，不讓他獨處，免得敵人有機可乘。」

伊鳧揮手道：「如今說這些都為時已晚。究竟是誰下的手？」

大巫㱿淡淡地道：「除了婦好和子央，還能是誰？」

伊鳧說道：「婦好為何在此時出手？」

大巫㱿嘆了口氣，說道：「原因很簡單。婦好已經懷了身孕，因此急著除去子弓這個眼中釘。」

伊蟲從大巫𣪊的口氣中聽出無盡的疲倦、無奈和厭煩，但他此刻哪有心思去揣摩大巫𣪊的感受，忙道：「小王遭受冤枉，已被關入地囚，我該如何向王解釋來龍去脈，救他出來？」

大巫𣪊搖頭道：「來不及了。婦好下手極狠，這件事情王昭全程親眼目睹，無論你如何對王解釋，他都不會相信的。除非……」

伊蟲忙問：「除非甚麼？」

大巫𣪊俊目瞇起，低聲道：「若你想救小王之命，只有這個辦法。但我也只能幫你幫到這裡。剩下來的，只能靠你自己了。」

伊蟲跪倒在地，說道：「請大巫𣪊賜教！」

次日清晨，伊蟲聽從大巫𣪊的建議，來到王族聚會，說出了關於鬼方靈師的詛咒。王族多臣從未聽說過鬼方靈師的詛咒，盡皆愕然。

師般轉向伊蟲，問道：「伊蟲，你提起鬼方靈師的詛咒，那究竟是甚麼？與此事又有何關聯？」

伊蟲說道：「各位王族之長、多臣應當知道，一年多前，我王和王婦婦好出征羌方，回途中經過鬼方，王婦婦好擅自下令將鬼方全族殺盡，不留一人，鬼方的最後一位靈師也喪命於此役。」

眾王族都聽過王昭和婦好征服鬼方之事，當時都曾懷疑為何商王和王婦不曾帶回任何俘虜充作人牲，原來是因為他們將鬼方族人全數殺死了。

一旁靜立的大巫散，清俊的臉上透露一絲黯然之色。

伊梟高高瘦瘦的身形在大室中顯得異常單薄，他轉頭望向王昭，說道：「鬼方靈師乃是世間巫術最強大的大巫之一，他臨死之前，曾對我大商發出詛咒。請問我王、王婦，他當時說了甚麼？」

王昭臉色凝肅，並不回答。

婦好卻凝視著伊梟，尖聲質問道：「你怎麼知道此事？」

伊梟指向大巫散，說道：「是大巫散告訴我的。若有他方巫者詛咒我王，大巫散身為商王大巫，必得知道並加以防範。他若不知，便屬失職！」

婦好眼神凌厲，望向伊梟，又望向大巫散，過了一會兒，才道：「不錯，鬼方靈師臨死之前，確曾對我大商發出了詛咒。他說：『鬼方族人雖已死盡，但鬼影猶存。我已布下了鬼影，取妳性命，斷妳希望，絕妳子孫！』」

這幾句話淒厲恐怖，大室中的王族多臣聽了，都不由得背脊發寒。

伊梟高聲說道：「不錯，鬼方靈師臨死之前，說的正是這幾句詛咒。在這之前，他還說了幾句話。他說：『鴟梟！我從未傷害過任何商人，甚至曾試圖幫助妳，但妳並不領情，竟狠心下手滅絕鬼方！』」頓了頓，說道：「他口中的『鴟梟』，指的正是王婦婦好。」

眾王族多臣聞言都竊竊私議起來。商人自認是玄鳥的後代，對於鴟梟向來尊重，往往以鴟梟為形鑄造吉金酒具，或在鼎上雕鑄鴟梟的面貌。鬼方靈師以鴟梟稱呼王婦，並無不當。

婦好凝望著伊鳧，眼神中充滿了冷酷的怨恨之氣。她知道伊鳧這是孤注一擲，他明知子弓之事已無可挽回，卻仍要翻出如許舊事髒事，好擾亂視聽，汙衊自己。然而，大巫㱿為何要與他聯手，將鬼方靈師死前的詛咒告訴他？

正懷疑間，大巫㱿開口了，他沉聲道：「啟稟我王、王婦，本巫身為商王大巫，自當知曉一切對於我大商、商王和王婦的詛咒。王族多臣若想知曉，本巫理應告知，不能隱瞞。鬼方雖已消滅，鬼方靈師的詛咒卻不曾消失。小王子弓之事，本巫同意伊鳧所言，很可能便是鬼方靈師放出的鬼影所為。否則歷經前任大巫启多次貞卜，得到先祖先王應允首肯的小王人選，怎會無端犯下這等滔天大罪？」

眾王族都點頭稱是，互相望望，心中都想：「看來事情似乎有些轉機。」

婦好輕哼一聲，說道：「大巫㱿的意思是，子弓遭受鬼影附身，因此才做出犯上弒王之舉？」

大巫㱿道：「極有可能。」

婦好說道：「那麼依大巫㱿之見，如何才能將子弓體內的鬼影袪除出去？」

大巫㱿垂眼說道：「鬼影一旦侵入，便永遠無法袪除。」

此言一出，伊奰臉色大變，心想：「好個大巫㱿，你這麼說，豈非陷子弓於絕境？」

婦好暗暗鬆口氣，心想：「大巫㱿畢竟無心支持子弓！」說道：「既然如此，那麼先祖先王的判斷並沒有錯，大巫启的貞卜也沒有錯，錯是出在子弓受到鬼方靈師派出的鬼影所侵，舉止悖亂，而鬼影一旦侵入，便無可袪除。既然如此，那麼我等該如何處置子弓，才能保證我大商不再受此鬼影詛咒侵擾？」

大巫㱿望向王昭，說道：「請我王定奪。」

王昭低頭凝思良久，才沉重地道：「倘若是鬼影所為，那麼子弓並非存心犯下此罪，不應處死。然而他既已受鬼影所侵，無可挽回，余認為應當將他放逐，遠離天邑商，永遠不得回歸。」

眾王族聽了，又是一陣竊竊私議。近年來遭受囚禁或流放的王子王女實在太多了；先是王后婦井中子央和婦斁小子曜相繼入囚，接著婦斁大子漁下落不明；其後王女子嫚遭流放荊楚，其胞兄子曜更自我放逐。王昭回到天邑商後，又將王后婦井小子商流放至熏育，這時竟又要流放小王子弓！王昭的六個大示子女中，竟已有五人遭流放或被迫離開天邑商，王族不禁想起數十年前多位王子為了爭奪王位、互相殘殺而引起的九世之亂，心下惴測舊事已開始重演。

王昭說完之後，抬頭望向大巫嗀，顯然在徵詢他的意見。

大巫嗀點點頭，說道：「我王所言甚是。本巫將依我王之意，貞問於先祖先王，請先祖先王定奪。」

於是大巫嗀立即安排貞問儀式，卜出的結果，自然是上吉。

伊奰臉色煞白，終於明瞭大巫嗀畢竟是站在王婦婦好那邊。他雖私下告知自己關於鬼方靈師的詛咒，幫助自己以鬼影之說替子弓脫除死罪，但最終還是不願出手保住子弓的小王之位。伊奰知道，經此一說一卜，子弓再也難以翻身，此世再也不可能成為小王，必須一輩子做個流放王族，永遠離開天邑商了。

伊奰心中激動，高聲說道：「我願隨王子弓一起流放！」

王昭微微揚眉，說道：「伊奰，你乃是先王重臣伊尹之子孫，不必隨獲罪之人流放。」

伊奰堅持道：「我與大兄乃是至交好友，生死與共，已決心隨他而去。」

王昭靜默一陣，才道：「如你所願。」語畢站起身，離開大室。

其餘王族多臣也紛紛起身離去，只有大巫嗀仍留在當地。不多時，大室中便只剩下伊奰和大巫嗀二人。

伊奰低著頭，閉目不語，神色痛苦。

大巫嗀緩緩站起身，輕嘆一聲，走上前，伸手扶著伊奰的肩頭，說道：「願先祖保佑汝等，一路平安。」

伊舄一抖肩膀，甩開他的手，冷然向他側目而視，恨恨地道：「騙子！」

大巫皵清俊的臉上並無半絲慍色，只低聲道：「你求我救他性命，我做到了。我說過，我只能做到這麼多。」

伊舄再也壓抑不住憤怒，咬牙怒道：「似子弓如此正直有能之人，卻當不上商王，這可是大商的巨大損失！你身為商王大巫，竟眼睜睜地坐視這等惡事發生！」

大巫皵凝視著他，說道：「伊舄，你口中的惡事，每一代商王接位時都曾發生。只因我王在位太久了，是以大家都忘記了，連你這伊尹的後代也忘了。」

伊舄呸了一聲，說道：「忘記的人是你！是誰最重視公道天理的？你總是口口聲聲說：『天帝先祖自有義理』。如今義理何在，公道何在？」

大巫皵並未回答，只淡淡地道：「子弓性情耿直，絕對無法接受遭父放逐的事實。你需小心照看，好好開導於他，莫讓他傷害自己。」他從懷中取出四尊玉雕坐虎，塞入伊舄之手，說道：「虎類乃是商王族的保護神。你等在荒地野外紮營時，將這四尊玉虎放在營地四角，便能抵禦種種凶邪，並讓敵人無法接近。」說完便走出大室，回到大巫神室去了。

而在王昭放逐子弓的一個月之前，小巫已回到了天邑商。他當時護送子漁抵達魚婦屯，將子漁留下成為新任魚婦阿依之夫，自己在回途中險些被蛇王吃掉，幾經輾轉，才終於平安抵達天邑商。

然而彼時子曜已自我放逐，離開了天邑商；婦井則飲毒死去，葬禮剛剛辦完。小巫完全想像不到，自己離開不過一年餘，天邑商竟發生了這許多驚天動地的大事！

他忙向小祝詢問過去一年多發生的事情，小祝將事情始末全都詳細告訴了他。小巫聽了，滿心憂急悔恨，自己一心從西南趕回，就是因為擔憂子曜的安危，沒想到子曜竟已在王后婦井的脅迫下獨自離開了天邑商！他憂心地道：「王子曜去了何處？他平安麼？」

小祝道：「大巫瞉說道，王子曜有讙相伴，定能逢凶化吉，你不必擔心。」

待聽聞婦井死在婦好手中，小巫又忍不住拍手道：「王后婦井這惡人終於死了，真是天大的好事！王婦婦好做得好！」

小祝憂慮道：「然而如今王婦婦好得勢，焉知她不會比前王后婦井更加狠毒殘暴？」

小巫搖頭道：「王婦婦好雖冷漠古怪，但我瞧她並非像王后婦井那樣的惡毒之人。而且她自己無子，應不會起心殺害其他王子吧？」

小祝嘆了口氣，說道：「難說得很。你快去拜見大巫吧。」

小巫去見大巫瞉，向他稟告了在魚婦屯發生之事。大巫瞉聽聞王子漁取了魚婦阿依，皺起眉頭說道：「王子漁留在魚婦屯，禍福難料，但盼他性命無礙。」

小巫又說了歸途中差點被蛇王吃掉之事，大巫瞉面露不悅，說道：「你也太粗疏了！

我命你日夜念咒，袪除妖魅邪祟，你竟被蛇王跟上了好一陣子而毫無知覺！」

小巫低下頭，說道：「小巫知錯啦。我擔心王子曜，一心想快點趕回天邑商，才一時疏忽了。幸而那蛇王自己爆頭而死，不然我早就死在蛇王的肚裡了。」想起蛇王之婦的話，忍不住噗哧一聲笑了出來，說道：「是了，那蛇王之婦說我可能有商王的血統，蛇王破了往年立下不傷害商王子孫的誓，因此才爆頭而死，真真是笑死我了。」

大巫翽卻神色嚴肅，搖頭道：「這等言語，以後切不可再說出口！」

小巫吐了吐舌頭，鼓起勇氣，說道：「王子曜當初是因為顧忌王后婦井才自我放逐，如今王后婦井死去，王子曜便可以回來了。請大巫翽派我去尋他，好麼？」

大巫翽卻道：「我王已派出多位使者去尋找王子曜了，不必你多事。」至於那些使者早已被婦好和子弓派出之人害死，大巫翽雖清楚知道，卻並未告訴小巫。

小巫甚是氣餒，忽然想起那三瓶蛇毒，從懷中取出那三個瓶子，說道：「我離開前，蛇方老人給了我這三瓶蛇毒。他說黃色的可以止痛治傷，黑色會讓傷口肌膚腐化潰爛，赤色的一碰到血，便會讓人心跳停止，立即暴斃。」

大巫翽並不接過，說道：「這三種蛇毒是蛇方醫者送給你的，你便留著，往後出門時帶在身上，或有用處。」

小巫對蛇毒頗為忌憚，但聽大巫翽這麼說，也只能乖乖答應，將蛇毒瓶收入懷中。

之後不久，便發生了子弓試圖刺殺王昭、獲罪放逐之事。小巫感到此事充滿疑點，但是大巫轂一句也不肯多說，甚至禁止手下巫祝談論此事，小巫便也不敢多問，只私下對小祝道：「小王子弓當然是被人陷害的。出手的不是王婦婦好，便是王子央。」

小祝則悄悄對他道：「你別說啦！我告訴你一個祕密：王婦婦好懷了身孕。她多次來請大巫轂貞卜，想知道懷中是子還是女。」

小巫睜大了眼，好生驚詫，忙問：「究竟是子是女？」

小祝連忙要他噤聲，說道：「快別問了！大巫轂每次貞卜，都將所有人的遣開，只有我王和王婦在場。貞卜結果也收藏起來，不讓任何人見到。這是天大的祕密，我們連問都不許問！」

之後小王子弓遭王昭流放，小巫聽聞伊㒨竟自願跟隨子弓流放，心中好生佩服：「伊㒨這人真是有情有義！小王子弓落到今日這個地步，他竟然不離不棄，患難相隨。這樣的好友，天下哪裡找得出第二個！」

他一直認為子弓品性端正，孝順善良；基於對子弓的尊敬，以及對伊㒨的佩服，小巫冒著得罪王婦婦好的危險，偷偷於清晨時分來到天邑商城門口等候，準備送別二人。除此之外，他也有一件事想託付二人，那就是請他們幫他留意好友子曜的下落。

小巫等候多時，才見到兩個人影緩緩出現在晨霧之中，正是穿著褐色平民衣裳的子弓和伊㒨。兩人神色落寞，身上揹著匆匆收拾的包袱，想來只裝著簡單的衣物、乾糧和少許朋貝，那些王族平日使用的物事太過精緻珍貴，出了天邑商後便再無用處。

子弓滿面羞愧傷痛，失魂落魄，更未注意到前來相送的小巫。伊鳧卻很快便瞧見了他，上前問道：「是小巫麼？請問大巫彀有何指示？」

小巫道：「不是大巫彀遣我來的。是我自己想來送別王子弓和伊鳧。我向來尊敬王子弓，因此一定要來送他。我也很敬佩伊鳧，你對小王有情有義，自願隨他放逐，我知道這不是一般人能做得到的。」

伊鳧聽了，心中好生驚訝：「整個商王族、整個天邑商都放棄了小王子弓，小巫這孩子卻有勇氣來送他！」他醜怪的臉上露出難以形容的神情，走上前，伸手握住小巫的雙手，激動地道：「小巫，多謝你！」

小巫道：「不必謝我。兩位孤身離開天邑商，請小心保重！」

伊鳧點了點頭，說道：「我自當盡力保護王子弓。」

小巫鼓起勇氣，說道：「伊鳧，我有件事情想請託你。王子曜是我好友，他遭前王后婦井逼迫，離開了天邑商。兩位……兩位若在外地見到他，請告訴他，小巫很掛念著他，我一定會想辦法去找他，護送他回來！」

伊鳧怪笑起來，說道：「子曜在天邑商時，我還曾嚇唬過他，威脅說要害死他。嘿嘿，如今卻輪到我們被放逐了！小巫，我答應你，若我見到子曜，一定替你傳到話。」他揮揮手，扶著子弓，走出了天邑商的城門。

小巫送走子弓和伊鳧後，心情憂鬱，怏怏回頭行去，卻被一個高大的身影攔住了。小巫差點撞到他身上，一抬頭，但見那人身形健壯，半張臉上淨是猙獰的傷疤，一身王之親戌的裝束，手中持著一柄吉金大鉞，正是王子央。

小巫大驚失色，自從子央被姜所變成的豹子抓傷入囚後，這是小巫第一次見到他。小巫心中怦怦亂跳，趕緊退開兩步，說道：「小巫拜見王子央！」但見子央孤身一人，身旁並無其他王之親戌，這才稍稍放心。他並不知道子央和子曜已在地囚中結為好友，心中忐忑：「他發現我是來送別王子弓的麼？不知他會如何對付我？」

子央神色嚴肅，彎下腰，將頭靠在小巫的耳邊，聲音極低，說道：「小巫，我知道你是子曜的好友。這話我只能說一次，你需得趕緊找到子曜，找到之後，絕對不能讓任何人知道他的所在。王婦婦好在天邑商四周都布下了巫者，一見到子漁和子曜兄弟，便會立即殺了他們！」

小巫全身一跳，子央語氣粗暴，最後一句「殺了他們」更令他全身寒毛直豎。他知道子央跟隨在王婦婦好左右，極受信任；他特意來警告自己，想必冒著極大的危險。

小巫抬頭望向子央，心中好生感激，低聲道：「多謝王子央。小巫一定盡力找到王子曜，保護他的平安。」

子央露出不耐煩的神色，說道：「快走！王婦命我出城追截子弓和伊鳧，見到便殺。我得趕緊出城去了！」

小巫臉色微變，拉著他的衣袖，說道：「王子央，你當真會……會殺死王子弓麼？」子央臉上滿是不屑之色，撇嘴而笑，說道：「我老早就想殺他了！」說完舉起大鉞，靠在肩上，頭也不回地去了。

小巫站在當地，望著子央呼喝指揮，率領上百名王之親戍，縱馬出了天邑商的城門。他心想：「王子弓和伊䰧孤身二人，怎能逃得過這些王之親戍的追殺？他們絕對保不住性命！」

他吞了口口水，想起子央給自己的警告，心知王子曜正處於極大的危險之中。然而他該怎麼做，才能替子曜尋得生路，讓他平安回歸天邑商？

第三十四章 魚嬰

王子弓被放逐之後的第二日，小祝便來找小巫，說大巫殼命他立即去見。小巫趕緊來到神室，但見大巫殼安坐於神室之中，對他說道：「小巫，你立即去魚婦屯，找回子漁。」

小巫自然明白王后婦井之死、子弓被逐的意義，也知道這是子漁受封小王的大好機會，但他仍忍不住問道：「那麼王子曜和王女嫚呢？」

大巫殼微微搖頭，說道：「他們有自己的路要走。王子曜去了北境，王女嫚去了荊楚，路途遙遠，不可能在數月之內將他們找回來。」

小巫還想請求讓自己去尋找子曜，大巫殼已接著道：「我王非常看重王子漁，因此將派亞禽率領五百王戍前去迎接。他們不知道魚婦屯的所在，需要你帶路。」

小巫想了想，說道：「帶路當然不是問題，我只擔心魚婦不讓他離開。他成為新任魚婦阿依之夫時曾做出承諾，自願在魚婦屯待足三年，才能離開。」

大巫皺起眉頭，將雙手攏在寬袖當中，閉目一陣，才從袖中取出一方暗紫色的方印，說道：「這是我大巫殼的信物。你帶了去，交給魚婦枯巫，告知大巫殼的請求，懇請魚婦阿依讓王子漁提早離開。」

小巫半信半疑地接過了，心中頗為懷疑：「大巫嗀真有這麼大的面子，連魚婦枯巫都會聽他的麼？」

於是王昭備了重禮，派最親信的亞禽率領五百禽師，派巫卣跟隊，由小巫帶路，浩浩蕩蕩地往西南魚婦屯而去。

小巫心想：「我和魚婦屯當真有緣，這可是我第三回去魚婦屯了。」想起子曜在自己回到天邑商前便自我放逐，孤身去往北境，心中好生掛念：「可惜大巫嗀派我去接回子漁，要是派我去找回子曜就好了。接回子漁之後，我定要請大巫讓我去北境，尋回子曜。」又想：「如今王后婦井已死去，然而子曜兄妹三人的性命仍在王婦婦好的威脅之下。最好早日將他們全都接回天邑商，在大巫嗀的庇護之下，才可保無虞。」

一路無話，一行人順利來到魚婦屯外，小巫請禽師在此等候，先行一步，獨自去拜見魚婦，送上王昭之禮，並表明自己想見王子漁。

接見他的正是魚婦枯巫，那負責傳譯的巴婦不在屯中，但枯巫猜想小巫千里迢迢回到魚婦屯，自是要見王子漁，便對身邊的魚婦做了一串手勢。那魚婦對小巫招招手，領他來到魚婦阿依的堂屋，但見堂屋空虛，新任阿依並不在屋中；魚婦領著他逕直來到堂屋後的一間小小房室之外，室中甚是黑暗。

小巫見這房室陰暗破舊，一股腥臭之味衝鼻而來，心想：「王子漁怎會住在這麼破爛的地方？他為何不出來見我？莫非他生病了，還是受傷了？」當下提步跨入，低聲喚道：「王子漁！王子漁！小巫回來探望你了！」

角落一人應了一聲，聲音甚是虛弱。

小巫快步上前，但見一團巨物躺在角落的一塊毛氈上，肚子高高脹起，比小巫見過的最胖的人還要胖上三倍。

小巫先是看得目瞪口呆，眼睛慢慢適應了室中的黑暗後，才看出那人的臉面正是子漁！但他整張臉肥胖腫脹，變形扭曲，只眼眉口鼻仍能勉強辨識。

小巫驚道：「王子漁？」

變成巨大胖子的王子漁低聲呻吟，說道：「關門……快關門……太亮了……」

小巫趕緊回身關上了門，衝到子漁身前，望著他龐大的身軀，簡直不敢相信，說道：「她們對你做了甚麼？你怎會變成這樣？」

子漁吃力地轉過頭，臉上滿是恐懼無助之色，說道：「這是我第五次懷孕，就快分娩了。你快帶我走，我再待下去，再替魚婦阿依繼續生魚婦嬰兒，一定會沒命的！」

小巫一呆，吶吶說道：「懷孕？分娩？可是……」此事實在令人難以置信，但他仍說了出來：「魚婦之子是由男子生出的？」想起魚婦中並無男子，又改口道：「我是說，魚婦之女竟是由男子所生？」

子漁吁出一口氣，斷斷續續地道：「是……是啊！我想都沒有想過，魚婦的傳宗接代竟是這樣的！我和阿依成婚後不久，便開始感到疲倦欲嘔，阿依和枯巫十分高興，說我懷上了身孕。我……我嚇得要命，肚子卻一日日脹大，差不多四五個月後，我便分娩了。那痛……那真是說不出來的要命！我痛了一日一夜，才生出一個魚婦嬰兒，那魚婦嬰兒比人的嬰兒大上一倍不止！之後的幾個月，隔一陣子我便懷孕，接著數月後便生下魚婦嬰兒，一連生了四個，如今這是第五個……再這樣下去，我真不想活了！」

小巫算了算，子漁留在魚婦屯也有兩年多了，就將生下第五個魚婦，看來每隔四五個月就生一個魚婦嬰兒，可折磨死他了！他又是驚詫，又是擔憂，說道：「那麼……那麼你肚子裡這個嬰兒，甚麼時候會出生？」

子漁哀叫道：「哎喲，啊喲……可能就快生了……生了以後，你便趕緊帶我走，我再也受不了了！」

小巫只能盡力安慰，說道：「我給你帶來了好消息。天邑商發生劇變，王后婦井被毒死了，王子弓試圖謀殺我王，被廢除了小王之位，並遭放逐。我王和大巫𣪊派了五百禽師和我趕來這裡接你，讓你回去擔任小王。」

子漁一聽，頓時睜大了眼，伸手抓住小巫的手，脫口道：「此話當真？」

小巫點頭道：「當然是真的。我騙你做甚麼？我王非常著急，希望你儘快回去天邑商。」

子漁一時似乎全忘了疼痛，想了想，問道：「王后婦井死時，你在天邑商麼？是誰下的手？」

小巫道：「我送你來此後，在回天邑商的路上耽擱了好些時日，回到天邑商後，才聽聞發生了這些大事，並未親眼見到。但是我聽大巫翽說道，王后婦井之死，乃是出於王婦婦好的計策。」

子漁點了點頭，說道：「婦好果然高明！整個天邑商，也只有她能夠對付婦井。」又沉吟道：「她一直未曾出手，只因她膝下無子，就算殺死王后，她也無法立為王后，不能從中得益。她為何突然決定下手了？莫非……她懷了身孕？」

小巫瞄了一眼子漁巨大的肚子，心想：「你遭逢異事，懷了這麼多次孕，心中的算計可一點也沒減少。」說道：「據我所知，王婦婦好對王后婦井下手時並未有身孕。她對王后婦井下手，是因為王后婦井逼迫我王讓位給小王子弓，我王已無退路，只好讓王婦婦好下手對付王后。然而王婦婦好下手對付小王子弓時，確實已有身孕，未知是男是女。」

子漁點頭道：「她果然已有身孕！先祖保佑，別讓她生子！」又說道：「以婦好之才卻一直忠於婦井，相信婦井也掌握了婦好的弱點，才能長期箝制婦好，讓她不敢反叛。為何婦好最終選擇反叛婦井，轉而支持我王？」

小巫聳聳肩，說道：「誰知道？但是我想，王昭在位時，她是王婦，又受到婦井的倚賴重用；倘若換成小王子弓登基，那婦好就變成前任王婦了，不但沒有地位，對婦井也毫無用處，很快就會被婦井和子弓一腳踢開。」

子漁點點頭，說道：「你說得是。小巫，你當真聰明得緊。我成為小王之後，一定要讓你做我的輔佐。」

小巫連忙雙手亂搖，急道：「你別開玩笑啦！我不過是個小巫，甚麼也不懂。」又道：「快別說這些了，我們先想辦法將你帶回天邑商再說！」

就在這時，子漁又開始哀哀而叫，似乎真的快要分娩了。他雙手抱著巨大的肚子，全身抽搐起來，雙眼翻白。

小巫見狀，大為擔憂，趕緊跑出室去，大叫道：「王子漁要分娩啦！來人啊，快來幫幫他啊！」

然而屋外一片寂靜，一個魚婦也沒有出現，遠處有幾個魚婦顯然聽得見他的叫聲，卻充耳不聞，置之不理。

小巫想要衝出去找枯巫，卻聽子漁在室中咬牙地道：「回來，小巫！她們不會來的。魚婦規矩，分娩一定得在這間祖屋之中，不能有其他魚婦在場。只有等魚婦嬰孩生下來之後，她們才會進來，將嬰兒抱去見阿依。」

小巫忍不住罵道：「這是甚麼鬼規矩！你若生不出來，死在這裡怎麼辦？她們為甚麼不來幫你一下？即使給你一點藥酒，讓你減少痛苦也好啊。」

子漁搖頭道：「別說啦。我已經對阿依說過很多次了，她總是說，這是魚婦祖傳的規矩，不能改變；還說，倘若我難產而死，那就表示我擔任阿依之夫的責任已結束，她們會為我舉辦盛大的葬禮。」

小巫一怔，說道：「她們要你替她們生魚婦嬰兒，一直生到你死去？不是說你三年後就必須離去麼？」

子漁咬牙忍痛，說道：「說是這麼說，但是她們後來告訴我，幾百年來，成為魚婦之夫而能活過三年的，一個也沒有！」

小巫大為驚慌，說道：「你撐了兩年多，已經很難得了？只要再多撐幾個月，她們就一定得讓你走了！況且我王派了五百禽師來接你，她們無論如何都得讓你提早離去！」

子漁尚未回答，便聽一聲爆破之響，接著子漁慘叫一聲，叫聲又長又淒厲。

小巫嚇了一跳，趕緊望向他的肚子。但見他的肚子中央裂開了一條縫，縫中滲出紅黃色的血水。剛開始還只是一滴一滴的血，後來愈來愈多，如小溪般四散流下；接著一條蟲子般的物事從那縫中鑽了出來，接著又多了一條蟲子。

小巫驚叫出聲，仔細一看，但見那並非蟲子，而是嬰兒的手指頭！皮膚上已生有鱗片，一看便知是魚婦嬰兒的手。那隻小手力氣竟然甚大，慢慢地從肚縫中伸出，抓住縫的邊緣，用力往旁撕開，子漁頓時流血如注，慘叫聲更加劇烈。他想伸手按住肚子上的裂縫，但他的肚子實在太大，雙手只能摸到肚子山的一半高處，更摸不到裂縫。

小巫張大了口，只嚇得心驚膽戰。但他畢竟是巫者，平日慣於殺牛、殺羊、殺人牲，再血腥恐怖的情景都見過，趕緊定下心神，脫下外衣，往子漁肚子的裂縫塞去，試圖止血；然而那隻小手卻忽然抓住了外衣的一角，用力拉扯。小巫一呆，趕緊往回搶，心想：「這外衣要被她拉了進去，可就再也挖不出來了。我該如何將嬰兒拉出來，又不讓子漁流血太多？」

小巫並未見過婦人分娩，當然更加未曾見過男子分娩，手忙腳亂，不知所措，只能盡量按住傷口，減少子漁的流血，也避免他的肚子被那魚婦嬰兒撕裂得太厲害。

子漁不停狂呼，慘叫道：「殺了我吧！我痛死了！我受不了了！讓我死了吧！」

小巫只能不住口地安慰：「王子漁，你撐著！我來幫你，把嬰兒拉出來就行了，是麼？你可以撐過去的，你已經生了四個魚婦，再生一個也絕對沒問題！你一生完，我就帶你離開這兒，我們回天邑商去，一切就沒事了。你可千萬別放棄啊！」

子漁喘息道：「你別拉嬰兒！千萬不能拉！讓她自己慢慢出來。你若拉她，她會殺死我的！」

小巫趕緊縮回手，只敢幫子漁止血，不敢再去碰那個嬰兒。

就這麼過了一整夜，小巫陪在子漁身邊，在子漁斷斷續續的哀號慘叫聲中，驚恐地眼看著那雙小手慢慢地撕開子漁的肚子，愈撕愈大，血流不止，很快地，子漁整個肚子就被鮮血覆蓋，身邊的地上也積滿了鮮血。小巫跪在子漁身旁，雙手、褲子也全沾滿了鮮血，又溼又黏。

直到次日清晨，才見一個嬰兒的頭從子漁的肚子裂縫鑽了出來。那個頭鑽出來後的第一件事，便是咬住子漁的肉，大口吃了起來。

小巫大叫道：「喂！喂！妳怎能吃妳的父！」伸手想去阻止，但那嬰兒又咬了一口，子漁又是一聲慘叫。

小巫焦急道：「我可以把她拉出來麼？她在吃你的肉啊！」

但子漁這時已陷入半昏迷，口吐白沫，無法言語。

小巫不敢去碰那嬰兒，生怕被她咬上一口，於是將布纏在手上，擱在嬰兒的口前，不讓嬰兒再咬子漁的肉，一邊哄道：「快出來吧！別再折磨妳的父了！」

嬰兒張大口，緊緊咬住了布團，幸而未曾咬到小巫的手指。小巫趁機將她往外拉了一寸，慢慢地可以見到她的肩膀了。不多時，嬰兒的身子也出來了，等到她整個身子都出來之後，便從子漁高高的肚子上滾了下來，跌到地上，放聲大哭起來，哭聲和人類嬰兒相差不多，但她已有滿口尖銳的牙齒，看來十分恐怖，一點都不像是剛出生的柔弱嬰兒。

就在這時，三名魚婦從門外闖入，圍在那女嬰身旁，搶著將她抱起，歡歡喜喜地出門去了，竟然無人理會子漁的死活。

小巫見子漁流血不止，忽然想起蛇方老者送給自己的那三瓶毒藥，記得那瓶黃色的膏藥可以止痛治傷，連忙取出那個黃色的瓶子，將藥膏敷在子漁肚子的傷口上，見血慢慢止住，小巫這才大大地吁了一口氣。

子漁毫無血色，這時已昏厥了過去。小巫見他呼吸平穩，應當性命無礙，這才放下心來。他一輩子從未如此驚駭過，呆坐在當地，良久無法恢復。

過了好一會兒，小巫勉強定了定神，走出室外，低頭見自己一身鮮血，好似剛從戰場上廝殺回來一般，觸目心驚。他來不及洗滌或更衣，便來到堂屋求見魚婦阿依。

阿依坐在寶座之上，手中抱著那個初生的魚婦嬰兒，臉上露出的神色應當是歡喜，但魚婦的臉面與人類迥異，小巫也無法確定。他上前對魚婦阿依跪倒，說道：「大商王子漁替阿依生下五個魚婦嬰兒，九死一生，勞苦功高。如今我王王昭命我來此提早接走王子漁，好讓王子漁回天邑商接任小王之位，懇請魚婦阿依首肯應允！」

魚婦阿依聽了小巫的請求，並無表示，轉頭望向枯巫；小巫趕緊面向枯巫，掏出大巫㲉給他的紫色方印，恭恭敬敬地呈給枯巫，說道：「這是商王大巫㲉敬獻給魚婦枯巫的印信，懇求魚婦枯巫應允商王和商王大巫㲉的請求！」

魚婦枯巫接過了，拿在手中反覆觀看，也看不出她是否覺得這事物十分珍貴緊要。她看了一會兒，便收入懷中，並無其他反應。

小巫心急如焚，說道：「請阿依和枯巫高抬貴手，大量應允！王子漁連生五胎，筋疲力盡，極需休息。王子漁有緣與阿依結為連理，他成為大商下一任商王後，必將願意與阿依永結同好，年年致送重禮。」

魚婦阿依低頭逗弄著懷中的嬰兒，似乎完全未曾將小巫的話聽進去，也無心回答。

小巫焦急非常，又不知道自己還能說甚麼、做甚麼。這時幾個魚婦上前來，將他請了出去。小巫不得已，只好又回到子漁的暗室中。

小巫呆了一會兒，感到一股血腥之味衝入鼻中，整間室中悶熱腥臭至極。他去屋外找了一只水桶，到赤水旁取水，回來潑在地上，將室中的鮮血往外沖去。如此沖了七八次，暗室中的氣味才稍稍乾淨清爽了些。

小巫陪伴幫助子漁分娩，直累了一日一夜，又餓又倦，只想躺下來好好睡上一覺，但他心想：「我該回去向亞禽報告，免得他們擔心。他若一時衝動，率師闖入魚婦屯，那可糟了。」於是勉強忍著飢餓疲倦，對一個魚婦說道：「我要離開魚婦屯，向外面同來的商人交代事情。」也不管那魚婦是否聽得懂，便逕自去了。

小巫離開魚婦屯，來到亞禽駐師之處。亞禽見小巫一日一夜不歸，只急得徹夜未眠，指揮手下多戍隨時備戰，這時見小巫一身鮮血地歸來，更是驚怒交加，連聲問道：「你受傷了？誰敢傷你？是魚婦麼？王子漁呢？」

小巫連忙阻止，說道：「亞禽請勿激動！待我向亞禽報告事情經過。」

兩人進入亞禽的牛車，小巫將子漁分娩的事情簡單說了，亞禽睜大了眼，完全無法相信。但這話出自巫者之口，也不由得他不信，心中又是驚駭，又是惱怒，大聲道：「該死的魚婦，竟敢如此對待我大商王子，簡直欺人太甚！禽這就率師闖入，殺光魚婦，將王子漁搶救出來！」

小巫忙道：「亞禽請聽小巫一言，魚婦屯地處大荒山腳，那裡是百巫禁地，巫術完全失效，一般人絕難闖入。我王雖派了禽師來此，但只囑咐禽師護送王子漁歸還天邑商，並未命令禽師攻打魚婦屯。我等跟魚婦打交道時必須謹慎小心，切不可躁進妄動，免得傷了王子漁的性命，更辜負了我王的重託。」

亞禽見他雖是個孩子，但這番話說得有條有理，清清楚楚，於是點了點頭，問道：「那麼我應該如何做？」

小巫其實也沒了主意，心想：「要是老臣樸在就好了。他年紀大，經歷廣，主意多，又曾經來過魚婦屯，可惜他被子漁殺死滅口了。」

他知道此時惋惜老臣樸之死也無濟於事，於是說道：「請亞禽在此等候，我回去魚婦屯看看王子漁如何了，再次向魚婦阿依求情。倘若她真的不肯放人，我們再想辦法吧。」

亞禽答應了，小巫便回到魚婦屯，先探望了子漁。但見他仍在昏厥當中，原本巨大的肚子終於慢慢消滅了下來，但仍十分高聳，看來連起身行走都將十分困難。

小巫確認他並未死去，情況穩定，略略放心，又去求見枯巫。負責傳譯的巴婦仍舊不在，小巫對著枯巫又說了一遍商王派他來提早接走王子漁的意思，枯巫抿著嘴，睜著一雙魚眼望著小巫，面無表情，不置可否，接著做了一連串的手勢。小巫完全看不懂，雙方又陷入大眼瞪小眼的僵局。

小巫只好放棄，再次回去暗室探望子漁。這時子漁略略清醒，眼眶深陷，口唇全無血色，張口說道：「水……」

小巫想起他失血過多，身體一定缺水，暗罵自己為何不曾早點想到，趕緊去向魚婦討回了一罐淨水，扶子漁起身喝下，問道：「王子漁，你還好麼？」

子漁勉強喝了幾口水，重新躺下，吁出一口長氣，掙扎著說道：「我分娩完後，通常魚婦阿依會讓我休息十日，之後便又會來與我同寢，讓我懷上身孕，數月之後，便又會生出一個魚婦嬰兒。你快帶我走！不然我一定會死在這兒的！」

小巫試圖安慰他，說道：「我王派我來，就是為了早日護送你回到天邑商。我已向阿依請求了，請她早日讓你離開。」

子漁虛弱地道：「她不會讓我走的。她對我說過，要讓我生下十個魚婦之後，才會讓我離開。魚婦阿依一生之中，只有接位之後的三年中可以生育，一生也只能嫁一個夫，因此她絕對不會讓我提早離開。」

小巫皺起眉頭，心想：「王子漁才生了五個魚婦，倘若再生五個，至少還要兩年！他眼下已經只剩下半條命了，絕對不能讓他再這麼生下去！」於是說道：「如果我夜晚偷偷將你帶走，那又如何？」

子漁閉上眼睛，說道：「她一定會派出魚婦追上，將我捉回來。」

小巫焦急道：「難道就真的沒有辦法讓你早些離開麼？」

子漁微微睜開眼睛，說道：「我和魚婦阿依成婚時，曾立誓三年內不離開她。我若破除誓言，她便可下手殺死我。」

小巫異想天開，說道：「如果讓我來頂替你呢？」

子漁搖搖頭，說道：「不成的。你不是大商王族，又還只是個孩子。」

小巫眼睛一亮，說道：「我是個孩子沒錯，但我也只比你小個四五歲罷了。離開魚婦屯的歸途中，我遇到蛇方的人，差點被蛇王吃掉；但是不知怎的，蛇王的頭爆開死去，蛇王之婦說，這可能是因為我擁有大商王族的血統。我是孤兒，身世總之沒人知道，我的哪個遠祖或許真是商王也說不定。讓我頂替你，魚婦阿依搞不好會願意接受呢？」

子漁微弱地苦笑著，說道：「不成的。魚婦一生只能嫁一個夫，誰來頂替都沒用。她還是會派人捉我回來。」

小巫卻已打定主意，說道：「這見鬼的祖屋昏暗得緊，搞不好她根本不會留心我們掉換了人。在我們眼中，魚婦都長得差不多；在魚婦眼中，我們大概也都長得一個模樣。不管如何，這是唯一的一條路了。我今夜就帶你逃出去，讓亞禽之師立即護送你逃往天邑商，我留在這兒代替你，至少能抵擋魚婦一陣子。」

子漁實在無法忍受繼續待在此地的慘酷，於是說道：「看來……也只能這樣了，還是先救我出去再說吧！她們若追上捉我，我就當場引頸自戳。我寧可死了，也不要再回到這鬼地方！」

於是小巫便又離開魚婦屯去找亞禽，將偷偷救出子漁的計畫說了。亞禽滿口答應，說道：「既然只是趁夜悄悄救出王子漁，人不必多，我一個人去便行了。」

小巫遲疑道：「王子漁身形巨大，我怕你揹不動他。」

亞禽更不相信這世上竟有他揹不動的人，印象中子漁身形修長，也不是甚麼體態肥胖的巨人，搖頭道：「沒這回事！我一定揹得動。」

小巫卻堅持道：「不，王子漁身體虛弱，完全無法行走。依我看需要帶上一塊粗布，讓他躺在布上，共要四個人提著布的四角，才搬得動他。請亞禽帶上至少三位禽戍，就算不需要那麼多人搬運王子漁，也要有人守衛斷後才行。」

亞禽勉強答應了，挑了三名身強力大的禽戍，四人換上全黑的衣裳，將三叉戟綁在背後，等天一黑，便跟隨小巫出發。

魚婦對新生的魚婦嬰兒極為愛護關心，對剛剛分娩、瀕臨死亡的子漁卻全不理會，讓他在那間暗室中自生自滅，只早晚將飲食留在門口，絕對不進來探望慰問。這倒給了小巫一些方便，知道自己趁機將子漁偷偷送出屯去，十日之內魚婦都不會發現。

當天夜裡，小巫便偷偷帶領亞禽和三個禽戍涉過赤水，進入魚婦屯。小巫出入魚婦屯多次，知道只有東西兩方的屯口有魚婦守衛，反而赤水這一邊並無防守。五人涉過赤水，悄悄上岸，在小巫的引導下，穿過樹叢，來到堂屋後的那間暗室之外。小巫觀望一陣，確定周圍沒有魚婦，才讓亞禽等進入室中。

當亞禽看見子漁時，也不禁睜大了眼，倒抽一口涼氣，這是他從未見過、難以想像的場景！他望了望小巫，說道：「你說得對，要四個人才足夠。」

於是小巫將粗布鋪在地上，五人合力將子漁滾到布上，亞禽和三個禽戍四人一人握著一角。亞禽低聲下令，四人合力舉起粗布，抬起了子漁沉重巨大的身子。

小巫側耳傾聽，外面靜悄悄地，毫無聲響。

他出門探巡了一圈，確定無人，才對留在門內的亞禽招招手。亞禽當先一步走出，和三個禽戍合力抬著子漁，悄悄走向赤水。幸而子漁的身體雖大，卻輕飄飄地，能夠浮在水上，五人拉著他漂過赤水，來到對岸，這才吁了口氣。

一行人不敢多待，趕緊再次以粗布抬起子漁，在黑暗中走出一里路，來到五百禽戍駐紮之地。

亞禽早先已命手下備好馬車，四人將子漁放上馬車，放下車帘。小巫怕子漁身體虛弱，又被赤水浸得溼透，匆匆跳上車，替他脫下衣衫，擦乾身子。禽師中當然沒有如此巨大的衣衫可以給子漁穿，小巫只好取了一疋用來贈送給魚婦阿依的絲布，用絲布將子漁的身子層層裹住，藉以保暖。

一切處理妥當，小巫取出蛇方老者給他的那個黃色瓶子，喚了巫卣和禽師中的小疾臣來，吩咐小疾臣道：「這是治傷止血的靈藥，你每日替王子漁肚子上的傷口清洗敷藥，千萬別讓傷口開始腐爛。」又對巫卣道：「這一帶頗多妖邪精怪，你得一路不停地念咒禱祝，才能避免諸方妖邪侵害。」

小巫交代完畢，不敢多所耽擱，對子漁道：「王子漁，祝你一路順遂，平安回到天邑商！」

子漁處於半昏迷之中，聽見他的聲音，勉強睜開眼，伸出手，握住了小巫的手。他眼中含淚，說道：「謝謝你……謝謝你救我出來。子漁一輩子……一輩子不會忘記你的恩情。」

小巫心想：「你記不記得我的恩情，對我都已無關緊要了。我多半回不去天邑商了，這輩子只怕再也見不到你啦。」只對他點點頭，說道：「你保重。」跳下車，去向亞禽道別。

亞禽驚道：「怎麼，你不跟我們回去？」

小巫苦著臉，說道：「我身為巫者，辜負了魚婦阿依對我的信任，必須留下來，以示負責。」

亞禽皺眉道：「你還是跟我們一起走吧，她們一定不會放過你的！」

小巫嘆息道：「如果阿依決定殺我，那我也只能認命。你們快上路吧，拖到天明就不好了。魚婦很少離開魚婦屯，我相信她們不會去追你們，但你們還是應當保持警覺，日夜守衛，切勿懈怠。」

亞禽點頭答應。他不懂得巫者之事，不知該如何勸說小巫，見天色已近發白，無法再耽擱下去，於是率領五百禽戍，帶著子漁，連夜往東方而去。

第三十五章　女王

南方荊楚王寨。

婦姆身為王后，在荊楚的勢力一日日鞏固增強。在諸子皆死、忠臣盡除的情勢下，婦姆和大巫已成為荊楚之地的實際掌權者，而婦姆掌握象師、馬師，實力穩佔上風。只要等荊楚王一死，婦姆之子熊強便可以名正言順地當上荊楚王。

然而這時發生了一件意料之外的事。

這年熊強已有十歲，身強體壯，性情勇悍，最喜歡跟隨一群楚戍去王寨外打獵。一回熊強出去打獵，直到天黑仍未歸來。婦姆不見熊強回來，大為擔心，立即派遣熊駿率領大批楚戍入林搜尋。子嫚也憂心不已，親自跟著熊駿出發，眾人搜尋終夜，直到清晨，卻始終未能找到熊強。

婦姆擔憂得睡不安寢，食不下嚥。次日子嫚和熊駿等再次出發，在楚寨周圍細細搜尋，直到傍晚才找到了熊強。他和三名楚戍坐在一棵大樹之下，四人臉色青白，有氣無力。

子嫚忙問：「你們怎麼了？可是遇上了敵人？」

一個楚戍答道：「我們昨日追逐一頭野豬，在林中迷了路，撞上了……撞上了瘴氣。」

子嫚從未聽過瘴氣，不知道那是何物；熊駿聽了之後，立即臉色大變，說道：「瘴氣？你們未被困在其中，當場死亡，已是大幸了！我們快回寨去！」

子嫚問道：「瘴氣是甚麼？」

熊駿不知該如何解釋，只道：「叢林之中，不時會飄浮一團團古怪的煙霧，聽說是惡巫邪神吐出的氣息，有時是紫色，有時是青色，有時是黑色。人遇上了，往往會立即昏迷死去。」

於是熊駿和子嫚儘快將熊強和三名楚戍帶回楚寨。一回來之後，熊強就病倒了。婦娒趕緊請大巫救治，但無論大巫如何作法、求藥、祈禱，都毫無效用，兩天後，熊強便嚥下了最後一口氣。

楚人興火葬，在大巫的主持下，將熊強火化了，骨灰投入湘江之中。

葬禮結束後，婦娒終日以淚洗面，茫然無措。她多年來忍辱負重，就是為了讓親子熊強當上荊楚王，如今熊強死了，自己一切的苦心努力霎時化為烏有，讓她如何不撕心裂肺地傷痛！

子嫚卻十分鎮靜。她剛來荊楚時，只有十二歲；在荊楚一待四年，如今已是個十六歲的少女了。她對婦娒了解甚深，於是盡力安慰她，等她稍稍冷靜下來，才找機會對她說道：「婦姁，妳現在只有一條路了。」

婦姁忍不住又哭出來，說道：「是啊！我只有死這一條路了！」

子嫚搖搖頭，雙手扶著婦姁的肩頭，嚴肅地道：「不！妳知道強為甚麼走了？那是因為天神想要妳自己當王！」

婦姁一聽，驚詫難已，睜大眼望著子嫚，說不出話來。

子嫚振振有詞，說道：「男人可以當王，女人為甚麼不可以？這一年來，老王病重，是誰處理荊楚的一切政務？是誰發號施令，命象師、馬師師長率師出征？老王死後，妳不當王，有誰可以？」

婦姁仍舊說不出話來。

子嫚又道：「妳若不信，便讓大巫貞卜吉凶。」

於是婦姁請了大巫來到王宮之中。子嫚之前早已和大巫交代過，大巫不敢違背子嫚的意思，貞卜的結果自然是「大吉」。

婦姁仍舊猶豫，子嫚和大巫一齊勸她，大巫說道：「天神之命，不可違背。王后千萬不可猶疑！」

子嫚也道：「我和大巫都將竭盡全力支持王后，王后不需有任何擔憂疑慮。王后應勇於承擔天命，成為荊楚之王。」

婦姁見貞卜結果如此，兩人又極力相勸，只好勉強答應了。

之後的半年之中，子嫚建言婦姁大赦楚方罪犯，獎賞征戰立功的多戍，照顧寨中孤老貧弱。荊楚王寨內外的民眾都對王婦感激涕零，感恩戴德。子嫚眼見如此，便與大巫聯手策畫下一步。

夏季的一個月圓之夜，荊楚全寨聚集祭祀天神時，大巫忽然渾身顫抖，尖聲怪叫。大巫的助手立即高聲道：「天神顯靈，附身在大巫身上了！天神有話要對楚人說！」

全寨數千楚人都震驚不已，紛紛膜拜，恭敬聆聽天神的訓誡。

大巫顫抖亂舞了一陣子，口齒忽然清晰起來，尖聲叫道：「荊楚之地，女主出世！荊楚之地，女主出世！」

楚人聽了，都議論紛紛，彼此問道：「女主？那是甚麼意思？」

大巫翻著白眼，又尖聲叫道：「女主在位，楚方大興！女主在位，楚方大興！」說完便癱倒在地，再也無法動彈，被助手抬了下去。

在天神附身的大事發生之後，「女主」兩字成了楚寨中人人談論最多的話題。這時婦姁已得到王寨民眾的一致擁戴，人人皆道：「天神假借大巫之口所說之言，想必是希望王后婦姁登上王位！荊楚之地需要有女主，才會興盛！」

眼見楚人如此愛戴王婦，子嫚和大巫都認為時機已然成熟。

一個夜裡，子嫚下手悶死了老病得只剩下一口氣的荊楚老王。大巫和婦姁替荊楚老王舉辦了盛大的火葬之禮，之後在大巫的支持之下，婦姱正式宣告楚方臣民，登基成為荊楚女王。

婦姱就此成為荊楚有史以來第一位女王，更是第一個以外族人而擔任荊楚王者。令人驚異的是，楚人竟然對她心悅誠服，王族中並無一人表示反對。其中原因，只有楚人自己能說得清楚：荊楚老王主政三十餘年，喜征好戰，強徵賦稅，不得民心；諸王子只顧儲備多戍，彼此爭鬥，謀奪王位，王族上下皆罔顧平民死活，因此楚人對荊楚王族並無半分尊敬之心，更無愛戴之情。

幾年前子嫚發難殺盡王寨諸婦諸子那一役，楚民倒是歡喜慶幸多於驚詫悲憤；荊楚王諸婦個個驕悍跋扈，住在楚民以血汗建造起來的巨石宮殿，身穿華貴的絲綢衣裳，日日享用美酒美食，過著一般土人無法想像的優渥生活。唯有婦姱遭楚王冷落，又受到諸婦的刻意排擠，長年住在王宮外簡陋狹小的茅屋之中，過著貧困的平民生活，深知民間疾苦，掌權後多施德政，因此反而廣受荊楚百姓的愛戴。而更重要的是，子嫚早早便下手殺盡所有可能反對婦姱登基的王族成員，一個不留，一手拉攏通天大巫，一手掌握王寨師權，更令婦姱的地位堅不可搖。

然而只有大巫和婦姱知道，婦姱的成功登基全歸功於另一個商女的出謀策畫，而這個商女竟是個遭天邑商王后婦井流放邊地，年僅十六歲的王族大示王女。

即使子嫚在荊楚之地乃是一人之下、萬人之上，位高權重的女王輔佐，但她心中始終掛念著留在天邑商的兄曜和不知下落的兄漁。她心中暗暗禱祝：「希望兄漁早日返回天邑商，向婦井報仇！希望兄曜病體康復，無災無難！」

王姆登基之後，得到王族和楚民的一致擁護，王寨中一片歡欣平和。然而子嫚知道事情不會如此容易，仍舊保持警醒戒備，派出探子在王寨十里外巡迴探索，隨時回報異動。

果然在一個月後，便有探子回來趕回王寨，衝入王宮來稟報道：「三王子率領濮師，前來攻打王寨！」

王姆甚是驚慌，立即召集子嫚、大巫、象師之長熊鑾和馬師之長熊駿，前來商討對策。

子嫚說道：「三王子乃是諸王子中實力最強大的一個。他當年與二王子聯手，殺死了大王子，但二王子自封小王，三王子一氣之下，率眾出走多年。如今他竟與濮方聯手，定是想來奪回王位！」

象師之長熊鑾說道：「老王長子、二子皆已死去，如今三王子居長，乃是王位理所當然的繼承人。三王子率領師眾歸來王寨，卻該如何應對，請王后定奪。」

子嫚霍然站起身，雙眉豎起，喝道：「熊鑾，你口中胡說些甚麼？你面前的是荊楚女王王姆，不是王后！二王子、三王子皆非王位繼承人，倘若當年老王有心讓他繼承，又為何不曾立他為小王？他既然自己出走，便已放棄了繼承楚王之位。如今他率領濮方之師前來，乃是協同外族侵略楚方，我們絕對不能讓外族入侵荊楚王寨，一定要抵抗到底，消滅外敵！」

熊蠻和熊駿都不再出聲。

子嫚卻不放過，肅然道：「兩位師長，你們若有心支持三王子，此刻便拿出一句話來！王姆不要任何懷有貳心的師長！」

熊蠻和熊駿對望一眼，熊駿知道別無選擇，站起身，恭敬行禮，說道：「我熊駿一心支持王姆，絕無貳心。前楚王三子熊季引領外族入侵荊楚，乃是我荊楚叛徒，我等誓將消滅叛徒，抵禦外敵，保護我王王寨！」

熊蠻也只能站起身，慷慨激昂地說了一番類似的效忠之言。

子嫚這才放緩臉色，說道：「既然如此，我王將立即宣布備戰，由我擔任大師長，以兩位師長為副將，出迎叛徒熊季和濮方外敵！」

熊蠻和熊駿都露出不可置信之色，熊蠻望向王姆，大聲道：「女王打算讓個小女孩兒做大師長？」

婦姆神色嚴肅，堅定地道：「不錯！子嫚是我最信任的左右手，也是最有能力的大師長。我決定由子嫚全權領師，抵禦熊季和濮方之師入侵。你們誰有異議？」

熊蠻和熊駿見婦姆眼神決絕，當下都不再言語，低頭應諾。

於是子嫚身披戎裝，手持繡著飛鳳的荊楚旌旗，掛帥出征。荊楚共有象師五十，馬師兩百，她其實從未帶領過如此龐大之師，甚至從未領師出戰；然而大商王族子女自幼接受師戎之教，不但識得使戈射箭，也懂得領師征戰之道。尤其子嫚自幼便喜愛征戰之事，特意留心，本身又智勇兼備，因此並非全無準備，心中自有主張。

她打開畫在牛皮上的輿圖，指著王寨南方的地勢，說道：「我們王寨處於高地，難以進攻。敵方應有象師、馬師、步戍，和我們的各師數量相近，但是敵方從低地進攻，我等從高地防守，我等大佔優勢。」

熊鑾和熊駿都點頭表示贊同。

子嫚指著一處低地，說道：「此地是個絕佳的陷阱。敵人若進入這塊低地，我們便可在周圍以弓箭齊射，將其殲滅。可派步戍當先，引誘敵師進入低地，由多弓和馬師在兩旁埋伏，一旦敵師進入低地，多弓便立即發箭，讓敵師陷入混亂；馬師這時需得圍繞到後方，擋住他們的退路，不讓他們逃脫，將他們一網打盡。兩位師長認為如何？」

熊鑾和熊駿互相望望，熊駿道：「此計可行。」

熊鑾則道：「不與敵師正面交鋒，卻施以偷襲埋伏，只怕並非光明正大。」

子嫚揚眉道：「熊季勾結外族，前來偷襲王寨，又豈有光明正大可言？我們的目的是保衛王寨，甚麼手段都是正當的！」

於是熊鑾和熊駿再無異議。計策已定，子嫚命令熊鑾和熊駿二人各自集結象師和馬師，在王寨南門外集合。

全師集結完畢後，子嫚從南門城牆上俯視楚師，眼見楚師陣容整齊，武裝齊備，群象群馬俱都訓練有素，乖馴服貼，心中動念：「楚師實力不可小覷，即使天邑商的王師全數出動，只怕也不是楚師的敵手。」

她心中籌思：「我若乘坐大象，位置較高，便能夠綜觀全局。」因此決定跟隨象師出征。她命熊蠻挑了一頭大象讓她乘坐，熊蠻便替她挑了一頭身形最高大的母象，說道：「這頭母象身形高大，性情溫順，腳步穩健，最適合大師長乘坐。」

於是子嫚在象伕的協助下，先踩上象伕合在一起的手掌，再跨上母象的鼻子，繼而攀上母象的頭頂，坐上了已然安裝在母象背上的竹椅。

子嫚雖見過象師，卻從未騎過大象。這時坐在母象背上的竹椅之中，母象每走一步，竹椅便一陣搖晃，她生怕跌了下去，緊緊抓著扶手。她此時身居高位，能夠看到楚師多戎，心中稍稍安定，於是習慣了象身搖晃後便站起身，舉起楚師令旗，高聲道：「叛徒熊季勾結外族濮方，前來攻打我荊楚王寨，準備燒掉我們的屋房，殺死我們的父母子女，搶劫我們的財物。我們能讓他們得逞麼？」

所有楚師皆高聲喊道：「不能！」

子嫚呼喊道：「我等必得保衛王寨，殺死叛徒，消滅外族，驅逐敵師！」

楚師呼喊聲中，子嫚舉起令旗往前一指，叫道：「進攻！」

楚師慣處叢林之中，這時如螞蟻般紛紛往南方前進，馬師較快，很快便奔馳到子嫚看不到的遠方，消失在叢林之中，丘陵之後；象師沉重龐大，行進緩慢，在多戍的圍繞下，緩緩前進。

子嫚感到有些心焦，生怕馬師已遇上敵人，而象師仍來不及跟上相助，不斷催促象師往前推進。

象伕聽她多次催促，回頭說道：「大師長！大象行走緩慢，妳若催得牠急了，開始飛奔，牠非將妳甩下象背不可。而且一頭象若開始發狂飛奔，其他的象也會發狂亂奔，不但陣勢大亂，還可能踩到我方多戍，那可危險萬分了！」

子嫚無奈，只能耐著性子，跟隨象師緩緩往前開進。

不多時，前方傳來呼喊之聲，她遠遠見到敵師出現在樹叢之中，當先的是龐大的象師，約有十多頭大象，身上披著鮮紅色的幅幔，尖尖的象牙閃閃發光，濮方似是在象牙之上裝上了石刀一類。坐在大象背上的人身披五彩戰袍，頭戴鳥羽，臉上畫得一片血紅，乍看之下好似鬼怪，或是法力高強的大巫，十分懾人。

子嫚微微皺眉，心想：「這些當然是人，不是鬼怪。鬼怪我倒不怕，只怕他們是大巫！但他們應當不是大巫吧？我聽說濮方並無大巫，只有法力低微的小祝術者一流。他們應當只是象伕或戰士。」又想：「我若是從未見過象師，陡然見到這些花花綠綠的龐然大物，生著長而尖利的牙齒，上頭又坐著奇裝異服的鬼怪，定然嚇得回身就逃。幸而楚方自己便擁有象師，自然不怕。」

果如她所料，楚方的多戍並未被濮方的象師嚇到，穩定前進，在與濮方短暫交鋒之後，便佯作不敵，依計往低地撤退。濮方不疑有詐，象師當先闖入低地，向著北方子嫚和象師所在直衝而來。

子嫚的心跳加快，下令道：「等敵人全數進入低地後，才可開始射箭。大家不准擅動，等我號令！」

她身周的象伕和楚戍眼見對方象師向著己方狂奔而來，氣勢驚人，都不禁心浮氣躁，開始躁動。子嫚也感到全身顫抖，但她勉強鎮定，直等到敵師全數進入低地，敵師離己方不過數十丈遠近，才舉起令旗，喝道：「射箭！」

埋伏在低地周圍的多戍一齊往低地放箭，竹箭如雨點般落向濮師，濮師頓時大亂。有頭濮師之象被竹箭射傷了眼睛，仰頭高鳴，聲震天地，象背上的戰士盡力安撫，卻毫無效果。那頭象疼得亂奔亂跳，一頭栽進了低地邊上的溝塹，再也爬不出來。

子嫚望著眼前驚險的戰況，只看得血脈賁張，心神動搖。她高高站在象背上，凝立不動，遠遠見到馬師在熊駿的指揮下，行動敏捷，早已繞到濮方主帥的後方，攔住了敵師的退路。子嫚定下心神，揮動令旗，高聲下令：「象師出動，殺入敵陣！馬師已擋住了敵師退路，他們無處可逃了！」

楚方戰士眼見大師長戰略奏效，皆大為振奮，在子嫚的指揮下，勇猛進攻，將濮師殺得不斷後退，陣勢大亂，使其後方又受到己方馬師的夾攻，進退失據。

濮方的象群有不少被竹箭射傷，又受到楚方馬師的逼迫，開始發狂亂奔，踩死了不少濮方多戍，一時慘呼震天。

濮方主帥和三王子熊季原本高踞象背，這時象群發狂，他們都已被甩下象背，在步戍的圍繞保衛下，試圖衝出包圍。

子嫚知道敵師受困，定當拚死突圍。此刻乃是決定勝負的關鍵，絕對不可輕忽大意，當下審度情勢，下令道：「撤開東方弓箭手，讓敵師往東方退去！」

濮師見東方射箭稍緩，果然以為東方是個缺口，於是全力往東方衝去。然而子嫚老早知道東方的地勢險惡，有許多寬而深的溝塹。濮方的象師和步師盲目往東方奔去，紛紛跌入了溝塹，再難爬出。

子嫚親自來到溝塹邊緣，指揮弓箭手圍在邊緣，持弓待射，高聲叫道：「濮方主帥！你等受楚方叛徒熊季欺騙，前來攻打荊楚王寨，天理不容。然而本師長知道你們是受了熊季的誤導，並無侵襲王寨之意。如今你等已陷入絕境，若主動投降，綁起交出熊季，本師長便饒你們不死，濮方之師全數放還，既往不咎。」

濮方主帥眼見情勢已至此，更無選擇，與手下討論之後，便將三王子熊季綁起，交給了楚方。

子嫚不敢另生枝節，立即在師前宣告熊季反叛罪狀，立地將他斬首示眾。接著她讓人將濮方主帥從溝塹中拉出，請他進入荊楚王寨，告知將以好酒好肉招待。

子嫚一回入王寨，便趕著去見婦姆，報告戰事的經過和結果。婦姆大大鬆了一口氣，說道：「子嫚，多虧了妳！妳一舉消除了三王子和濮方兩個威脅，功勞沒有比此更大的了！」

子嫚道：「此刻不是談論功勞的時候。濮方主帥被我等擒住，我已請請他進入王寨。王姆剛剛登上王位，不應輕率興起戰事，而應與鄰近之方友好相處，爭取他方的認同和支持。如今正是拉攏濮方的大好機會，王姆應當善於利用，讓濮方成為荊楚女王的友方，承諾擁護女王。」

於是子嫚對王姆詳細吩咐，告訴她應當如何對待濮方主帥，態度應寬嚴並濟，言語更應軟硬兼施。婦姆仔細聆聽，一一答應。

於是王姆穿上華麗的楚王服飾，來到王宮大殿之上，迎接濮方主帥。她儀態端莊，神情肅穆，大有王者之風，讓濮方主帥一見之下，便大感震懾欽服。

王姆說道：「我楚方與濮方世代交好，一百年來從未交戰，可說是兄弟之邦；前楚王將三個王女嫁入濮方，雙方更是聯姻之邦。本王希望此後與濮方繼續交好，勿要因為這次的誤會而大動干戈，傷了和氣。」

濮方主帥聽她語言寬容，只能感激涕零，跪拜道謝，唯唯而諾。

子嫚當然不會放過這個機會，教王姆對濮方做出許多要求，包括重新劃分兩方地界，要濮方割讓了數百里的地給楚方；向楚方進貢三十頭巨象和一千石糧食；對楚方稱臣；承諾保護所有住在濮方境內的楚人。

濮方的主帥既已大敗被擒，能夠保住一條命，甚至保住手下多戍的性命，他早已暗暗慶幸天神保佑了，哪敢爭辯？王姰開出的所有條件，他都一口答應，更未討價還價。

於是王姰在款待濮方主帥之後，便放了濮方多戍回歸南方，讓他們收拾死傷，並給予他們清水糧食，將他們好好地送走了。

這場楚濮之戰，乃是子嫚生平第一次以大師長的身分參與戰役。她指揮若定，預先料知敵人的策略，避免正面交鋒，而是以陷阱及偷襲圍攻的巧計殲滅敵師，甚至擒擄了三王子熊季和濮方大師長，取得全勝。這不但是她自己第一次率師取勝，也是楚方對敵濮方的第一次大勝。

荊楚多眾對此又是驚訝，又是興奮，整個王寨陷入一片歡騰慶賀，對待楚師如英雄一般，對大師長子嫚更是敬佩無已，尊敬如神。

卻說王姰早早收拾了二王子，當上了荊楚女王後，又抵禦了三王子熊季和濮方的侵襲，受到楚地民眾的廣泛愛戴。然而仍有少數王族暗中不服王姰，子嫚知道自己必須牢牢掌握住楚王之師，不讓王族有任何反叛的機會。於是她找了個藉口，解除了熊蠻和熊駿二人象師和馬師師長之位，由自己接掌楚方的象師和馬師。

這日她身著戎裝，巡視楚師，來到馬師巡視時，忽有一名楚戍跨上一步，對她說道：

「啟稟大師長，馬師有許多不足之處，盼大師長儘快補救改善。」

子嫚向那人望去，見那是個身形高大、濃眉大眼的青年，年齡似乎比自己大上幾歲，精神奕奕，眼神似火。

子嫚見他的眼神頗不尋常，便走到他身前，問道：「你姓甚麼，叫甚麼？」

那少年身形甚高，微微低頭，望向她的臉面，說道：「我叫熊平。」

子嫚揚起眉毛，說道：「你是王族子弟？」

熊平傲然道：「不錯。我的高祖，乃是三代前的楚王。」

子嫚點點頭，說道：「既是王族子弟，想必頗有見解。你倒說說，楚人馬師有何不足之處？」

熊平說道：「馬師需有足夠糧草配備，方能盡其戰力。如今糧草雖足夠，配備卻十分缺乏。馬鞍、馬韁、馬鞭皆已陳舊，弓箭也與步戍共用，並不足夠。」

子嫚點點頭，說道：「你今夜來大師長宮中，向我細細稟報。」

當日晚間，熊平來到子嫚的宮室之中。

子嫚已在等候，對他說道：「請進，賜坐。」

熊平藉著火光望向子嫚，但見她已換下了戎服，但仍穿著楚人男子的裝束，顯得英姿煥發，與楚地女子的嬌弱柔順相比，簡直不可同日而語。熊平看得有些癡了，回神坐定之後，忽然說道：「大師長，妳最初被押解來王寨時，我便已見過妳了。」

子嫚一想起自己當時承受的折磨屈辱，心底便不由得升起一股怒火。她凝視著熊平，勉力壓抑心頭的激動，冷笑說道：「那麼你想必見過我在豬圈中打滾、與豬爭食的情景，也想必曾向我扔擲過石頭。」

熊平搖搖頭，說道：「那時我剛剛加入馬師，出寨征戰，並未見到妳，但是我弟弟妹妹卻知道妳。他們告訴我，豬圈中多了個白皮膚的女孩兒，他們去偷望過妳。其他孩童向妳扔石頭，他們還曾出聲阻止。」

子嫚想起確實有幾個孩子出聲阻止過惡少向自己扔擲石頭，卻遭其他孩童嘲笑責罵，說道：「如此說來，你的弟妹對我曾有憐惜回護之心，單憑這一念善心，便值得我感激報恩。我該賞賜他們甚麼？」

熊平緩緩說道：「他們都已死於王姁奪權之役。我等並非老王之子，卻受到波及。那時我母帶著我弟妹住在王宮中，服侍一位王婦。他們全數遭到殺戮，連我行動不便的老祖母也被烈火燒死。」

子嫚回想起那驚險的一夜，她尋求大巫的支持不果，不得不趁夜闖入王宮諸多王婦的居處，以石刀石戈刺殺多名王婦及其子女，連目擊的僕人婢女也不放過，全數殺死，並曾放火燒燬數間宮室。熊平的家人當時不知在服侍哪個王婦，總之受到了連累，死於自己之手。

她默然一陣，才道：「王姁奪權，勢在必行；傷及無辜，我皆承認。你是否打算殺了我，替你的弟妹報仇？」

熊平凝視著她，緩緩搖頭，說道：「我只是想知道，我弟妹當年曾心生同情，最後卻令我全家枉死的商女，是怎麼樣的一個人！」

子嫚攤開雙手，說道：「我就在你面前，你認為我是個怎麼樣的人？」

熊平道：「雄才大略，智計超群，勇武過人。」

子嫚微微一笑，說道：「你不必恭維我。我知道你們楚人怎麼看我。我來自北方，是商王之女，因受到王后的忌憚而遭放逐到南方。你們眼中的我，不過是個膚色較白的怪物，男不男，女不女，高傲自負，狂妄大膽，甚至相信婦人可以號令天下，竟然破天荒讓王婦婦姆當上了荊楚女王。是也不是？」

熊平哈哈大笑起來，說道：「妳很有自知之明。不錯，楚人對妳和王姆都是表面尊敬，暗中嫌惡。若非妳率師打退了濮方的入侵，我們也不會對妳如此服氣。」

子嫚欣賞他的豪爽率直，說道：「你說婦姆奪權之時，你剛剛加入馬師，因此也不過兩年的光景。你說你已見到了馬師的種種缺失，我很想知道馬師究竟有何缺失。一句之後，你來向我詳細報告，馬鞍、馬轡、馬蹄鐵、弓袋、弓箭，各需多少，列出確實的數字。」

熊平立即道：「不用一句，師長所需，我已備妥。」當即說出馬鞍、馬轡、馬蹄鐵、弓袋等所需的數量，清楚詳細，一絲不苟。

子嫚甚感驚訝，微微揚眉，點頭說道：「甚好。我將立即命王寨工者開始打造，三月之內完成。我要一支天下無敵的馬師，能肩負起保衛大楚王寨的重任。」

熊平躬身拜謝，說道：「多謝大師長。」又問道：「那麼象師呢？」

子嫚搖頭道：「我親自率領過象師，見過象師作戰的情況。象師不但昂貴，更且笨重緩慢，只能讓敵人驚嚇奔逃，卻無法起到殺敵致勝的作用。敵人一旦見識過象師，不再害怕後，象師便失去了優勢，反而不如馬師靈活快捷。戰陣上最有殺傷力的便是馬師，是往後防禦征戰取勝的關鍵。」

熊平不禁點頭，說道：「過去的楚王師長大多重視象師，以為象師龐大莊嚴，能夠震懾敵人，展現楚王的天威。馬師師長始終不以為然，卻無由說服楚王。今日聽大師長如此說，著實痛快！」

子嫚微微一笑，說道：「還有一點，許多楚人從未去過北方，不知道北方地勢寬廣平坦，河流湖泊廣布，與南方的叢林丘陵完全不同。象師在叢林丘陵之中得以大展神威，到了平地，可就毫無用武之地了。」

熊平微微一震，明白了她的言下之意，脫口問道：「莫非大師長有心北征？」

子嫚緩緩點頭，說道：「不錯。楚方地處邊疆，雖對南方稱王，對北方大商卻只能俯首稱臣，為何如此？楚師並不遜於商人之師。商師有吉金武器，楚方則金穴眾多，也能煉製吉金武器；商師有牛車馬車，我們也有。楚人為何不北征商地，稱雄天下？」

熊平聽了，不知所對。饒是他平日膽大過人，聽了子嫚充滿野心的北征策略，也不禁心驚肉跳，對這年齡與自己相若的少女刮目相看，暗暗心想：「這女孩兒著實不簡單。她有本領協助婦姁當上楚王，有本領打退濮方之師，必然也有本領率領楚師北伐商方，稱雄天下！」

於是子嫚花了兩年的工夫，用心訓練楚地的馬師和步戍，親自教導他們如何鍛鍊吉金武器，操戈使戟。商人雖馴馬多年，但王族多乘馬車，甚少騎馬，於是子嫚向熊平請教騎馬之術，學會如何在馬上使戟射箭，比其他多戍更加精勤認真。

楚地多戍從未見過如此親力親為的大師長，對這個商人少女從最初的厭惡疑忌，逐漸轉為好奇驚嘆。子嫚的騎馬之術日漸熟練，很快便成為馬師中馬術最高明的一位。加上她原本便精熟戈戟弓箭，與楚師中的多戍單挑對戰，竟然無人能敵。不多久，「大師長」子嫚便成為荊楚多戍口中的傳奇，全師上下無不對她衷心欽服，萬分敬重。

子嫚和熊平經過這些日子之後，兩人之間也起了重大的變化。大約又過半年之後，子嫚主動邀請熊平來到她的宮中飲酒。她遣開了身邊多戍和侍女，與熊平相對而坐，兩人都有幾分酒意之後，子嫚開口道：「我知道你已取妻，尚未有子女，是麼？」

熊平點頭道：「啟稟大師長，正是如此。」

子嫚望著他，說道：「若我要你離棄你的妻，每夜來此陪伴我，你怎麼說？」

熊平滿面通紅，沒想到她一個年紀輕輕的女孩兒，說話竟如此直接坦率，一時不知該如何回答。

子嫚又喝了一口酒，說道：「你不願意？」

熊平忙道：「不，不，我願意。我對大師長尊敬佩服，忠心耿耿，大師長有命，熊平不敢不遵。」

子嫚笑了笑，說道：「這不是命令，你可以不遵從。我問你是否願意，你老實回答便是。」

熊平只能鼓起勇氣，說道：「我自然願意。」

子嫚從容大方，似乎不知道世間有忸怩害羞這回事，說道：「我失去商王之女的資格，這一輩子不可能再享有任何王女的待遇。原本我應當遵從父王之命，嫁給大方之侯，或是嫁給對大商有功之臣，以協助父王護衛大商。如今我不再是王女，我想做甚麼都可以。」

熊平忍不住問道：「大師長未來……未來會回去天邑商麼？」

子嫚點點頭，神色轉為陰沉，語氣中滿是仇恨，說道：「我當然要回去。我要殺死王后婦井，替自己報仇，並幫助兄漁登上商王之位！」

熊平吸了口氣，說道：「無論妳去往何處，我都願意追隨在妳身邊。」

子嫚微微一笑，身子向前傾，伸出手，輕輕撫摸熊平的臉頰，說道：「我就是喜歡你的忠心。你跟在我身邊，我一定會好好待你的。」

兩人當夜便在子嫚的宮中共度了一夜。此後熊平每夜都來子嫚的宮中，兩人一起飲酒傾談，熊平教子嫚吟唱楚歌及彈奏楚方獨有的樂器「瑟」，兩人相處歡洽。子嫚自遭放逐之後，便活在極度的痛苦寂寞之中，這時有個知己陪伴在自己身邊，雖為下屬，不得不聽從自己的命令，至少能略略紓解她漫漫長夜的空虛寂寞。

第三十六章　虎方

卻說那年天邑商城外，伊甹陪伴著子弓，踏上了流放之路。

兩人出了天邑商南方城門後，經過一大片的田地；那都是屬於大商王族的王田，種植著黍、稷、粟、麥等多種作物。此時正是秋收季節，上百名裸身羌奴彎著腰在田中收割，數十名稷小臣在田埂上巡迴監視，手持皮鞭，不時喝斥鞭打羌奴，督促他們快快收割。

對大商王族來說，這些在王田服役的羌奴並不存在；居於天邑商的王族雖日日享用他們耕種收割的糧食，但是從來不會見到他們的人影。這時伊甹放眼望去，整個王田中都是羌奴，不下數千人，心中不禁動念：「我竟不知王田有這麼多羌奴！想是收割時期，所有的羌奴都必須出來農作。」

子弓眼光呆滯，望著前方道路，更未見到那些羌奴，也未留意稷小臣和羌奴投向自己的奇異眼光。他成年之後便甚少離開天邑商，並不清楚天邑商外的情況；伊甹則遊歷各地，曾多次遠赴舊都亳祭祀先祖開邦功臣伊尹，因此知道天邑商之外的艱難險惡。大商稱霸天下三百餘年，靠著戎力和巫術震懾四方多族，王昭即位後更是征戰頻繁，幾乎每年都派遣王師侵略周圍多方，燒殺擄掠，血流遍野，屍骨成山。周圍方族都知道，商人注重祭祀先祖的神靈，因此出征不只是為了宣揚大商之威，掠奪財物、俘虜奴隸，更重要的目的是擒回他方之人充作「人牲」，以各種殘忍的方法殺死，奉獻給先祖的神靈。因此天邑商之外的方族之人無不痛恨恐懼商人，任何商王族或商方之戍出現在天邑商十羈之外，倘若落了單，又沒有大批衛戍圍繞保護，立即便會被方族之人群起圍攻，亂戈殺死。

伊蒷知道二人若想活過當晚，定須改換裝扮，不能讓人看出他們是商人，更加不能讓人看出他們出身大商王族。因此出城之前，他已讓子弓換下了王族慣著的白衣白裳，換上褐色粗布平民衣裳。

子弓失魂落魄，也沒有問他為何要換衣裳，步行時更雙眼直視前方，似乎更不知道自己身在何處。

伊蒷老早察覺他情狀有異，拉著他走出數里，離開王田的範圍，脫出稷小臣的視線。兩人來到一個荒僻的樹林中，才停下腳步，回身面對子弓，凝視著他，說道：「子弓，你望著我！」

子弓雙眼慢慢聚焦，落在伊蒷的臉上，似乎直到此時，才陡然看清了自己的處境，坐倒在地，掩面泣道：「我怎會遭此巨大冤枉？天底下怎能有如此不公不道之事？天帝和先王、先祖、山河神靈，他們怎能讓這種事情發生？我做錯了甚麼，竟讓天帝和先祖都捨棄了我？」

伊蒷扶著他的肩頭，不斷搖頭，說道：「子弓，你是先祖屬意的小王人選，貞卜多次都是這個結果，絕對不可懷疑。正直之人行在正道之上，不免遭受阻難挫折。我先王大乙成唐誅滅夏桀之前，也經歷過極多的挫折苦難，但是他在我先祖伊尹的輔佐之下，一一克服，才能承襲天命，開創大商。你經歷的這一點小小挫折，跟先王大乙成唐相比，算得了甚麼？你要是放棄了，那就甚麼都沒有了！先祖特意給你安排的考驗，你就無法通過了！」

子弓仍舊掩面而泣一陣子，才漸漸鎮靜下來。他長長吸了一口氣，說道：「我明白了。我不能死，不能放棄。我要擊敗惡人，奪回我應得的王位！」

伊𡌥語音沉穩，說道：「正是。你絕對不能放棄，更加不能死去！你只不過是被放逐出天邑商罷了，這算得甚麼？未來你仍有機會回歸天邑商，成為商王！你應當知道，王昭曾遭先王小乙放逐，在天邑商外流浪了十六年。他當時也以為自己一輩子再也無法回到天邑商，一輩子都得當個流落他鄉的大商王族。但是先王一死，他就回來了，不但回到天邑商，並且立即當上了商王！」

子弓點點頭，低聲道：「流浪十六年……我若也在外十六年，那我就已經五十五歲了。」

伊𡌥搖頭道：「他流浪十六年，你可不需要流浪十六年！你想想，王昭幾歲了？他還有多少年好活？」

子弓臉上露出若有所悟的神色，說道：「父王已將近六十歲了。」

伊鳧露出笑容，說道：「可不是？你想想，世間誰能活到六十歲？他剩下的壽命定然不多了。等他一死，你立即便可以回返天邑商，名正言順地當上商王！」

子弓遲疑道：「但是……但是人人皆知他從巫彭那兒得到了不死藥，能夠長生不老。而且我們請大巫㱿貞算過父王的壽命，結果竟是一百歲！他若當真不老不死，或是當真活到一百歲，那又如何？」

伊鳧嘆了口氣，說道：「大巫㱿存心陷害你，他的話如何能信？那回的貞卜，完全就是個騙局！至於不死藥，更是無稽之談！你的母后是怎麼死的？不就是誤信世間有不死之藥，受人欺騙，服毒而死的麼？再說，巫彭若擁有不死藥，大巫㱿是他弟子，必然也有，為何他自己不吃？為何歷代大巫一個個全都老了死了？你想想，大巫若能取得甚麼不死藥，又為何不曾給王昭和之前的二十一位先王吃？王昭乃是我大商第二十二位王，歷代先王之中，在位最長的是太戊密，他在位七十五年；其餘先王都只在位兩三年，最多十幾年。如今王昭已在位二十多年，你想他還有多少年好活，還有多少年可以做王？」

子弓吸了口氣，說道：「不錯，你說得是。父王在位的時候應當不長了。」

伊鳧點頭道：「你放心吧。我陪伴你去往舊都亳，我先祖伊尹的後代仍聚居於亳，擁有城池雄師，他們會收留保護你的。快起身，婦好一定已派人出來追殺你。我們得在天黑前找到藏身之處，讓他們無法找到我們。」

子弓點點頭，振作起來，站起身，跟隨伊鳧行去。

伊鳧領著子弓，繼續往東南方前進，打算渡過大河，趕往舊都亳。大商開邦功臣伊尹的後代在亳地仍頗有勢力，伊鳧估料自己回到亳地後，應能說服伊氏長老保護子弓一段時日。然而二人能否平安到達大河，還是未知之數；伊鳧知道王婦婦好決不會輕易放過子弓，婦好熟知王昭在放逐十六年後重歸天邑商、成功奪得商王之位的往事，因此她清楚知道甚麼事情都可能發生，一定會儘快置子弓於死地。

果然，當夜二人躲在一個隱密的樹叢中睡倒，半夜便聽到馬蹄聲響漸漸逼近。伊鳧探頭望去，但見當先數騎手持火把，瞧服色正是王之親戍，為首者身形高大，正是子央。他神色猙獰，手持長戈，叫道：「有人見到他往東南方去了。今夜一定要追到，見到便殺，不留活口！」

多戍齊聲答應，分散搜尋。

幸虧伊鳧早已在天黑前便找到這個隱密的樹叢，依照大巫㱿的指點，在周圍置放了那四尊玉雕坐虎。那是商王族的守護神，可保護子弓，讓人無法接近樹叢。大巫㱿巫術畢竟高明，子央等人在附近搜尋了一整夜，一無所得，子央又急又怒，直到天明，才悻悻然收戍而去。

子弓和伊鳧等多戍去遠了，天色也已大明，便收起玉虎，啟程續向東行。伊鳧辨別方向，兩人撿人煙稀少的道路行去，盡量避免被商王親戍追上，也避免遇上他方中人。伊皃帶了足夠的糧食，兩人節省著吃，足可撐上十日，而不必打獵或向人乞食。

如此行出數日，已離大河不遠了。傍晚之時，兩人來到一條小溪旁，溪旁有個小小的聚落。伊皃不敢接近，說道：「最好避開聚落，莫讓人見到。我們行遠一些再取水。」

兩人等天色全黑了，才去溪邊取水，裝滿了水袋，悄悄離去。伊皃找到一個樹窪，放好玉虎，兩人便躺下安睡。

到了半夜，忽聽遠處傳來嚎叫之聲。伊皃一驚，跳起身來，往樹窪外望去。夜色漆黑，只見到許多雙閃閃發光的眼睛在黑暗中移動，看來總有數十對，黑影發出犬一般的嚎叫聲。

伊皃一驚，低聲道：「是犬方中人。快走！」

子弓也趕緊坐起身，問道：「你不是置了玉虎麼？他們怎能找到我們？」

伊皃著急道：「犬方之人嗅覺靈敏，遠遠便能嗅到他族人的氣味。大巫㲉的巫術只能讓人看不到我們，卻不能讓人嗅不到我們的氣味。」

子弓懷疑道：「即使找到我們，犬侯曾效忠於我母后，犬方對我應當沒有敵意吧？」

伊皃連連搖頭，滿面不可置信之色，說道：「子弓，你想想清楚！犬侯曾支持你的母后婦井，聯手逼迫王昭；王后死去之後，王昭便下手殺死犬侯，將他的頭掛在天邑商的城門之上，犬方引為奇恥大辱。之後犬侯之子率師叛變，王昭出師鎮壓，將犬方之人殺死了一半，另一半變身為犬逃走，才躲過一劫。犬方對我大商恨之入骨，當此情勢，你想他們會放過你這個遭廢棄流放的大商小王麼？」

子弓這才明白事態嚴重，說道：「但他們並不知道我們是商人，應當無礙吧？」

伊犮道：「犬方中人老遠便能辨別商人的氣味，我們是瞞不過他們的。」說著拉起他，收拾玉虎，背起包袱，便往樹窪外奔去。

才奔出沒幾步，那群犬人已迅捷而安靜地圍了上來，彼此間不知如何互相傳遞訊號，一下子團團將二人圍住，逼得二人只能停下腳步。

黑暗中但見犬人都呈人形，為首的犬人走了上來，抬起頭，用鼻子嗅了兩下，說道：「果然是商人！」一揮手，說道：「抓下了！」那群犬人紛紛舉起木棍，向二人圍攻而上。

伊犮的外表瘦弱古怪，似乎風一吹便會倒下，不料竟頗為勇悍，忽然從背後抽出一支金戈，向犬人橫掃而去，口中喝道：「讓開！」

當先七八個犬人紛紛往後退去，一人齜牙咧嘴地道：「這隻瘦鳥，膽子可不小！」另一人道：「一隻瘦鳥，一個商人，正好煮了吃！」說完後，許多犬人一起嘎嘎大笑起來。

那為首的犬人一聲令下，數十名犬人再次擁上，不怕死地向二人攻去。伊犮舉戈抵擋，擊退了當先數人，但犬人實在太多，打退一人，另一人又搶了上來，簡直擋不勝擋。

子弓鎮定下來，眼見伊犮無法抵擋，立即從背後取下弓箭，彎弓搭箭，向當先一人射去，正中那人咽喉。那人慘呼一聲，滾倒在地。他又連續射出三箭，射死了三個犬人。

其餘犬人見到了，不但不驚懼退卻，反而紛紛尖呼怒喝起來，群情激動。

伊皃退到子弓身邊，低聲道：「不好了，他們見到你射箭，便確知我們來自天邑商！此地離天邑商已遠，只有大商多戍懂得使用弓箭。」

話才說完，犬方諸人忽然齊聲高嚎起來，聲音淒厲綿長，子弓和伊皃都聽得毛骨悚然。伊皃更不遲疑，叫道：「快逃！」拉著子弓，往人少之處狂奔而去。

但聽身後呼喊之聲此起彼落，夾雜著犬嚎之聲，腳步聲也從人的腳步變成獸物的腳步，想來有不少犬人已變身為犬，奔行快速，轉眼便追到了子弓和伊皃的腳跟之旁。

伊皃叫道：「犬跑得比人快，卻比人易於擊退！」回身舉戈刺去，伸腳亂踢，頓時刺死了一頭犬，踢飛了兩頭。

子弓也回過身來，取出戈往犬群砍去，砍傷了兩頭犬。群犬哀嚎數聲，被驅散了一些，又聚集起來，狂奔追上，甚難甩脫。

子弓在左學時便已弓箭精準聞名，他雖甚少出征，但曾多次跟隨王昭出外狩獵，反應靈敏，身手矯捷。這時他奔出幾步，回身拉弓射箭，一箭便射倒一頭犬，鮮血四濺。諸犬見到同伴倒下，驚慌中夾雜著憤怒，一邊吠叫，一邊追趕上來，衝上齧咬二人的小腿和腳踝。

伊皃揮戈刺上一頭犬的頸子，那犬身受重傷，卻並未死去，張口死命咬住伊皃的小腿，伊鳧驚呼一聲，小腿劇痛，使勁以戈刺擊犬頭，犬卻緊咬不放。其餘幾頭犬也已衝上前來，往伊鳧身上各處咬去，他不得不鬆手放脫戈，抱頭縮成一團，免得臉面胸腹被犬咬到。

子弓大叫：「伊鳧！」他連射數箭，將圍繞著伊鳧的多犬射死了幾頭。子弓衝上前，揮戈挑飛了兩頭犬，俯身查看伊鳧的情況，問道：「你的傷勢如何？」

伊鳧喘息道：「腿被咬傷，跑不動了。你快走！我替你擋一陣子，快走！」

子弓俯身揹起他，說道：「我揹你走！」

伊鳧怒道：「你快走！你比我緊要百倍，快走！」

子弓一咬牙，說道：「伊鳧，我跟你死在一起！」

伊鳧大急，叫道：「萬萬不可！你是大商小王，怎能跟我死在一起！」

情勢正危急時，忽聽一聲暴吼，一個巨大的黑影不知從何處蹦出，橫攔在子弓和伊鳧身前。那人手持巨大木棒，左右揮舞，頓時將犬人和犬群驅退。犬隻似乎十分害怕這巨人，夾緊尾巴，發出嗚嗚之聲，不斷後退。犬人也不再呼喊嚎叫，離那巨人約十多尺便停下腳步，眼睜睜地瞪著這人，既不敢上前攻擊，也不願就此退去。

那巨人將木棒拄地而立，開口說話，聲音低沉雄厚：「放過他們！我饒你們不死。」

犬方之首似乎並不相信，奔上兩步，質問道：「你是何人，為何插手此事？」

那巨人並不回答，舉起木棒，說道：「犬侯子！你和商王有血海深仇，本侯也是一般。然而這兩人是本侯之友，我必得保護他們。你走！我保證一年之內，不去侵犯犬方地盤。」

犬侯子低下頭，側眼向那人瞪視良久，眼神中充滿懷疑，過了好一會兒，才道：「虎侯說話，需得算話！」

那人回答道：「當然！」

犬侯子哼了一聲，舉起手，其餘犬方諸人和犬隻紛紛退到他身後，一群人和犬轉過身，快奔離去。

那巨人回過頭來，但見他圓眼大口，鬚髮蜷曲，容貌極為雄偉。伊鳧雖受了重傷，心智卻十分清明，聽了他和犬侯子的對話，又見到他的形貌，頓時明白，脫口道：「是虎侯！」

虎侯曾在天邑商會過商王大巫瞉，對大巫瞉的坦率十分敬佩感激，當時便決定退師，回返虎方。虎侯於數日前收到大巫瞉的密信，得知子弓和伊鳧二人遭商王王昭放逐，已離開天邑商，正受到王婦婦好和子央的追殺；虎侯知道子弓乃是殺子之仇子央的敵人，決意出手相救，遂率了一隊親戍北上尋訪子弓，加以保護。這時他睜著一雙虎目，凝視著子弓和伊鳧二人。在他眼中，子弓的潦倒失意全顯在臉上，而伊鳧雖受了重傷，卻仍保持著精明警覺，並未失去鬥志和希望。

虎侯心想：「子弓受此重大挫折，便潦倒失意如此，只怕以後再也站不起來了。伊奡此人倒是個人才。」

他躬身向二人行禮，說道：「王子弓、伊奡，我乃虎侯，兩位既已來到我虎方左近，便是虎方之客。我當收留兩位，保護兩位周全。」

伊奡忍受著身上多處咬傷，跪拜說道：「虎侯相救之恩，子弓和伊奡感激不盡。」又道：「商王下令流放王子弓，然而王婦婦好卻不會放過。據我所知，王婦婦好已派王師出來追殺王子弓，王子弓性命堪虞。虎侯決定收留我二人之前，還請善加考慮其中風險。」

虎侯點了點頭，說道：「你將事情緣由坦誠告知，本侯很承你的情。我知道王婦婦好和王子央派戍追殺子弓之事，虎方之師已和他們交過手了。我也收到了商王大巫皾的傳信，得知王子弓乃遭商王流放，並無其他懲處，亦非商方罪人。兩位請安心留在虎方，我虎侯說話算話，定將保護王子弓平安。」

伊奡心中一跳，暗想：「看來他對情勢清楚得很，卻還願意出手相助，當真難得！」連忙拉著子弓，一起對虎侯下拜為謝。

虎侯說道：「不必多禮。兩位身上受傷，快跟我回去虎方地盤。我儘快命人替你們治傷，好生休養一陣再說。」

於是子弓和伊奡便跟著虎侯離去。這一路上，虎侯對二人極為禮遇，請虎方醫者替他們治傷，並讓虎戍圍繞保護二人。

不一日，一行人來到虎方境內。虎方位於天邑商之東南方，地廣物博，在商人南下之前便已在此建立虎方，共有三個上萬人的城鎮。商人定都天邑商後，虎侯主動臣服商王，定時進貢，商人也不時派遣商隊來虎方交易，雙方關係尚算友好，從未有過征戰衝突。虎方的言語與中土相近，由於和商人交易頻繁，大部分的虎方中人都懂得商話。

虎侯所居之地稱為「南虎城」，乃是虎方最大的城鎮，人口超過三萬，城堅牆厚，乃是虎方主要之師駐紮之地。南虎城北方有大片叢林，南方則有一望無際的良田，十分富饒。虎方民風強悍，大部分居民雖以務農維生，但仍崇尚武勇，農閒之時往往聚眾比試拳棍，村和村之間為了爭奪地盤，也不時大打出手。虎方之師驍勇善戰，名聞四方，即使大商之師也不敢輕侮。

到達南虎城後，虎侯讓子弖和伊鳧住進一間寬敞華美的宮殿，並派遣多妾多戍服侍護衛二人。之後十日，虎侯日日在自己的宮殿舉辦盛大筵席，邀請虎方王族赴宴，敬子弖和伊鳧為上賓，對兩人極為熱情尊重。

子弖在天邑商失去了小王的地位，來到虎方才又再次受人尊重，甚感欣慰，對虎侯滿心感激。

伊鳧卻坐立難安，對子弖道：「虎侯對我等雖好，但他畢竟不是商人，還跟我等有殺子之仇。我還是帶你去舊都亳，投靠先祖伊氏的後代比較穩妥。」

子弓也表同意，卻擔心虎侯不讓二人離開，甚至就此跟他們翻臉，說道：「倘若虎侯不讓我們走，甚至將我們囚禁起來，情勢豈不更糟？」

伊鳧也想不出甚麼更好的辦法，說道：「虎方守衛嚴密，偷偷離去更加不可能。我們還是得去探問虎侯的意思。」

子弓為人老實直接，次日便去面見虎侯，說道：「多謝虎侯連日來的盛情招待。我等叨擾已久，應當向主人告辭，另覓他地落腳了。」

虎侯也十分坦率，說道：「小王子弓，我是不會讓你們離開的。我打算留下你們，直到商王對我子之死給個交代，將他的遺體送還給我，我才會讓你們走。」

子弓搖頭道：「王婦婦好想要我的命，怎會為了顧忌我而答應虎侯任何條件？」

虎侯道：「我扣留、保護你們，就是我的武器。王婦不答應，我就繼續保護你們，讓你們成為她的威脅。」

子弓無言以對，只好告退。他將虎侯的話告知伊鳧，伊鳧皺起眉頭，說道：「虎侯既如此坦誠相告，我等別無選擇，也只能暫且留下了。」

兩人都心知肚明王昭或王婦婦好絕不會跟虎侯妥協，主動送回虎侯子的遺體；而他們若強行離開，虎侯定會動武，只好戒急用忍，靜觀待變。

第三十七章　虎女

一段時日之後，虎侯不再日日舉辦宴會，子弓便整日留在宮殿之中，無所事事。他開始思念家鄉天邑商，想起自己受冤遭放的境遇，心情鬱悶低沉，白日在庭園中閒晃散步，夜晚便舞戈射箭，或與伊鳧長談解憂。伊鳧則總是皺著眉頭踱來踱去，彷彿在苦思對策，但也並未對子弓說出甚麼策略來。

這日子弓單獨在庭園中漫步，忽然見到一道黃影急閃而過。他一驚，手扶腰間吉金小刀，定睛望去，但見那道黃影乃是一個人，一身黃衫，身形修長結實，臉上戴著金色的面具。黃衫人攔在子弓身前，凝望著他，卻不言語。

子弓鎮定下來，問道：「請問貴客是來找我子弓的麼？不知有何事相教？」

那黃衫人仍舊不出聲，兩道凌厲的目光在子弓臉上盤旋，忽然轉身快速離去。

子弓不禁睜大了眼，但見那人的臀上竟伸出一條黑黃相間的尾巴，在他身後蜷曲搖曳，怪異莫名。

子弓忍不住叫道：「慢著！」

那人並不止步，更拔腿快奔起來。

子弓舉步追上，但那人奔跑極快，不多時便拉開了距離，消失在庭園的樹叢之中。子弓按捺不住心中好奇，鑽入樹叢追上，留心傾聽，卻無法尋得那黃衫人的行蹤。此時鼻中忽然聞到一股異香，頭腦略感暈眩，彷彿酒醉一般，甚是舒爽宜人。

子弓心生警戒，四下觀望，卻無法分辨香味從何處傳來。他甩甩頭，正打算離開時，忽見一個女子從樹叢中跨出，臉上仍舊戴著那金色面具，身上的衣衫卻已不見了，露出婀娜誘人的成熟女子身形。

子弓感到腦中暈眩愈來愈重，定睛望去，看見一條尾巴從那女子身後轉出，盤繞在她修長結實的左腿之上。

那女子逕自來到他的身前，離他不過一尺。子弓終於知道，那奇異的香味就是從這女子身上發出的，他感到心跳加快，難以呼吸，忍不住伸出雙臂，將那女子擁入懷中。

當子弓再回到住處時，伊夐見他神色有異，問他發生了甚麼事，子弓卻只搖頭道：「我頭痛得很，要早些休息。」便躲入寢室中睡倒。

第二日，子弓抵受不住誘惑，再次來到庭園之中，尋找那戴面具、長尾巴的女子。女子果然在樹叢中等候，子弓鼻中聞著那股香氣，腦中感到一陣難言的興奮，伸臂又抱住那女子，滾倒在枯葉堆中。

伊夐和子弓從小一起長大，早已注意到他情狀有異，第三日便悄悄跟上，目睹了子弓和那女子幽會的情景。

伊皛不禁皺起眉頭，心想：「子弓向來謹慎，又不好女色，怎會輕易被這戴面具的女子所惑？」

他自也見到了那女子的尾巴，更加皺眉，心想：「這看來是條老虎尾巴，虎侯之子能夠變身為虎，我卻沒聽過他們顯人形時還長著尾巴的！」

他悄悄離去，也不說破，暗中打聽。他從虎侯的侍者口中得知，這長著尾巴的女子乃是虎侯之女，沒有名字，眾人都喚她「虎女」。其母並非虎侯的侯婦，而是個地位低下的妾婢。她出生時其母失血過多，難產而死；女嬰受到驚嚇，竟然變身為虎，試圖逃走，幸而被眼明手快的巫師一把抓住牠的尾巴，拽了回來。但她年紀太小便變身為虎，竟無法完全變回人身，從此面貌半人半虎，臀上也留下了一條老虎尾巴。

虎侯對此甚是羞慚，對外宣稱女嬰已死，悄悄將她養在王宮的庭園之中。起初虎侯還讓她和其兄一起射箭練武，但她野性十足，一發起怒來便亂抓亂咬，傷害了好幾位箭師。她從未攻擊過其兄，虎侯仍不敢冒險讓寶貝獨子與她相處，便讓獨子住在另一座宮殿中，讓虎女如野獸般生活在王宮的庭園裡，任其自生自滅。

伊皛心中警惕，暗想：「子弓跟這虎女攪在一起，可危險得緊！她可能並無惡意，但畢竟是半人半獸，性情難測。我該如何警告子弓才是？」

到了第六日，那女子與子弓見面時，終於除下了面具。

這時子弓已深深受她吸引，無法自拔。但見到她的臉面時，也不禁驚呼出聲：那是一張半人半虎的臉，眼睛是金黃色的，瞳孔和虎類一般，呈一條直線；滿面長著黑黃相間的短毛，巨口兔唇，嘴角上翹，嘴上還長著幾根粗硬的鬍鬚。

子弓看得呆了；他完全未曾想到，這個讓他魂縈夢牽、日思夜想的女子，竟然長著一張如此可怖的面孔！

然而在那女子身上奇異香味的驅使下，子弓眼前似乎再度朦朧了，眼光更無法集中在那女子半人半虎的臉容之上。他露出微笑，閉上眼睛，鼻中聞著那撩人心神的香味，與之前五日一般，與她纏綿一番後，才依依不捨地離去。

回到住處時，伊晁已坐在他的寢室外等子弓。子弓不敢去望他，只低頭往自己的寢室走去。伊晁直盯著他的背影，也不出聲。

次日清晨，伊晁拉著子弓去射箭，子弓心不在焉，射了三輪便說自己累了，想回去休息。伊晁不讓他回去，又拉著他去南虎城的市集上逛逛，子弓顯然無心逛甚麼市集，一臉的不情願。

伊晁隨口問道：「你覺得虎方如何？」

子弓一邊走著，一邊心不在焉地回答道：「很不錯啊。」

伊晁點頭道：「是很不錯。此地富饒得很，甚麼都有，氣候也和天邑商差不多。看來你打定主意要留在此地，長住下去了，是麼？」

子弓不答。他走了一會兒，便再次說自己累了，要回去休息。

伊㒓淡淡地道：「多休息一下也好，你這幾日可著實累壞了。」

子弓臉上微微一紅，終於正眼望向伊㒓，鼓起勇氣，說道：「你都知道了？」

伊㒓不置可否，聳聳肩說道：「我只知道我該知道的事情。不該知道的，我從不過問。」

子弓湊近伊㒓，低聲問道：「那你可知她是誰？」

伊㒓見他認了，便拉著他走到無人處，壓低了聲音，說道：「那是虎侯之女。她出生時受到驚嚇，變身為虎，再也變不回人身，從此成為半人半虎的模樣。虎侯不願讓人見到她，將她關在王宮的庭園之中。」

子弓點點頭，說道：「原來如此。」

伊㒓道：「虎侯希望你留下，我懷疑……我懷疑他是故意讓其女來接近你的。」

子弓皺眉道：「不會的。她……」他想說她絕非受其父之命來親近自己，但他從未聽過那虎女開口說話，根本不知道她心裡在想些甚麼，更加無法斷言她來找自己是出於己意，還是出於父命。

伊㒓道：「總之，我們身不由己，無論如何都得在這兒待上一段時日。這段時日你想過得快活些，也無可厚非。我只勸你小心一點，不要惹出麻煩。」

子弓擺了擺手，說道：「我理會得。」

伊鳧知道他已迷上了虎女，自己此刻說甚麼也是無用，只能嘆口氣，說道：「你是大商小王，總有一天要回歸登位，你的子孫將來都可能成為商王。婦鼠本是你的元婦，但其父獲罪貶為庶人，你可隨時廢棄婦鼠，另取一位元婦。但這名虎女並非大示之女，甚至……甚至連人都不是。她生下來的子女，對你將來只會是負擔啊！」

子弓陡然惱怒起來，高聲說道：「別說了！我不過是享樂一下罷了，你何須說到繼承王位那麼遙遠的事情上頭去？」

伊鳧搖頭嘆息，說道：「子弓，我是你的輔佐，我不深謀遠慮，誰替你深謀遠慮呢？」

子弓深深地吸了一口氣，勉強壓抑心頭的不快，說道：「我理會得。你不必擔心，我自有分寸。」

然而虎方的日子單調而漫長，子弓不顧伊鳧的警示，仍舊每日去與虎女相聚。看慣了之後，他也不再恐懼虎女那張半人半獸的臉，對她的尾巴也不以為意了。虎女並非不懂人言，她會說虎方和商方的言語，只是生著一對虎牙，說話時有些口齒不清。

有一回，子弓告訴她自己乃是大商小王，虎女顯得毫不在意，說道：「那又如何？」

子弓見她並未肅然起敬，心中微感不悅，說道：「我雖遭惡人陷害，不得不離開天邑商，但有朝一日定能回歸天邑商，取得商王之位。」

虎女撇嘴而笑，翻過身來，趴在子弓的身上，玩弄著他的頭髮，說道：「你跟我說這些做甚麼？這關我甚麼事？」

子弓輕輕將她推開，慍道：「妳不明白麼？我成為商王之後，便能立妳為王后了！妳跟我生下的子，便能成為下一任的商王！」

虎女聽了，虎目圓睜，忽然咧口嘎然而笑，看不出是憤怒還是譏嘲。她笑了一陣，才道：「你以為我想替你生子麼？你以為自己是甚麼人？」說著便站起身，搖著虎尾，緩步欲離去。

子弓自從二十歲擔任小王以來，便受到天邑商所有人的尊敬重視，來到虎方後，虎侯也對他禮敬有加，從未如此遭人輕視貶抑，不由得怒從中來，高聲道：「妳瞧不起我，等我未來得勢之後，妳便想求我眷顧妳，也求之不得！」

虎女回過身來，睜著一雙金黃色的虎眼望向他，滿面不屑之色，冷笑道：「你以為天下每個婦人都想成為商王王婦麼？我偏偏不想。我根本瞧不起你們商人。我也知道你瞧不起我，因為我不是虎侯侯婦之女，不是出身『大示』。你們商人重視大示小示，我們虎方可半點也不以為然。我父並不因為我母是個妾婢而瞧不起我；他將我藏在這兒，只不過因為我長得和一般人不同罷了。」

子弓道：「不在乎大示小示，那你們如何確立祭祀先祖的順序？」

虎女又笑了，說道：「只有你們商人才對先祖那麼恭敬戒慎！我們虎方根本不信這一套。甚麼祭祀先祖，先祖便會保佑你！你們的先祖都已死了多少年了，屍骨都腐爛多久，死人怎麼能保佑活人？」

子弓又驚又怒，他從未想過世間竟有人不相信先祖能夠保佑子孫，忍不住道：「妳不懂！我商人的先祖當然能夠庇祐商人子孫。我們虔誠祭祀先祖先王，因此先祖先王才降福給我們，讓商人稱霸天下！」

虎女懶得答理，回身走去，一條尾巴在身後搖曳，輕蔑之意再明顯不過，留下子弓在當地獨自發惱。

子弓一來想起伊鳧的警示，二來惱怒虎女對自己出言不遜，於是次日便強行忍住，不去找她。然而兩日之後，他便又無法自制，再次去庭院中尋她，向她求歡。虎女對他若即若離，有時出現與他作伴，有時避不見面，令子弓焦慮難耐，卻又無可奈何。

然而一成不變的日子，終於有結束的一日。一個月後，子央率領商師來到南虎城，派使者說要虎侯立即交出王子弓。

虎侯早已接到商師逼近的通報，預先命虎師戎裝備戰。他找了子弓和伊鳧來，告知大商之師前來虎方索討子弓之事。

伊鳧問道：「請問率領商師的是哪位師長？」

虎侯道：「是王子央。」

伊奡點點頭，說道：「這件事情，我應能解決。據我所知，王子央在天邑商的地位並不穩固。他此刻雖備受王婦婦好寵信，但王婦婦好愈來愈喜怒無常，隨時可以將他入罪下囚，因此王子央應當有心脫離天邑商這險地。請虎侯讓我出面勸說王子央，倘若奏效，不但能解除眼下的危機，更能勸得他將令子的遺體送回虎方。」

虎侯頗為懷疑，說道：「你準備如何說服他？」

伊奡眨眨眼，自信說道：「我若設身處地替王子央出謀畫策，他多半會聽信的。」於是虎侯在城門外設下帳幕，讓伊奡和子弓躲在帳幕之中，自己則率領虎師，赴城門迎接商師。

但見商師共有五千之眾，當先的師長身形巨大，全身披戴吉金盔甲，形貌威武，彷若天神，面頰上仍看得見猙獰的獸爪傷疤，正是子央。

伊奡從帳幕縫隙中見到了，嘖嘖兩聲，說道：「瞧子央這身裝扮，可是商王師長了，不再是王親戍之長了。他可又高升啦！」

子弓不禁擔憂，說道：「子央視我為大敵，你說虎侯會把我交給他麼？」

伊奡沉吟道：「子央帶來之師不過五千，想來並無拚死一戰、出手硬搶的準備。這兒是虎侯的地盤，虎侯有萬人之師，絕對足以抵擋子央，然而虎侯應當不願就此跟王昭撕破臉。待我試著與子央周旋，或可化解這場危機。」

兩人正悄聲談論，虎侯已迎了出去，面對著子央，肅然道：「殺死我子的，就是你麼？」

子央臉色一沉，說道：「不錯！正是我，大商王子、商王師長子央。那夜我險些死在你子的爪牙之下，雙方公平對決，強勝弱敗，一死一活，原是世間定理。你口口聲聲說我是你殺子仇人，難道我就該死在你子手中麼？」

虎侯臉色陰沉，並不回答，反問道：「我子遺體，究竟在何處？」

子央不在乎地道：「我怎麼知道？大抵已在井方樹林中腐爛了吧！」

虎侯冷然望向子央，說道：「我已派人去井方森林搜尋過，卻未能找到他的屍身，想是已被人運走了。」

子央抱負雙臂，傲然道：「不關我的事。」他雖身在虎方境內，但手擁五千商師，自己也勇武善戈，不怕虎侯突然發難。子央和虎侯兩人都身形高大，此時彼此相望，各具氣勢，互不相讓。

子弓和伊鳧二人在帳幕之內偷看，都不禁手心出汗。

虎侯輕哼了一聲，說道：「你是我殺子之仇，卻敢率師前來，好大的膽子！你來此地，就是為了向我耀武揚威麼？」

子央冷笑道：「虎侯！你不必再裝模作樣。我父王連番下令，命你交出子弓和伊鳧兩個叛賊，為何他們仍在你虎方境內？」

虎侯神色自若，答道：「據我所知，子弓雖受逐出天邑商，卻非大商罪犯，伊奭更是毫無罪名可言。他們是我虎侯的貴客，我對大商王族向來敬重，善加招待二人，乃是義之所當，有何不妥？」

子央一頓金斧，發出巨響，喝道：「快將人交出來！」

虎侯對著帳幕揮揮手，幕門拉開處，子弓和伊奭正立於帳幕之中。

子央瞇起眼睛，心想：「事情也未免太容易了些。莫非有詐？」

但聽虎侯說道：「請王子央入帳詳談。」當先跨入帳中。

子央心想：「交出人便是，何須多廢話？」但見虎侯已走入帳幕，心想自己不懼他們，哼了一聲，大步跨入帳幕。他和虎侯相對分賓主而坐，子弓和伊奭則打橫坐在東首，商師四名戍者和虎侯的八名親戍分別站在其主身後。

子央神色嚴肅，望向子弓和伊奭，眼神中滿是不屑之色，冷笑道：「你等在虎方躲藏夠久了吧？如今是要自我了斷，還是要跟我回去？」

伊奭哈哈大笑，說道：「中兄央！我真沒想到，你竟乖乖聽從婦好之令，一心擒拿我們二人，卻未曾想過要為自己打算！」

子央微微皺眉，忍不住問道：「這話是何意？」

伊奭道：「我替中兄想了想，有上中下三策，想告知中兄一二。」

子央沉吟一晌，挑眉開口道：「你說。」

伊幾向虎侯望去，虎侯點了點頭，站起身，率領手下親戍退了出去。

伊幾又望向子央身後的戍者，說道：「中兄不妨讓手下也迴避了去。」

子央見帳幕中只剩下子弓和伊幾二人，兩人身上都沒有武器，自己手握金斧，身強力大，無所畏懼；而伊幾要說的事情想來十分隱密，不能廣為人知，他微一遲疑，便揮手讓親戍全數退出帳幕。

伊幾走到帳幕邊上，往外看了看，確定無人留在左近，才走回子央身前，低聲道：「在告知中兄這三策之前，我倒想先請教中兄央一個問題：王婦婦好給了你這五千商師，難道不怕你造反麼？」

子央一怔，說道：「造反？」

伊幾微微一笑，說道：「你手握五千重師，而且個個是大商最精良之師。若你回頭攻打天邑商，誰能阻攔得了你？你輕易便能打敗王之親戍，殺死王昭，成為下一代的商王。」

子央聽了，臉色不禁驟變。

伊幾仔細觀察他的反應，緩緩說道：「這就是我的中策。」

子央思慮一陣，才道：「父王和王婦婦好手中也常備八千之師，我若攻打天邑商，未必能穩操勝算。」

伊幾點頭道：「不錯，這將是一場硬仗。王昭乃是名正言順的商王，你沒有足夠的理由挑戰他，天邑商的其他王族和多臣也不一定支持你。但並非沒有成功的希望。你手中之師，遠遠強過留在天邑商之師，而王昭早將周邊的多方全都得罪光了，大家都只會袖手旁觀，絕不會出手相助。你率師叛變，確實有可能成功，只是十分艱險。」

子央又問伊鳧道：「你說這是中策。那麼上策呢？」

伊鳧微微一笑，說道：「我先說下策。」

子央道：「你說。」

伊鳧道：「下策便是繼續跟隨王婦婦好，做她的走狗，替她出生入死，流血賣命，等候哪一日王昭清醒過來，下手除去婦好。但在那之前，你的命運仍舊掌握在王婦婦好手中，她隨時可以將你打入地囚，甚至將你當作罪犯處死，或當作人牲殺掉，奉獻給先祖。」

子央對此再清楚不過，不禁皺起眉頭，問道：「那麼上策呢？」

伊鳧臉上露出凝重之色，說道：「我認為這是中兄最好的作法。不但不必冒險攻打天邑商，更可永遠免除己身危難，脫離婦好的箝制。」

子央道：「你快說！」

伊鳧道：「中兄可以攻打告方，殺死侯告，在告方稱霸自己一方！」

子央一驚，沉聲說道：「願聞其詳。」

伊鳧道：「我建議中兄攻打告方，乃是基於三點原由。第一，告方之師並不強盛，中兄若擁有萬人之師，必然足以打敗告方，殺死侯告。第二，告方離天邑商三百里，既不太遠，也不太近，正適合中兄獨占自己之方。中兄倘若與大商維持友好，大商之師可在數日內趕來支援；而若與大商交惡，告方地勢偏高，西北有微河天險，大商之師非得渡河才能到達，無法出其不意地攻打告方，你的地盤可說將十分穩固。」

子央聽了，不禁點頭。

伊鳧續道：「第三，也是最重要的一點，就是告方有你日思夜想的人在。婦嬋嫁給侯告，你想她是自願的麼？她當然是受到王后婦井和婦鼠的逼迫，才不得已離開天邑商，嫁給侯告那老頭子。她定然痛苦得很！日夜盼望你去尋她，將她救出告方。你難道沒有想過？」

子央聽了，神色頗為激動，低頭望著地上，陷入長思。

伊鳧觀望他的臉色，知道他已將自己的建言聽了進去，暗想：「子央從小就單純老實，喜怒哀樂都顯現在臉上，我這番話想必已打動了他。」

子央沉思了好一陣子，又問道：「你說告方有微河天險，我又該如何攻打告方，方能必勝？」

伊鳧道：「這個簡單。如今你應先回天邑商，告訴王婦婦好你在虎方見到了子弓，但虎侯不肯放人。王婦婦好定會怪罪你辦事不力，你可辯稱手中只有五千之師，絕不可能在虎方地盤上強行奪人。婦好倘若確知子弓在虎方，定會再次派你率師南來，那時你便要求婦好派給你萬人之師，方可從虎侯手中奪過子弓。等你手中有了萬人之師後，並不需明目張膽地攻打告方，只要告訴侯告，王昭派你到處尋找子弓，你在外尋找了一個多月，始終無法找到，希望得到侯告相助，請他提供地方讓你修整商師。你可對侯告說，你只需將商師駐紮在告方兩三日，讓多戍多馬吃飽喝足，休息數日，之後便再次出發，侯告肯定不會拒絕的。」

子央點了點頭。

伊鳧又道：「至於王昭和婦好那頭，你自不必事先向他們稟告。等你殺死了侯告，再派人向王昭稟告，說侯告意圖謀反，並自請在告方建立己方，王昭和婦好又能如何？他們不答應也不行。就算他們不高興，難道會率領留在天邑商的少許之師，出來攻打告方麼？他們遠道而來，大商精銳之師又在你手中，告方佔有天險，王昭和婦好絕對難有勝算。」

子央嗯了一聲，這確實是他從未考慮過的一個選擇，心想：「子弓有伊鳧這等人才輔佐，實在是太可恨了。」忍不住瞪了子弓一眼。

一番長談至此，子央終於信服了，對伊鳧伸出右掌，說道：「你最好別騙我！」

伊鳧微微一笑，伸出右掌，與子央的右掌緊緊相握，說道：「中兄應當知道我伊鳧的為人。中兄的處境和想望，我向來十分關心。別的我不懂，只擅長替人謀畫，助人得到其所欲之物。我提出的上策，絕對能助中兄達成願望。但是有一件事，需煩請中兄替我達成，同時也能幫助中兄完成建立己方的宿願。」

子央道：「你說。」

伊奡道：「我想請中兄返回天邑商後，找出虎侯之子的遺體，送回虎方。」

子央揚眉道：「虎侯之子是我親手殺死，虎侯為此將我視為死敵，我為何要替他做這件事？」

伊奡壓低聲音，說道：「虎侯之子遇害，肇因於王后婦井和王孫辟。他二人命你不顧一切捉回那變身成羊的羌女，因此你才不得不殺死出頭阻擾的老虎，並非你本身有心殺他。是否如此？」

子央回想往事，點了點頭。

伊奡續道：「虎侯心中早將王后婦井和王昭混為一談，將王昭當成死敵，恨他入骨，對你卻並無何等深仇大恨。你若出手幫他，他還會對你感激在心。往後你在告方自立，離虎方不遠，雙方若能早早建立起友邦的交情，互相維護，當可聯手對抗大商。此刻你若答應替虎侯辦到這件事，便是你與虎方結為友邦的大好良機，可千萬別錯失了。」

子央聽了，不禁心動神馳，說道：「好，這件事，我可以替虎侯去辦。但是我也有一個條件。」

子弓和伊奡對望一眼，子弓說道：「你若要將我或是伊奡交給婦好，那恕難從命。」

子央搖頭道：「我若能建立己方，又何須害怕無法達成婦好的命令？此後我可再也不受她的箝制了。」

伊鳧說道：「中兄所言再真確不過。中兄若脫離天邑商，自立己方，便不在乎捉不捉得到大兄弓回去，也不在乎誰在天邑商擔任商王。進一步說，倘若大兄弓回到天邑商與王昭爭奪王位，中兄不但管不著，還要高興萬分；因為天邑商愈混亂，對中兄愈有利。」

子央不禁點頭，望向伊鳧，說道：「伊鳧所言極是。我的條件就是：我要你跟我走，做我的輔佐，直到我攻下告方，建立己方為止！」

伊鳧顯然早已預料他會有此要求，面不改色。子弓卻皺眉搖頭，說道：「伊鳧，此事萬萬不可！子央成立己方後，又怎會讓你回來？」他未曾說出的話是：「你助他攻下告方、建立一方後，倘若想離開，他定會下手殺死你，不讓你回來我身邊。」

伊鳧卻顯得毫不擔憂，說道：「中兄所慮，確實有理。我所說的上策雖佳，但是說實話，中兄若沒有一個機敏精明的輔佐跟在身旁，只怕這計策也無法順當進行。」

子央道：「不錯，我確實有此一慮。」他自知頭腦並不靈活，即使手中握著這個上策，加上大商精銳之師，只怕也無法妥善執行；倘若遇上意料之外的困難，也不知該如何反應。

子弓正要開口拒絕，伊鳧卻舉起一隻手阻止，對子央說道：「我既為中兄出策，便當替中兄貫行到底，才算盡到了輔佐的責任。此事並不困難，我認為最快半年，最慢兩年，便可達成。然而中兄也需答應我幾件事：第一，中兄必須保證大兄弓的安全。第二，在事成之後，中兄需讓我回到虎方，繼續輔佐大兄爭奪商王之位。第三，中兄需先替虎侯找回其子的遺體，以示信用。」

子央聽他說的三件事都有道理，當即說道：「沒問題，我這就回天邑商，想辦法尋得虎侯之子的遺體。當我再次率師回來虎方之時，你便需隨我而去，征伐告方。」

伊㫚道：「一言為定！」

二人當即擊掌立誓，以子弓為見證人。

於是子央離開帳幕，向虎侯行禮辭別，率領商師離去。

虎侯十分好奇，忍不住問子弓道：「他氣勢洶洶而來，竟然未曾將你們捉走，這是怎麼回事？」

伊㫚臉露微笑，說道：「不但如此，他還將設法尋得令子的遺體，送回虎方。」

虎侯露出不信之色，說道：「當真？」

伊㫚道：「虎侯且靜候佳音便是。」

卻說子央率領商師回到天邑商，便按計向王婦上報見到子弓和伊㫚躲藏在虎方，但自己被虎侯阻擋在南虎城外，無法硬行奪人等情。

婦好甚是不悅，說道：「我派你率領五千商師去追殺子弓，你卻無功而返！枉你自稱勇武善戰，我看根本是有勇無謀！」

伊㫚料知婦好會責怪他，早已教過子央該如何對答，於是子央答道：「虎侯與我有殺子之仇，我帶著區區五千商師闖入虎方，豈不是自投虎口？央送命不打緊，但我帶去的五千精良商師，莫不全要葬送在虎方了？」

婦好深知戰場應對之理，聞言抿嘴不語，想了一陣，才道：「虎侯對你仇恨甚深，你確實不應貿然闖入虎方奪人，無端折損商師。」

子央問道：「王婦以為，虎方為何要藏匿子弓？」

婦好道：「大商周邊多方皆不敢窩藏子弓，虎方是唯一有實力和膽量與我王作對的大方。虎侯藏匿子弓，自是為了藉此要挾威脅我王，養著我王這個心腹之患。」想了想，說道：「你且留在天邑商，等我號令。待時機成熟之時，我將命你召集萬人之師，再次出發前往虎方，不惜宣戰，逼迫虎侯交出人來，或是逼他殺死子弓。」

子央躬身領命，心中暗喜，心想：「一切全如伊鳧所料。我此刻須做的，便是找到虎侯之子的屍體，送回虎方，再等候王婦之命，出師虎方了。」

第三十八章 巫離

儘管外界情勢波濤洶湧，風雨欲來。但大巫之宮的神室中，大巫嗀靜靜地長跪在地，面對著大商先王、先祖、先妣的神位，閉上眼睛，默默禱祝。

自從他立誓擔任商王大巫的那一天起，便須日日對大商的上百位先人獻祭禱祝，祈求他們保佑大商子孫，尤其是當代商王和其王婦子女，盼先祖護祐他們平安無咎，無災無病，多子多孫，綿延不絕。

商人深深相信，自大商始祖契以降，直至前一位商王小乙，每一位死去的商王都在天上佔有一席之地，都能掌控子孫的命運禍福。有的先祖沉溺於享樂，懶於管事；有的則兢兢業業，盡力滿足子孫的祈求；也有的對子孫冷淡無情，甚至懷有莫名的惡意，不時發怒降災，讓子孫受傷患病、吃苦受挫，自己在天上冷眼旁觀，甚至幸災樂禍。

大巫嗀身為商王大巫，清楚知道大商的每一位先王、先祖、先妣屬於天上的哪一日，居於天上的何方，並能隨時上天賓見他們。他熟悉每位先祖的性情，知道甚麼時候該隆重祭祀哪位先祖，也知道哪位先祖最喜歡何種祭品；他也明瞭在遇上不同的災難或征戰時，該向哪位先祖祈求保佑，以遏阻天災，或保佑子孫戰勝外族。

大巫斝祈禱完畢，確認多位先王、先祖先妣都已享用了自己的祭品，聽見了自己的祈禱，這才放下了心。然而他不禁微微皺眉，心想：「如此繁瑣而沉重的任務，在我離開之後，天邑商還有誰能夠勝任？」

大巫斝側過頭，見到小祝在旁助祭，手中端著巫酒，一雙妙目正癡癡地望著自己。這是他首次捕捉到她眼神中的癡情依戀，驚訝於她那小小的身子之中，竟含藏了如此巨大的渴望。大巫斝微微一怔，對她點點頭，說道：「小祝，妳過來。」

小祝趕緊收斂眼神，惶恐道：「請大巫斝恕罪！」

大巫斝神色柔和，說道：「恕罪？恕甚麼罪？妳不必道歉。我問妳，我每日清晨向諸位先王先祖先妣行的祭儀禱祝，妳都記清楚了麼？」

小祝咬著嘴唇，點點頭，說道：「我都記清楚了。先祭遠祖契，祭品是一對燕子；次祭開邦先王大乙成唐，祭品是一對牛角；其次祭……」

大巫斝靜靜聆聽她複述祭祀的次序和祭品，等她說完，才開口糾正了幾處。小祝連忙認錯，滿臉通紅。

大巫斝舉起手說道：「別擔心。我當年記憶祭祀順序時，也用了將近半年的工夫，才能夠記憶得完全無誤。」

小祝道：「大巫斝天資慧明，小祝蠢笨愚鈍，如何能與大巫斝相比？」

大巫斝拿起她端著的巫酒喝了一口，直望著她，說道：「剛才我獻祭之時，妳為何一直望著我？」

小祝陡然間滿面通紅，想轉身逃走，卻又不敢拋下自己的職責，擅自離開。她囁嚅一陣，才低聲道：「請大巫罄原諒，我在想著……想著其他的事情。」

大巫罄問道：「其他的事情？甚麼事情？」

小祝不敢對大巫撒謊，但是要她坦承自己對大巫罄的戀慕癡想，畢竟還是無法說出口。

大巫罄輕輕笑了起來，說道：「小祝，妳不肯說出來，難道要我設法探索妳的內心，自己去發現麼？」

小祝嚇壞了，忙道：「我不是……不是不肯說，我怎敢對大巫罄不敬！我是不敢說出來。我方才想的事情……不宜對大巫罄說起。我……是我不好，請大巫罄恕罪！」

大巫罄閉上眼睛，轉瞬間進入了小祝的內心，看到了小祝最幽微隱密的思想。他窺見了小祝對自己的一片傾慕，也看到了她對自己的一番癡想，這時心中不禁甚感糾結：「她對我用心如此，我怎能傷她？然而若沒有她相助，我又怎能放心去追求我的宿願？」

小祝眼見大巫罄已窺見了自己最私隱的祕密，臉上紅得如火燒一般。

大巫罄一笑，笑容俊美無儔，對著小祝伸出了一隻手。

小祝望向大巫罄伸出的手，心中怦怦而跳，掙扎良久，才怯生生地伸出小手，放入他白皙修長的手掌之中。

大巫觳緊緊握著她的手，小祝更是滿面通紅，無地自容。

大巫觳低聲道：「我知道妳對我有多麼忠心。小祝，妳可知道，我為甚麼要妳記憶學習大巫該知道的一切祭儀？」

小祝對此事確實已猜測了許久，搖頭道：「我不知道是為了甚麼，請大巫觳賜告。」

大巫觳道：「那是因為我需要妳幫我做一件事。」

小祝聽了，立即道：「大巫觳，您要我做甚麼，我都願意，並一定盡力做到最好！您要我死，要我犧牲，我全都願意！」

大巫觳握緊了她的手，微微皺眉，說道：「為甚麼說出這番話？妳以為我把妳當成甚麼了？」

小祝臉上一熱，趕緊搖頭。

大巫觳並不放開她的手，淡紫的雙眸凝視著小祝，緩緩說道：「我來到天邑商，原本便有我的目的。上回羌方釋比來此，跟我說了一個重要的祕密。她告訴我，她知道『天門』的所在，也知道成為天巫的途徑。」

小祝睜大了眼睛，沒想到大巫觳會對自己說出羌方釋比告知的祕密，忍不住問道：「天門？天巫？」

大巫觳點點頭，放開了她的手，正襟端坐，肅容說道：「正是。我此生有一個宿願，就是成為天巫。為此我離開兕方，千里迢迢跟隨婦斁來到天邑商，探索商王歷代大巫之祕。我如願順利成為商王大巫，繼承了商王歷代大巫的記憶，也發現了所有商人巫術的祕密。」

小祝問道：「商人的巫術，不就是貞問和祭祀兩項麼？」

大巫殼微微搖頭，臉上露出隱晦的大巫之笑，說道：「不，不。妳應該知道，數百年來，商王刻意壓抑其他各方族的大巫，或殺或囚，就是希望天地間只有商王大巫一人獨知一切的巫術祕密，只有商王大巫能夠與天帝、神靈、先祖和鬼魂溝通；若其他方族的大巫都無法做到，那麼商人就能永遠獨霸天下了。」

小祝心頭升起一股難以言喻的憂懼，她不確定大巫殼說出這番話的用意。身為商王大巫，他不是應當一生效忠商王麼？為甚麼他的語氣之中，似乎對商人懷著敵意？

大巫殼又道：「往年許多大巫，都曾嘗試闖入商人的地盤，尋找商人稱霸天下的祕密，並加以破除。在我之前，還有鷹族之王兼喀目，即鷹族大巫。他來到當時的商都，假扮成商王之子，成功奪得商王之位，那便是先王虎甲。這些事情，都是我在升天賓見諸位先王時，他們親口跟我說的。」

小祝聽大巫殼說起這些往昔的驚天祕密，驚詫不已，連忙聚精會神，專注傾聽。

大巫殼續道：「但是他畢竟失敗了。他雖成為商王，卻由於商人從不出巫者，因此他並不能兼任商王大巫。他和當時的大巫沌逐漸不和，被大巫沌看出了破綻，得知他能夠變身的事實，開始懷疑他的身世，最後與其他王族合力將他擒住囚禁，讓其弟盤庚接位。他們無法殺死虎甲，只能無止境地將他囚禁起來。然而他被囚的地方異象頻生，弄得商都人心惶惶。盤庚忍無可忍之下，才宣布遷離奄都，搬來殷地，亦即現在的天邑商。」

小祝恍然道：「原來如此！難怪那回王族遷徙時十分匆忙，許多甲骨都未能帶上。」

大巫瞉搖頭道：「盤庚並非因為匆忙或疏忽，才未曾帶上甲骨。他是故意不帶的，甚至試圖消滅那段時期的所有甲骨。他不願意讓後人知道虎甲能夠變身的種種異象，更不願意讓方族知道曾有外族成功闖入商都，以巫術愚弄商人，並成為商王。那不是太過丟人了麼？正因為盤庚親眼見過虎甲變身，才對變身一事大為恐懼。盤庚遷都至殷後，便將變身視為莫大的忌諱，嚴禁天邑商周遭方族之人變身，一見到有人變身，便立即處死。而盤庚急急在王宮之中闢建那個地深三層的地囚，也是因為恐懼虎甲會追來天邑商，預先準備了這個巫術無法到達的地囚，用以囚禁虎甲。」

小祝甚覺不可思議，說道：「虎甲孤身闖入商都，竟能愚弄所有人，讓自己繼承商王之位，他的巫術想必十分高明。」

大巫瞉道：「正是。虎甲是一位極為高明的鷹方大巫。他雖失敗了，卻在商王族中留下了報仇的種子。他和其弟小乙之婦生下了一位王子，那就是王昭；王昭以為自己是小乙之子，其實他乃是虎甲之子，有著鷹族的血統。」

小祝只聽得瞠目結舌，啞口無言。大巫瞉所說之事太過荒謬離奇，她簡直難以相信，心中不禁恐懼：「這等巨大的祕密，大巫瞉為何要告訴我？」

大巫豰喝了一口巫酒，又道：「總之，鷹王虎甲的血脈，仍然在大商王族之中流傳，這就埋下了覆滅大商的種子。如今虎甲的預言果然實現了——他曾預言，若有一位兕方之婦嫁入大商王族，並生下王子，那麼這個王子便將成為毀滅大商巫術的關鍵，也就是毀滅大商王族的關鍵。」

小祝脫口道：「子漁！子曜！」

大巫豰微微點頭，說道：「不錯。這些事情，都已依照虎甲的預言應證，而我在大商的任務也將結束。」他凝望著小祝，嚴肅地道：「我需得離開天邑商一段時日，去尋找成為天巫的道路。而妳要在我離開的時日中，代我盡大巫的職責，進行每日的祭儀。」

小祝聽說他要離去，更是驚得不知所措，急問：「天巫？」

大巫豰點點頭，說道：「正是。我畢生的願望，便是成為天巫。妳不需要明白天巫是甚麼，我只需要妳幫助我，不讓人知道我離開了天邑商。我打算瞞著王昭和王婦婦好，悄然離去。」

小祝雖不明白天巫的意義，但聽大巫豰有求於己，她想也不想，便立即說道：「大巫豰請放心，小祝一定盡全力助您達成宿願！」

大巫豰的臉上露出欣慰之色，說道：「三日後我便出發。過去半年中，我已將自己所知全數教給了妳。我會的，妳都會；我知道的，妳都知道。我王和王婦若有任何事情須貞問，妳就代我替他們貞問解答。我會預先告訴他們，自己將在神室中閉關齋戒一年，不能出關，也不能見人。這一年之中，便由妳代行大巫之職。」

小祝難掩憂慮，問道：「大巫彀，您派小巫去魚婦屯迎接王子漁，為何不等他們回來後再離去？小巫年紀雖小，卻十分聰明能幹，比我更適合代替大巫之職。」

大巫彀搖頭道：「此行王子漁應能平安回來，小巫卻不會回來了。」

小祝大驚失色，說道：「您是說，小巫會遭遇不測？」

大巫彀道：「不，小巫不會有事。妳不必擔心他。」

小祝又問道：「那麼王子曜呢？王女嫚呢？他們能平安回來麼？」

大巫彀閉上眼睛，說道：「他們二人的未來，我也難以預料。」

小祝想起一事，又問道：「王婦婦好即將分娩，她將會生子麼？倘若生子，我該替他進行子子和命名儀式麼？」

大巫彀道：「此事我貞問多次，次次為嘉，婦好當會生子。該子出生之後，須請妳代我替他行子子、命名之儀，如其他王子王女一般。」

小祝仍舊滿心焦慮，又問道：「那麼一年之後，您就會回來了麼？」

大巫彀微微搖頭，說道：「我也不知道。一年應是最短之期了，但尋找天巫之道，或許三年五年都不夠。」

小祝聽了，憂懼得淚盈於睫，囁嚅道：「我……我怕我瞞不過三年！」

大巫彀露出微笑，說道：「在我死亡或退位之後，我王和王婦自會另行選立一位大巫。商人向來不讓女子擔任大巫，我也未曾培養出其他繼承人。而我只是離開天邑商，並未死去，也未退位，在我回來之前，王都只能當我還活著，不能不同意讓妳繼續代理大巫之職。因此，我大商有史以來，妳將是第一個代任大巫之職的女子。」

小祝大覺惶恐，低聲道：「小祝擔當不起！」

大巫般微笑道：「別看輕自己。妳不是一直想成為巫者麼？妳的機會終於來了。」

小祝吸了一口氣，跪下拜倒，說道：「小祝一定盡力，不辜負大巫般的期望！」

就在這時，門外有人通報：「王子央求見大巫！」

大巫般對著小祝微微一笑，說道：「小巫當時辛苦從井方運回的虎屍，可終於派上用場了。」

小祝奇道：「莫非王子央前來拜見，與虎屍有關？」

大巫般道：「正是。他是來向我討虎屍的。」

小祝奇道：「他怎知道虎屍在大巫般這兒？」

大巫般並不回答，只問道：「小巫從井方運回虎屍之後，你們都照著我的吩咐處理了麼？」

小祝道：「是的，虎屍一直存放於庭院角落的石棺之中。」

大巫般點點頭，對門外說道：「請王子央進來。」

不多時，子央巨大的身形出現在神室之中。他向大巫般跪拜，神態恭謹。

小祝站在一旁，望著子央壯健的身軀，和他臉上被羌方釋比姜變身成豹抓出的猙獰傷痕，不禁暗感畏懼。

子央向大巫縠跪拜完畢，大巫縠請他坐下，問道：「王子央大駕光臨，不知本巫有何可效勞之處？」

子央俯首道：「央受傷時，承蒙大巫縠醫治解救，子央特此向大巫縠拜謝救命之恩。」

大巫縠道：「救死治傷，原是巫者職責，王子央不必多禮。」

子央又道：「我聽聞，我當時傷口中了羌方釋比的巫術，需得深入地底，方能抑制巫術發作。多虧大巫告知父王此事，父王才特意將我關入地囚，得以保住央的性命。大巫關照之德，央畢生難忘。」

小祝在旁聞言心想：「王子央原本跋扈自大，全不將他人放在眼中。下囚吃苦之後，可長進得多了，竟然還懂得來向大巫縠道謝！」只見大巫縠微微一笑，說道：「王子央吉人自有天相，即使重傷入囚，也能自行痊癒，健壯猶勝往昔。王子央只要對我王心懷感恩，那就好了。」

子央道：「人在難中，不但學會感恩，更懂得深思己過。我之過錯，在於誤殺虎侯之子。此番我在虎方見到了虎侯，得知虎侯極欲找回其子遺體。他曾去井方森林尋找，卻遍尋不得，認定其子之屍已被人運走。央想請問大巫縠，是否已尋回了虎侯之子的遺體？」

大巫縠雙手攏在袖中，問道：「王子央為何以此事相詢本巫？」

子央道：「天邑商周遭發生的一切，全都逃不過大巫彀的法眼。我誤殺虎侯子，乃是商之大事。若說大巫彀不知道虎子之屍所在，那便誰也不會知道了。」

大巫彀神色不改，問道：「你找到虎子之屍後，打算如何？」

子央道：「我打算將之送回虎方，以慰虎侯之心，並贖我罪愆。」

大巫彀點點頭，說道：「如此甚好。你說得不錯，虎侯之子的屍體確實在我手中，今日便交給了你，請務必送回虎方，親自交給虎侯。」

子央大喜，恭敬應諾。

大巫彀轉頭對小祝道：「小祝，領王子央去取虎屍。」

小祝見大巫如此爽快便答應了子央的要求，暗暗驚訝，心想：「小巫去井方找回虎屍之事，大巫一直嚴守祕密，除了我王之外，不讓任何人知道，此時卻如此輕易便將虎屍交給王子央？」

她不敢多問，帶領子央來到大巫之宮的庭院之中，指著那具石棺，說道：「虎侯子之屍，便存在石棺之中。大巫彀在屍上施了巫術，應仍保存完整。請王子央查收。」

子央打開石棺看了，見到已半腐爛的虎屍，不禁皺眉，微感犯噁。他向小祝道謝，便指揮親戍以馬車運走了石棺。

子央將石棺運回自己所居之宮，立即藏入地窖之中。他並未對大巫彀說謊，他確實打算將虎屍送回虎方，然而卻非此時此刻。他雖頭腦簡單，性情耿直，卻並不蠢笨；他和伊咼達成了協議，同意放走子弓，找出虎屍送還虎侯，而伊咼則承諾替他出謀畫策，助他攻打告方。如今他清楚明白自己需得將虎屍留在手中為質，直到成功攻佔告方，建立了自己的勢力後方能歸還，才能上上之策。

當子央離開大巫之宮時，小祝望著子央的背影，心想：「王子央原本多麼高傲自負，不可一世。如今他不但欠大巫㱿救命之恩，更欠了大巫㱿給予虎屍之恩。大巫㱿能夠做到這些，我可半點也做不到啊！」

她回到神室後，忍不住對著大巫㱿跪倒，懇求道：「大巫㱿！天邑商需要您留下坐鎮啊！您若離去，誰來保護王昭和多子呢？誰來保護婦斁和她的子女呢？」

大巫㱿清俊的臉上露出複雜的神色。他緩緩搖頭，說道：「我能做的，都已做了。剩下的，只能靠我王和多子自求多福了。」

當日大巫㱿便召集所有巫祝，宣告自己為了替大商王族祈福消災，詢問天帝解除鬼方靈師施放鬼影之法，因此需得齋戒閉關一年，不能離開神室，也不能見人。

他對一眾巫祝說道：「諸位都是經驗豐富、訓練有素的巫祝，平日該行甚麼儀式，你們依照往例去做便是。大巫之職，便由我的助手小祝暫代。這並不表示她最有資格，只因她跟隨我多年，對於大巫的職責了解甚深，因此本巫認為她最適合代行這一年之期大巫職責。我王有事吩咐時，便請多巫討論決定；難以決定的，便以小祝的意思為準。一切後果，由本巫負責。」

眾巫祝都面面相覷，但誰也不敢質疑大巫㱿的決定，只能唯唯稱是。

大巫㱿又道：「所有巫祝之中，只有小祝得我准許進入神室，以便照料我的飲食起居。其餘人一律不准接近，更加不可進入。我已在神室內外施下巫術，誰敢接近神室，便將受到我的詛咒。」

眾巫祝都知道大巫㱿掌握的巫術遠遠高於其他巫祝，自然不敢以身試法，盡皆俯首聽命。

大巫㱿又去向王昭稟告，說自己須閉關齋戒一年，以替大商王族求福去災。商王大巫為了祭祀貞卜，時時須在神室中閉關齋戒；此番雖須閉關一年，為時甚長，但近來天邑商王族紛擾多事，多位王子王女遭到流放，又有鬼影之咒，連累小王被廢遭黜，王昭心中也甚感憂慮，很快便准了大巫㱿的要求。

翌日清晨，天還未亮，大巫㱿換上破舊的褐色衣衫，連包袱都未曾準備，只帶上了平日使用的法杖，便飄然離開了天邑商。

第三十九章 天子

大巫殼離去不多久後，婦好便生下了一個白胖健壯的子。

王昭和婦好都極為欣喜。他們結褵多年，因婦好常年在外征戰，雖曾懷孕，卻多次流產、生下死胎，或是被前王后婦井下令殺死；唯一和王昭生下而存活的，便只有二女子妥和子媚。這回婦好生下一個王子，自是舉城歡慶期待的大事，王昭下令天邑商巫祝一齊為新生王子祈禱祝福，並請小祝行「子子」和「命名」之貞問。

婦好十分高興，說道：「這孩子喜慶吉祥，我想讓他名為『子吉』，如何？」

「吉」、「凶」等字眼原本只在貞問後的卜辭之中出現，從不用於人名。然而小祝和眾巫祝都不敢反駁王婦的建議，只能齊聲表示同意。貞問結果，決定替該子取名為「子吉」。

王昭當即命掌管鑄造吉金器物的子冶，為新生王子鑄造吉金小刀和吉金爵，以祈求王子多福多壽，長命百歲。

婦好抱著初生王子，滿面歡喜，和王昭一起接見子冶。

王昭吩咐道：「子冶！余命你盡其所能，鑄造出天下最精美的吉金小刀，做為新生王子吉的佩刀，並鑄造一只吉金爵，以祈求王子長壽多福。器物務必精美，刀和爵上都必須鑄上『子吉』字樣，以及祈求吉祥長壽的神獸，並請大巫㱿施法求福。」

子冶恭敬答應了。他身為王族子弟，向來只替王室鑄造吉金器物；天邑商一切巫祝所用的吉金神器，王室使用的鼎、爵、尊等等，大都出自子冶之手。這回被王昭和王婦婦好委以重任，倒也不覺有何稀奇；數十年來，他終日埋首於鑄造吉金器物，早已不在乎器物將屬於哪位王室成員，總之他對自己的期盼，便是將每一件吉金器物都鑄造得盡善盡美，不能有半點瑕疵。他的地窖中堆滿了他不滿意的成品，有的乾脆熔掉重新鑄造，有的他連看都不想再看，便直接扔在一旁。

十餘日後，子冶將造好的吉金小刀和吉金爵獻給商王王昭和王婦婦好。這柄小刀鑄造得異常精美，整柄刀以玄鳥為形，布滿細緻的神文，刀柄之上鑄有「子吉」二字。更特殊的是它極為鋒利，子冶當著商王和王婦婦好之面演示，將刀鋒向上而立，從頭上拔下一根頭髮，將頭髮自刀的上方一尺處輕輕放手。眾目睽睽之下，那根頭髮悄沒聲息地落下，在刀鋒上飄過，瞬間斷成兩截。王昭和婦好見狀大悅，讚嘆不已。

子冶甚是得意，又呈上他為新生王子所鑄的酒尊。這酒尊更是特殊，尊身以鴟梟為型，鳥身左右分別雕鑄著兩頭代表吉祥長壽的神獸——貔貅，造型是龍頭、馬身、麟腳，形狀如獅，巨眼大口，似乎在咧嘴而笑，顯得十分威武，足以震懾嚇退一切妖魔鬼怪。

王昭大為高興，立即下令在大室召開王族大宴，向所有王族展示這兩件巧奪天工的吉金神器。

然而就在慶典結束之後，勢態急轉直下。子吉忽然病倒，高熱不退，抽搐痙攣，口吐白沫，連哭都哭不出聲來。只見他呼吸困難，全身呈紫色，當夜便昏迷過去，無法清醒。

王昭和婦好慌忙地派人去請大巫嗀，希望他能來替子吉驅邪求福，然而大巫嗀並未出現，趕來的是臉色蒼白的小祝。

她跪倒在地，戰戰兢兢地道：「大巫嗀已向商王和王婦稟告過，此刻正在閉關齋戒之中，不能離開神室。請我王和王婦見諒！」

王昭和婦好對望一眼，王昭怒道：「余知道大巫嗀在閉關中，但王子患病乃是大事，世間還有甚麼比王子的生死更加重要？」

小祝叩首道：「我王認為王子吉的性命比甚麼都重要，大巫嗀一定再同意不過。然而鬼方靈師施放鬼影的詛咒，直接威脅到我大商的興衰存亡，威脅到我王、王婦的安危，自然比王子吉的貴體更茲事體重。懇請我王與王婦明鑒！」

婦好又急又怒，尖聲道：「我才不怕甚麼鬼影！大商興衰、我的性命，都無關緊要！我寧可自己當場死了，也要救活子吉！讓大巫嗀立即來此，我要他施以巫術，將我的性命換給子吉！」

小祝聽婦好說出這番話，心中驚疑不定，望向王昭。王昭見婦好激動莫名，幾近癲狂，但心中權衡之下，也認為這不是請大巫嗀退出閉關、離開神室的時機。於是他咳嗽一聲，伸手扶著婦好，柔聲安慰道：「好，妳冷靜一下。先祖長年護祐我大商子孫，也一定會護祐子吉，不會無端降禍於子孫。若有禍事，定有肇因，我們立即占卜貞問，便可得知。」

婦好勉強壓抑心頭焦慮憂急，抹去眼淚，與王昭一起觀望小祝占卜。

小祝先貞問先祖王子吉為何突然得病，貞得的結果是「有祟」。又問如何能治好，則答「無治」。

如此反覆貞問了大半夜，王昭和婦好輪流以不同的問法，反覆詢問如何才能救得子吉的性命。卜象卻模稜兩可，一下子說大吉，一下子說大凶；一下子說有救，王子將多福長壽；一下子又說子吉無救，必死無疑。

王昭心中清楚，先祖是不會護祐這個子了。他暗中已然放棄，但婦好卻苦苦執著，仍舊讓小祝不斷貞問，翻來覆去地貞問同樣的問題，直到清晨。

天方明時，婦好之子王子吉氣絕了。

婦好抱著子吉逐漸僵硬的身子，哭得死去活來。她不經意地抬起頭，留意到放在子吉榻邊的鴟梟酒尊，但見尊上的貔貅似乎正咧口嘲笑著自己，嘲笑著自己的痛苦和絕望。

婦好心中一動，忽地勃然大怒，衝上前抓起那只酒尊，遠遠摔到房室的角落，尖聲叫道：「邪祟！這酒尊上有邪祟之物！那不是吉祥神獸貔貅，是頭凶獸！」

這話一說，其他巫祝都圍上觀看，有的說道：「確實！這是蠱雕，不是貔貅。」有的道：「我從未見過吉金神器上雕鑄蠱雕！那可是邪祟之物啊！」

有博學的巫者說道：「古時有此傳說：『鹿吳之山，上無草木，多金石。澤更之水出焉，而南流注於滂水。水有獸焉，名曰蠱雕，其狀如雕而有角，其音如嬰兒之音，是食人。』這怪獸形狀如雕而長了角，確實是會吃人的『蠱雕』啊！」

也有的巫者認為那是凶獸「窫窳」，說道：「當年窫窳神被貳負殺死，十巫雖以不死藥將窫窳救活，但他卻變成了一頭猛獸，形狀如牛，全身赤色，人面馬足，不就是酒尊上的這頭獸物麼？」

婦好滿腔悲憤，一口怨氣全都出在這只酒尊之上，怒道：「這是子冶鑄造的！他蓄意在酒尊上雕鑄窫窳，詛咒我子，令其死亡。子吉是他害死的！」

她不顧自己和整個王宮中人皆徹夜未眠，立即命王之親戌將子冶捉來。

子冶當時才剛睡醒，便糊里糊塗地被一群王之親戌抓住綁起，押入王宮，綁在木柱之上。他見到王子吉的屍身躺在當地，這才知道事情不好了。

王婦婦好坐在堂上，雙眼血紅，暴怒道：「是你！害死我子的是你！來人，給我狠狠地打！」

子冶連開口解釋都來不及，便被王之親戌棍打鞭擊，施以種種酷刑，慘叫哀號之聲遠遠傳出王宮之外，聞者無不掩耳戰慄。

王婦婦好厲聲質問子治：「你為何要害死我子？是誰指使你的？」

子治性情質樸，沉默寡言，完全不知道該如何回答，又被痛打一番，只虛弱地無法回話。他愈不言語，婦好愈以為他正是存心詛咒愛子致死，於是讓親戍加倍鞭打棍擊，只打得子治渾身鮮血，體無完膚。

如此打了半日，王婦終於感到疲倦了，命手下繼續施刑拷問子治，自己回寢宮休息。宮中其餘人不敢擅自替死去的王子收屍，只能讓嬰兒的屍體繼續躺在堂上，與血肉模糊的子治相對，也不知哪一個更淒慘、更恐怖一些。

眾人知道王婦婦好在喪子的巨大悲憤之下，絕對不會放過子治，因此也沒有人敢出聲替他辯解或求情。王宮眾人皆想：「王子是個剛出生幾日的嬰兒，初生嬰兒生病猝死，乃是尋常之事，十個嬰兒有九個都是這麼死去的，也不一定是受了甚麼詛咒。王婦既然想怪罪於子治，那就算他倒楣，讓他頂罪受死吧。子治遭酷刑折磨而死，或能稍稍消解王婦心頭之氣。」

唯一看不下去的人，乃是左學之長師貯。師貯因是孤兒，地位低下，而子治則孤僻古怪，二人幼年時一拍即合，在左學中成為最要好的友伴。其後師貯在師般的提攜之下，成為左學之長，子治也靠著精湛的手藝，成為吉金鑄工之長，兩人都取得了甚高的地位和成就，然而童年時的友情並未斷絕，仍不時相聚飲酒，情誼深厚。

這時師貯知道婦好不會放過子治，心中大急，思來想去，知道自己只能冒一冒險。於是他去見王婦婦好，進言道：「請王婦明鑒！貯願替子治求情。子治乃是我天邑商工藝最高明的吉金鑄工，我和他從小一起長大，深知他性情單純稟直，絕無惡心。如今發生這件不幸之事，我猜想定是遭人陷害所致。」

婦好哼了一聲，說道：「他若非存心害死我子，那又是受何人陷害？」

師貯想不出甚麼人來頂罪，只能說道：「貯也不知。然而，吉金器上的神獸圖樣，應當來自巫祝吧？竊以為，問題會否出在神獸的圖樣之上？」

婦好認為此言有理，當即命人去請大巫觳，然而大巫觳仍未現身，來的又是小祝。

婦好胸中憤怒如烈火般燃燒著，小祝遠遠便能感受到她的怒氣，全身為此顫抖不止，一股難言的恐懼從心底升起，只能硬著頭皮，緩步走上前，行禮說道：「小祝拜見王婦。」

婦好問道：「子治鑄造給我子的吉金酒尊，尊上的神獸並非吉祥獸貔貅，卻是窫窳或蠱雕一類的凶獸。這可恨的窫窳，半夜從尊上跳出來，咬死了我子。此事妳可知曉？」說著伸手指向掛在木柱上的子治，這時子治已被打得血肉模糊，不成人形。

小祝望了子治一眼，便不敢再看。她雖不認識子治，卻知道他是個正直純樸之工，暗想：「我得盡力保護他。」當下說道：「王婦請勿怪責子治。子治乃是天邑商最高明的吉金鑄工，此次出錯，一定不是有心的。」

婦好道：「據說吉金器上的神獸圖樣，是往年大巫㱿給他的。他依樣鑄造，釀下大錯。因此，問題一定出在圖樣之上！」

小祝一驚，慌忙道：「這……這……神獸圖樣是歷代大巫流傳下來的，怎麼……怎麼可能出錯？」

婦好雙眉豎起，一拍几，喝道：「大巫㱿呢？要他立即來見我！」

小祝趕緊低下頭，說道：「大巫㱿已稟告過我王，得到我王同意，如今已在神室中閉關齋戒，修習巫術，好替大商王族避禍禦災，一年之後才能離開神室。」

婦好神色嚴肅，冷冷地問道：「妳老實告訴我，大巫㱿是不是不在天邑商了？」

小祝心中一跳，緊抿著嘴，不敢回答。

婦好微微一笑，肅然道：「好，妳不肯開口，我知道如何能讓妳開口！來人！將天邑商所有的巫祝都帶上來！」

不多時，王之親戍押上一群二百多人，小祝臉色一變，但見他們正是大巫㱿手下的多巫多祝。

婦好問道：「過去一個月中，你們誰進入過神室？」

所有的巫祝都搖頭，回答道：「神室乃是大巫聖地，只有大巫㱿可以進去，以及貼身服侍他的小祝。」

婦好命令道：「我要你們即刻進入神室，告訴我大巫㱿是不是真的在裡面閉關！」

世間最恐懼巫術者，莫過巫祝本身；他們都知道大巫嗀在神室周圍布下的種種禁咒，在未曾得到大巫的允許下，誰也不敢輕易跨入神室，於是紛紛拒絕。

婦好抬起下巴，眼神冷酷，說道：「剛才出言拒絕進入神室的，全數燒死！」

眾巫祝面面相覷，都不敢相信自己的耳朵。大商王族祭祀頻繁，因此大巫之宮中畜養了將近兩百個巫祝。然而真正能夠施行巫術、通天祈福、貞問解疑的，只有大巫嗀、巫簸、巫爭等少數幾位；其餘大多只是在祭祀中擔任助手，服侍地位較高的巫者，本身巫術淺薄，有的更無巫術。而且即使是大巫嗀等真正巫者，在成為商王之巫時亦必須立誓效忠商王，一世不可違背；王婦婦好若下令燒死巫者，他們也只能乖乖就死，無法反抗。

此時在死亡的威脅之下，終於有個年輕的巫者上前一步說道：「謹遵王婦之命，我這就去試試進入神室，查看大巫嗀是否真的在裡面。」

然而這年輕巫者來到神室之外，還未能登上階梯，便已中了大巫嗀的防護禁咒，口吐白沫，倒地死去。

其餘巫祝見到了，俱都膽戰心驚，只想遠遠避開，誰也不敢接近。

然而接近神室是死，不接近也是死，在婦好的威逼之下，終於又有兩個年輕巫者來到神室之外，試圖推門。他們比上回那個巫者多走近了兩步，但也立即面色發白，嘔血死去。

婦好指著另兩個年輕巫者，說道：「即使是大巫嗀，所施的毒咒也不可能永遠存在。

你們兩個！去推開神室的門！」

這回那二人踏上了石階，手指碰觸到了門，人才倒地而死。

婦好不斷派巫祝闖入神室，那些可憐的巫祝一一身受毒咒倒下。於是神室之外，眾巫祝齊聲悲哭哀號，請求王婦婦好開恩。婦好卻絕不鬆口，命王之親戍舉起戈斧，見到拒絕接近神室的巫祝，便斬下他的頭顱，鮮血流了一地；被逼迫接近神室的巫祝則中咒而死，死狀淒慘。

既然都是死，眾巫祝寧可嘗試接近神室，至少可以試著以自己的巫術試圖抵抗破解大巫縠設下的毒咒。於是眾巫祝前仆後繼，聚集在神室之外，低聲商討解除大巫縠毒咒的方法，有的皺眉沉思，有的躍躍欲試。

這時王昭得到親戍通報，得知婦好命群巫闖入神室，大驚失色，立即趕到神室之外，見到滿地死去的巫祝，又驚又怒，喝道：「婦好！妳這是在做甚麼？怎可褻瀆大巫，褻瀆神室！」

婦好雙眼發紅，見到王昭出現，高聲說道：「我王！婦好並未褻瀆大巫，更未褻瀆神室。實是大巫縠擅自離開天邑商，人已不在神室之中了！」

王昭難以置信，皺眉說道：「豈有此事？」

婦好冷然道：「請王靜候觀望便是，婦好將立即證明給我王看！」

在死了三十多個祝巫之後，大巫縠布置在神室之外的毒咒終於解除。婦好率領王之親戍進入神室，四下搜索，果然不見大巫殼的人影。他的臥室整齊清潔，看得出已有一段時日未曾有人住過了。

王昭站在門口，望見神室空虛，臉色蒼白，默然無語。他委實難以相信，自己最倚賴信任的大巫殼竟會扔下保衛商王、保衛天邑商的職責，不告而別，不知去向！

婦好從神室中走出，面對著一眾巫祝，神色難看之極，尖聲說道：「你等都見到了，大巫殼不在神室！他顯然早已離開一段時日，而你等竟敢聯手瞞騙我和王昭，當真膽大包天，罪大惡極！」

巫祝們眼見她聲色俱厲，都嚇得心驚膽戰，紛紛跪下哭求道：「求王婦寬恕我們！我們根本不知大巫殼離開了天邑商。大巫離去前，只吩咐我們一切聽小祝的指示，說他要閉關一年，不可吵擾。我們又不能進去神室，如何知道他在不在裡面？」

另一個老祝搶著道：「當時我們都不服氣，說比小祝有經驗的巫祝多的是，她又是個女子，為何選她代行大巫之職？大巫卻說這是天帝先祖的意思，要我們不可質疑。」

婦好豎起眉毛，高聲道：「大巫殼擅自離開天邑商，棄忽職守，我王！我認為王應立即免除他的商王大巫之位！」

王昭眉頭深鎖，並不置答，大巫殼的離去對他打擊極大，以致他陡然感到頭暈眼花，全身無力，低聲對身邊親戍說道：「扶我回寢宮。」在親戍的簇擁下，匆匆離開了神室。

王昭離去後，婦好臉色幽白，瞇起眼望向其餘巫祝，冷冷地道：「你等眼見大巫殼行為乖悖，卻未曾向王提出警告，一律以褻刑處死，獻祭先祖！」

眾巫祝盡皆目瞪口呆，一個年老的巫脫口道：「王婦將我等當作人牲，那由誰來執行牲法？」

婦好道：「大商之王乃是眾巫之首。我王可以親自主持祭禮，立即執行！」

眾巫祝都啞口無言，不知該如何面對這位異想天開、恐怖至極的王婦。商王在名義上自是眾巫之首，然而眾所皆知，大商王族從不出巫者，王昭自然也非巫者。由一位非巫者主持祭祀，乃是從所未聞之事。

王婦婦好似乎也明白王昭無法主持祭禮，於是點了巫箙和其他九名巫祝，都是平日對她多所巴結的親信，說道：「這十位巫祝忠於我王，可以免死。便由你們負責執行人牲祭祖之儀。」

那十名巫祝死裡逃生，暗暗慶幸自己平日努力巴結王婦婦好，今日終於得到了回報，保住了性命。

當時王昭離開神室，一回到寢宮後便病倒了。他並非巫者，在神室外遇上大巫㱿設下的禁咒，雖已減弱了許多，卻仍抵受不住，病勢嚴重，陷入昏迷。直病了十多日，才漸漸好轉，而婦好大殺巫祝之舉，王昭因人在病中，完全不知人事；等他恢復過來之後，一切已來不及了。

自大商開邦以來，商王族中膽敢廢除大巫，殺死群巫群祝者，婦好乃是第一人。消息很快便傳開了去，全天邑商為之震動，全城多眾都聚集在大室之外觀望。商人素來對群巫恭敬畏懼，如今見到將近百位巫祝被綁在木柱之上，和羌牲一般以「褒」法燒死獻祭先祖，而執行人牲的正是王婦的親信巫者——巫永。

巫永身形圓胖，頸上生著一顆奇大無比的頭，臉上帶著詭異莫名的僵硬笑容，膚色蒼白如屍，肩頭上站著一頭巨大的鴟梟。他屬於黑暗之巫，往年從未出現在眾人眼前，長年處於陰暗之中，幫助其主刺探消息、暗施巫術。然而巫永始終嚮往成為正常之巫，在他的請求下，婦好同意讓他擔任這場祭祀的主祭。這是巫永第一次出現在光天化日之下，並主持關乎王族的重大祭祀。天邑商王族和多眾見到巫永的外貌，都不由得疑懼驚詫；巫者雖多有長相古怪者，但眾人這十多年來慣於見到大巫彀清秀俊美的臉龐，優雅頎長的身形，陡然見到巫永這等長相古怪醜陋的巫者，都不禁感到既詭異又突兀。

儀式開始之後，大室之前便充斥著群巫群祝的慘呼悲號。他們平日屠殺人牲時，大多先給人牲服下藥酒，讓他們陷入半昏迷，才不會拚死掙扎，較易下手。如今這些巫祝並未喝下任何藥酒，意識清醒，自然滿懷恐懼，瘋狂呼喊，奮力掙扎，試圖逃脫。然而在婦好親戍的戈矛威逼之下，眾巫覡一一被綁縛在木棍之上，腳下堆起柴火，在巫永的指揮下，那十名倖存的巫祝開始念咒祈請，點火獻祭。

小祝並不在褒刑之列，而是被王婦婦好綁在一旁的木柱上觀祭。

這時她眼望著上百名巫祝一齊被燒死，心中的驚恐難以言喻，幾乎以為自己在做著一個難以醒來的惡夢。她確實未曾想過，婦好竟完全無懼於大巫嗀的天威神能，竟有膽量對大巫嗀手下的群巫群祝下手！

小祝目睹這些熟識多年的巫祝友伴一一被火焰吞噬，遭受褒刑而死，耳中聽著他們臨死前的慘叫哀號，清楚知道自己也逃不過這一劫。然而她已陷入恐懼的麻木，除了等死之外，心中腦中一片空白。

當群巫群祝都被燒死之後，王婦轉向小祝，對親戍下令道：「將小祝拉過來，綁在最高的刑架之上。」

小祝被綁好以後，婦好對幾個親信的戍者道：「你們最擅長以酷刑逼問囚犯。去！讓這倔強口硬的女孩兒說出大巫嗀的去處！」

親戍們圍繞在小祝身前，取出帶刺的籐鞭和木棍，往她身上狠狠招呼去，每鞭落下，便刮走一片血肉；每棍落下，便打斷幾根骨頭。不多時，小祝便已全身鮮血淋漓，體無完膚。

小祝並不知道大巫嗀去了何處，自然說不出來；她只知道大巫嗀是去追尋成為天巫之道，但她絕對不能說出這個祕密。於是她咬牙苦撐，一句話也不肯說，心中只想：「讓我死了就好了！讓我早早死了，才不會說出大巫嗀的祕密，才對得起大巫嗀對我的信任託付！」

她奮力對自己下了禁語咒，讓自己這輩子再也無法說出一句話；她不能言語，婦好便不可能從她口中問出任何祕密。親戍們極力鞭打逼問，但即使他們施出渾身解數，也無法讓她開口說出一個字。

婦好大為惱怒，叫了巫永過來，說道：「將你所知最痛苦、最殘酷的巫術，一一施展在她身上！我定要她說出大巫彀的去處！」

巫永躬身答應，當即來到小祝身前，面帶僵硬的微笑，口中嘖嘖說道：「小祝啊小祝，我該從哪兒開始呢？」

他伸出一隻胖胖的手指，輕輕撫摸小祝沾滿鮮血的臉頰。小祝緊緊閉上眼睛，感到冷汗爬滿全身。

巫永柔聲道：「不必害怕。讓我慢慢招呼妳。」

於是巫永在小祝身上施展巫術，令她感到如烈火焚燒般的痛苦，小祝霎時尖聲慘叫起來。然而她給自己下的禁語咒十分堅固，即使身處極端苦痛或昏迷當中，也無法開口言語。巫永又試著讓她感受到淹死、凍死、餓死、活埋的種種恐怖苦難，小祝卻緊緊守護著禁語咒，一句話也不說。

巫永束手無策，只能試圖以巫術侵入小祝的內心，發掘她拒絕說出的祕密。然而小祝確實不知道大巫彀的去處，即使巫永鑽入她的內心，也尋找不到答案。

巫永無奈之下，只能如實稟報王婦婦好。

婦好哼了一聲，說道：「你身為巫者，竟連一個小小女祝也對付不了！」

巫永笑容僵硬，一張臉漲得通紅。

婦好對身旁的親戍說道：「你們幾個，日夜輪流毒打她，打到她肯說為止！」

親戍恭敬答應，於是再次輪流毒打小祝。

於是小祝在劇烈的痛楚之中渡過了緩慢而漫長的時日。她清楚明白了自己根本擔當不起大巫觳的託付。她不過是個卑微的小祝，既沒有大巫觳的威嚴，也沒有大巫觳的高深巫術，只能任人宰割。婦好要折磨她，虐待她，燒死她，她一點辦法也沒有，甚至無法對婦好施以任何足夠強大的詛咒。她心中的恐懼無助達到了極點，憤怒恨意也達到了極點。她不會讓這股恨意消失，她要讓全天下都知道婦好的邪惡恐怖，她要告訴大巫觳發生在自己身上的慘事，她要大巫觳替自己報仇！

小祝遭受種種殘酷的苦刑，撐了十餘日，仍未死去。天邑商的多眾見到她慘烈的模樣，都議論紛紛，有的認為小祝身上附有大巫觳的護祐，即使被打得不成人形，仍舊不死；也有人認為濫殺巫祝乃是違反先祖意願之舉，因此先祖保佑著她，不讓她就此死去。

最後婦好終於以祭天求雨的藉口，下令將小祝燒死在河邊。

臨死之前，小祝的意識仍十分清醒。她奮力凝神，專心祈禱，望向將要用來盛放自己血肉的雙虎鼎，全心祝念：「雙虎鼎中的虎神啊！請幫我告知大巫觳我所承受的痛苦，請代我告訴他我有多麼崇拜敬愛他，請告訴他……告訴他我這一輩子為他而活，為他而死，無怨無悔。讓我們在天上相會吧！」

小祝死時，她的屍身已不成人形，比之當年遭子辟凌虐的那些羌女還要慘烈，不堪入目。她遭燒毀的屍骨沒有人敢收葬，最後被扔入了洹水之中。

由於師貯的說情，婦好的怒氣轉而發洩在多巫多祝和小祝身上，子治因此而得救。師貯將他接回家，努力照顧治療了大半年，才撿回一條命。

子治知道小祝曾為自己說話，最後代替自己慘死，心中又是難受，又是感激，心想：「我對不起她！我甚麼別的也不懂，只懂得鑄造吉金器。不如替她鑄造一只吉金器，用以紀念她吧。」

於是子治埋首於吉金工坊之中，閉關十餘日，專心致志，他的手彷彿有神鬼引導，不自覺便鑄造出了一只酒尊的土範。他在範中澆入金液，等金液冷卻後，敲毀土範，便出現了一只雕工精細的吉金尊，尊上站著兩隻小巧玲瓏的雀鳥，昂首而立，似乎在翹首盼望著甚麼人。

子治甚是感動；他鑄造吉金器鑄造了一輩子，卻從未做出如此精緻完美的器物。他不知該不該將這件酒尊刻上小祝的名字，猶豫一陣，忽然聽見一個細細的聲音在耳邊說道：「刻上吧。小祝並不是我的名字，但就刻上『小祝』二字吧。」

子治立即回頭，然而鑄造室中空無一人。

他跳起身，驚問道：「是誰？誰在說話？」

無人回應。

子治一顆心怦怦亂跳，心想：「我關在這工坊裡總有十餘日了，長期齋戒，只喝清水，不進粟食，大約已餓得頭昏，才聽見了根本沒有的聲音。」

他復又坐下，伸手捧起酒尊，執起錐子，想要刻上「小祝」兩個字，卻見尊腹上已浮現了兩個字：「小祝」。

子治這一驚非同小可，將酒尊遠遠扔開，退到牆角，喘息不止。他回想自己鑄造的過程，確實曾想過要鑄上「小祝」二字，也曾思慮爭辯過，但也確實未曾鑄上這兩個字。這兩個字是如何出現的？

他耳中聽見輕輕的笑聲，說道：「多謝你！這小祝尊鑄得多麼精緻，多麼美好！」

子治忍不住問道：「是妳麼？小祝，是妳麼？」

那聲音細微而哀怨，說道：「是我。子治，是我。」

原來子治冶煉酒尊之時，心裡一直思念著小祝，因此小祝的魂魄就在附近圍繞觀看，不捨得離去。看著看著，冶煉過程中出現了異象，小祝的魂魄被吸進了吉金尊，永遠留在了吉金酒尊之中。她並發現自己可以對子治說話，然而子治聽那聲音承認自己是小祝時，卻恐懼無已，大叫一聲，趴倒在地，狂叫道：「異象，鬼物，我得立即稟告大巫！」

但他隨即想起，大巫殼已離開了天邑商，如今天邑商並無大巫。自己若向任何一位巫者稟告這件事，倖存的巫祝都是王婦婦好的親信，一定會立即報告王婦婦好。她若得知小祝的魂魄附在這酒尊之上，定會毀了這只酒尊，而自己也逃不過一劫。

子治不知該如何處置這酒尊，只能緊閉眼睛，掩著耳朵，在地上縮成一團，口中喃喃說道：「不行，我不能讓鬼物留在這裡。妳走吧，妳不走，我就把妳藏起來！藏到地底深處去，讓妳永遠見不到天日！」

他下定決心之後，便爬起身，匆匆用一塊麻布包住了酒尊，狂奔而去，鑽入了吉金鑄坊的地窖。這地窖中藏著歷代鑄造不完美或是未曾完成的吉金器物，堆了一整個地窖，總有數百件之多。

子治大叫道：「妳不要再出來了！我對不起妳！妳不要找我償命，我不是故意害妳被王婦燒死的，不要怪我！不要找我報仇！」他口中胡言亂語，雙手撥開成堆的吉金廢器，將酒尊塞進一堆吉金器物之中，又匆匆抓過其他的吉金器物，將它掩埋起來。

子治喘著氣，快步奔出地窖，回到冶煉工坊，感受到冶爐冒出的熱氣，眼前一黑，就此昏厥了過去。

而他這一昏迷，便再也未曾醒來。

小祝之尊待在黑暗的吉金鑄坊地窖之中，身周只剩下無邊無際的安靜和寂寞。她只能輕輕地，耐心地呼喚，讓自己的聲音穿過地窖，飄散在天邑商的天空中、街道上。她需要等待，等待大巫散回到天邑商，回到她的身邊的那一天。

第四十章　無家

西南方赤水旁，魚婦屯。

小巫獨自坐在堂屋後的暗室之中，靜靜等候。

前一天夜裡，小巫和亞禽趁夜將子漁偷偷從魚婦屯救出，亞禽和手下匆匆護送子漁離開，自己則留了下來，以確定魚婦阿依不會派人去追回子漁。

他想像著魚婦阿依進來暗室，發現子漁失蹤，勃然大怒，出手殺死自己，卸下自己的頭蓋骨，讓自己的靈魂永遠毀滅；或是她並未發現子漁不在，將自己當成了子漁，來與自己親近，讓自己懷上身孕……

小巫想起子漁分娩的慘況，想起那從他肚子裡硬鑽出來的、血淋淋的魚婦女嬰，不禁頭皮發麻，全身緊繃，嚇得全身發抖。他只能咬著牙，硬著頭皮，安坐等候，心思轉個不停：「魚婦屯地處大荒山腳，乃是百巫禁地，巫術在這兒完全無用。我卻要如何自保？」

他想起蛇方老者給他的藥，便從懷中摸出那黑色和赤色的兩個瓶子，記得老者告訴過自己，黑色的能讓傷口腐化潰爛，赤色的能讓人心跳停止。他心想：「如果魚婦阿依真要我留下替她生五個魚婦嬰兒，逼不得已，我只能在自己身上切個傷口，將這赤色的藥抹在傷口上，混入血中，那就能立刻心跳停止而死了。如此死去，應當好過在這兒待上一年，連生幾個魚嬰！」

他甩甩頭，又想：「我竟然想到自盡上頭去，真是不應該！大巫㱿若知道了，定要罵死我了。王子漁在這兒待了這麼長時候，吃了這麼多非人的痛苦，都未曾自盡，當真有毅力得很！換作是我，只怕老早就放棄了。王子漁身邊帶著王子的吉金佩刀，自盡應當不難。他能夠咬牙不死，想必因為他胸懷大志，知道自己確實有機會成為小王，甚至成為商王。他撐過了這段苦難日子，終於得到他應有的回報。希望他平安回到天邑商，順利成為小王。」

他又想起好友子曜，心想：「大巫㱿派我來接王子漁，卻不肯讓我去找子曜。我若能活著回到天邑商，無論如何也要求得大巫㱿答應，讓我去尋訪接回子曜！」

他在暗室中無事可做，又胡思亂想起來：「我聽大巫㱿和小祝說起過，婦人生嬰也不容易，不但產婦可能流血而死，嬰兒也往往一出生就死亡。如此說來，魚婦讓外族人來替她們生產魚嬰，而魚嬰每個生下來都活蹦亂跳，生龍活虎，絕對不會死去；會死的只是外族的魚婦之夫，絕對不會傷到魚婦阿依的性命，這樣的安排雖然極端不可思議，細想之下又有道理。」

小巫等了十日後，這日清晨，魚婦阿依果然進入了暗室，大步來到小巫的身前。

小巫見她顯然知道自己是誰，也知道發生了甚麼事，身子不禁發起抖來，無法想像她將如何處罰自己。但見那個負責傳譯的巴婦也跟在阿依身後進入室中，兩人分開而站，和小巫形成一個三角，二婦低頭凝視著他，都不開口，室中陷入一片窒人的寂靜。

小巫知道她們絕對不會放過自己，再也忍耐不住，說道：「我在這兒等妳們很久了。妳們要如何處置我，便儘快下手吧！」

巴婦咳嗽一聲，說道：「阿依知道王子漁已偷偷離去，她對此非常失望，也非常傷心。」

小巫嗯了一聲，大膽說道：「阿依，王子漁在此慘遭折磨，幾乎死去。他生產時，妳連看都不來看他一眼。妳難道不知道他為何要逃走？連他快死了妳都不在乎，如今他離去了，妳又有甚麼好失望傷心的？」

魚婦阿依的眼睛豎成一條直線，看來似乎十分憤怒。

巴婦聽了小巫之言，滿面恐懼，慌忙道：「快噤聲！阿依面前，你竟敢說出這等不敬之言！」

小巫知道自己反正逃不過一死，乾脆豁了出去，鼓起勇氣，繼續說道：「我當時讓王子漁留在此地，妳可沒說過妳會如此虐待他，將他弄得半死不活，幾乎丟了大半條性命！我倘若預先知道，就絕不會讓王子漁留在這兒了！王子曜對魚婦阿依一片忠誠，念念不忘準備重禮，命我千里迢迢送來給魚婦阿依。我只道魚婦和商王族彼此友好，豈知妳竟如此苛待王我大商王子，如此苛待王子曜之兄！」

巴婦滿面驚惶，衝到小巫身前，試圖捂住他的口，阻止他再說下去。魚婦阿依卻舉起手攔住巴婦，室中又陷入一片寂靜。

過了好一陣子，魚婦阿依才伸手拍拍巴婦的肩頭，巴婦點點頭，傳譯道：「阿依說道，成為阿依之夫，乃是天大的榮耀，數百年才有一次的絕佳機會。王子曜之前說過，商王族代代感恩服從魚婦，阿依才特意將此機會留給了王子曜。後來她得知王子曜無法前來，才勉強接受了王子漁。豈知王子漁不但不感恩，竟然還大膽逃逸，讓阿依無法生下更多的魚婦嬰兒。你說！商王族有多麼對不起魚婦一族？」

小巫爭辯道：「王子漁多次生產魚婦嬰兒，過程殘忍離奇，險些死去。他可是未來的大商之王，怎能受妳等如此虐待折磨！妳們要找人幫阿依生孩子，多的是商人可選，小示王子也有許多，我替妳找幾十個來這兒做魚婦之夫都沒有問題。但妳們就是不能如此欺侮我大商大示之子，他可是我們未來的商王！」

暗室中又陷入寂靜。良久，阿依才示意巴婦，巴婦說道：「阿依和王子漁解釋了生產的過程，他是自願的。而且阿依還答應了他，他生下的所有魚婦，未來都將永遠與商王族友好。然而如今他擅自離開，魚婦阿依這一輩子便只能有這五個魚婦嬰兒，損失巨大。無論如何，你一定得讓王子漁回來這兒！不然阿依立即便殺死你！」

小巫挺起胸膛，高聲道：「阿依要殺死我，那是輕而易舉，要殺便殺！我未曾與王子漁一起離開，卻留在這兒等候阿依，就是為了讓阿依知道我不怕死。我要告訴阿依，王子漁沒有對不起阿依，他真的是快要去死了，別無他法，萬不得已，才不告而別。他如果真能撐下去，也不會與阿依絕情斷義，就此回歸天邑商。再說，阿依若殺死我，又要讓誰去勸王子漁回來？」

巴婦說道：「不必勸他回來，我們直接派魚婦追上去，將他抓回來便是。」

小巫早已想好了答案，搖頭道：「不成的。王子漁臨走前跟說我過，妳們若追上抓他，他便立即自盡，寧死也不願意再回來。」

阿依嘴唇微動，巴婦點點頭，說道：「倘若如此，那阿依還是希望勸王子漁回來，完成他的任務，再讓他離去。如果他不肯回來，我們便派魚婦去天邑商，對商王說王子漁背叛魚婦，不遵守和魚婦阿依成婚時立下的誓言，讓天下人都知道，王子漁不守信諾，不適宜擔任商王。」

小巫心想：「這一招倒頗為厲害。王子漁不怕妳們捉他，卻怕妳們在天邑商、王昭面前毀壞他的名聲信譽，令他失去小王之位。」

他思前想後，說道：「要讓王子漁回來，也不是不可以。但是我需得追上去，苦苦勸他，而且我必須率領多名大商巫者、醫者、侍者、多戍來此住下，保護照顧王子漁。阿依需得保證，在他生完十個魚婦嬰兒後，便得立即讓他離開。」

魚婦阿依抿起嘴，似乎在思考小巫的提議。

小巫其實也只是信口開河，找個理由讓自己得以逃脫。他心中清楚得很，不管他如何懇求王子漁，或讓多少醫者、戌者來此照顧保護他，子漁死也不會願意再回到魚婦屯，繼續替魚婦阿依生魚婦嬰兒。小巫自己親眼目睹子漁生產的慘烈，也實在無法開口勸王子漁再次回來此地。

過了一會兒，巴婦又開口道：「阿依說道，王子漁若不肯回來，那麼讓他的弟弟王子曜回來這兒，繼續做阿依之夫，也是可以的。」

小巫心中一跳，暗想：「子曜是我最要好的朋友，我怎麼能帶他來到這種鬼地方吃這等苦！子曜原本便身體虛弱，多病多痛，哪能經得起生產魚婦嬰兒的折磨！」

但這話自然不能如實說出，於是說道：「王子曜遭前王后婦井放逐，離開了天邑商，不知下落。我回到天邑商後，將立即向大巫轂稟報魚婦阿依的指示，如果得到大巫轂的同意，便出發去尋找王子曜。倘若找到了他，定將告知魚婦阿依的意思，勸他代替兄漁回來此地。然而他是否願意，我也不敢保證。」

他並非蓄意說得如此油滑，但他心中知道每一步發生的可能性都實在太小，每個「如果」都極不可能應證。

魚婦阿依顯然聽出了他語氣中的猶疑，忽然走上前，將一隻長滿魚鱗的手掌放在小巫的頭頂上。

小巫全身一跳，想要避開，卻已不及；他只覺頭頂一片溼黏冰涼，全身動彈不得，額上背上滿是冷汗。

魚婦阿依的手掌壓在小巫的頭頂好一陣子，巴婦才說道：「魚婦阿依要確定你並非欺騙她。一年之內，你若不帶王子漁或王子曜回來，你的頭蓋骨便會自行碎裂，腦漿迸出而亡。你去吧！」

魚婦阿依移開了手掌，冷冷地望了小巫一眼，便回身走了出去。巴婦望向小巫，眼神如同在望向一個死人一般，也跟著走了出去，只留下小巫單獨站在陰冷的暗室中，全身冷汗淋漓，心跳如雷。

小巫當日便匆匆離開了魚婦屯，倉皇逃往天邑商，心中盤算：「我有一年的時光，只要趕緊回到天邑商，大巫彀定能解除魚婦阿依施在我頭上的巫術，保住我的頭骨完整，不會腦袋迸裂而死。」

他急急往東趕去，這回他不敢抄近路進入森林，免得又撞見蛇群，只能沿著大路行去。他沒有馬，一路步行，行進甚慢。來時他和亞禽及禽師同行，有牛有馬，也足足花了兩個多月才抵達魚婦屯；如今他在熟悉路況之下單獨趕路，早起晚歇，拚命急行，終於在三個多月後，抵達了十羈。

小巫終於鬆了一口氣，心想：「離天邑商不過幾日的路程了，我得趕緊回去，請大巫彀救我。」

就在這時，他忽然聽見一群烏鴉在樹顛閒聊，一隻老烏鴉說道：「呀呀！大巫散走了，巫祝全死了！這甚麼世道！我活了一百歲，可從沒見過天邑商墮落到這等地步！呀呀！」

其餘烏鴉也紛紛附和。

小巫抬起頭，睜大眼睛望去，看清楚說話的是一隻羽毛灰白的烏鴉，似曾相識，彷彿便是平日住在王宮屋頂的那隻老烏鴉。他仰頭叫道：「喂！老鴉！是妳麼？」

老鴉低頭望見他，啊呀一聲，從樹顛飛落，停在小巫的肩膀上，徵著一對黑黑圓圓的眼睛，側頭向小巫打量，說道：「小巫！真的是你！你還沒死啊？我以為你和其他巫祝一起，都被燒死啦！那時火燒得好烈，到處都是煙霧，我沒敢飛得太近，也沒看清楚究竟誰死了，誰沒死。原來你真的沒死啊！你真是命大，逃過了一劫！」

小巫聽得一頭霧水，忙問：「妳快說，究竟發生了甚麼事？」

於是老烏鴉將天邑商發生的事情聒聒噪噪地說了，小巫這才知道婦好產子夭折，遷怒於替其子鑄造吉金小刀的子冶；之後婦好發現大巫散不告而別，擅自離開天邑商，大發雷霆，將天邑商的巫祝幾乎全數殺死獻祭。

小巫聞言心神俱碎，臉色發白，全身顫抖不止，幾乎沒將老烏鴉從他的肩膀震了下來。

老烏鴉蹲在他肩頭，側頭望向他，眼中滿是同情，說道：「呀呀！小巫啊！我勸你還是不要回去天邑商的好！你回去了，說不定也要被婦好抓去，處以酷刑，向你逼問大巫𣪊的下落，最後再將你燒死，和那美麗可愛的小祝一般！那就太可惜啦！」

小巫大驚失色，脫口問道：「小祝？她怎麼了？」

老烏鴉道：「那個可憐的小祝啊！婦好恨她入骨，因為大巫𣪊走之前，要她代替大巫之職，還要她隱瞞大巫𣪊離開之事。婦好的初生之子病死之後，就全遷怒怪罪在小祝身上，那些酷刑真可怕，弄得她全身血肉模糊。天黑以後，我們姊妹都盡量忍住，才沒有飛下去吃她的血肉。後來婦好乾脆將小祝燒死，用以獻祭給天帝、祈求春雨了。」

樹枝上的另一隻烏鴉插口說道：「婦好派去折磨小祝的，是個頭顱很大的巫者，長得可怪了，臉上總帶著笑！有甚麼好笑的？我們姊妹都覺得一點也不好笑。」

老烏鴉接口道：「我知道！那大頭巫者叫作巫永，聽說是個黑暗之巫，是婦好的親信。他肩膀上站的那頭鴟梟可真大，比他的頭還要大！」

小巫腦中靈光一閃，想起自己去井方樹林中尋找虎屍時，曾在林外見到一個大頭巫者，臉上帶著詭異的笑容，肩上站著一頭巨大的鴟梟，心想：「原來那個巫者叫作巫永，是王婦婦好的親信！當時王后婦井在井方集結多師，王婦婦好想必也派了自己的親信前去觀望情勢。大巫𣪊說他是『黑暗之巫』，看來王婦婦好當權之後，這巫永便成為多巫之首了。」

這時烏鴉們又說起小祝死前遭受酷刑的種種慘況，以及其餘巫祝被巫永以褒法燒死獻祭的情景，小巫只聽得幾乎暈厥過去，心頭充斥著難以言喻的傷心惶惑。他自出生以來便跟隨在大巫嗀的身旁，大巫嗀一直是商王一人以下、萬人以上，天邑商權位第二高之人，受到所有王族和多眾的尊重禮敬。小巫實在難以想像他竟會突然決定離開天邑商，而他離開之後，竟任由王婦婦好殺盡巫祝，甚至燒死了他素來最親信的小祝！

小祝比小巫大了五歲，小巫可說是小祝一手帶大的，感情比親姊弟還要深厚。即使小祝自視甚高，對小巫往往淡漠嚴厲，小巫卻並不怕她，還常常取笑她對大巫嗀一往情深，氣得小祝整個大巫之宮追趕著要打他。小巫難以想像小祝已死去，而且還是在慘遭酷刑後，以褒法燒死！

小巫閉上眼睛，哀痛萬分至極，竟哭不出眼淚來。

他忽然想起子漁，勉強開口問道：「那麼……那麼王子漁回到天邑商了麼？」

老烏鴉道：「回來啦！商王很高興，他的母也很高興。商王準備要封他為小王，但是沒有大巫替他貞卜，還在等候呢！」

小巫點了點頭，再也說不出話來。

老烏鴉又在他耳邊聒噪地說了許多天邑商發生的事情，小巫心不在焉地聽著，腦中只剩下一個恐怖的念頭：「我回不去天邑商了！我沒有家了！」

（未完待續）

人物列表

商方：以天邑商（殷）為都，自居天下共主的大方，懂得冶煉吉金（青銅）鑄造器物。

王族

王昭：商朝第二十二位王，即後世所知之商王「武丁」，《詩經》中的「殷武」
婦井：王昭之后，來自井方，位於天邑商西北近郊
婦斁：王昭之婦，來自西南昆侖山腳的兕方
婦好：王昭之婦，出身商人王族遠親
子弓：王昭與婦井之大子（長子），為王昭之小王（太子之意）
子央：王昭與婦井之中子（次子），王親戍長
子商：王昭與婦井之小子（幼子），封於商方
子漁：王昭與婦斁之大子
子曜：王昭與婦斁之小子
子嫚：王昭與婦斁之女

子妥：王昭與婦好之大女
子媚：王昭與婦好之小女
子桑：王昭小示（戌出）之子
子辟：子弓與婦鼠之大子，王昭大示（嫡系）大孫
子雍：子弓與婦鼠之小子，王昭大示小孫
侯雀：王昭同母弟，王昭三卿之一

多臣

老臣樸：牽小臣，商王牛車隊出門徵貢貿易時負責替商王監視；亦為服侍婦斁之老臣
牛小臣直：替商王管理牛家（養牛場）的牛小臣
朱婢：巴人，婦斁的近身侍婢
師般：王昭之師，右學之長，師般婦為王昭之姊，王昭三卿之一
師貯：左學之長，並非王族，為師般收養的孤兒
傅說：王昭流放時在傅方尋得之能臣，王昭三卿之一
子冶：天邑商最高明的吉金（青銅）鑄工，吉金工坊之長
伊鼀：大商開邦功臣伊尹的後代，小王子弓密友兼輔佐

多巫：效忠於大商的巫者

巫殼：商王大巫，和婦斁一起來自西南兕方

巫箙：巫術低淺的商人之巫

小祝：女，大巫侍者兼助手

小巫：孤兒，大巫之徒

巫爭：商王多巫之一，來自爭方

巫亘：商王多巫之一，來自亘方

巫永：來自土方的黑暗之巫，王婦婦好的親信

巫启：前任商王大巫

巫迍：先王虎甲在世時之商王大巫

雀方：天邑商以東的方國，物產豐饒

侯雀：王昭之弟，王昭三卿之一，王昭流放時曾有恩於王昭，王昭即位後封於雀

雀女：侯雀大示之女，亞禽之元婦（正妻）

禽方：天邑商以東的方國

亞禽：王昭自幼培養的軍事人才，繼承其父亞禽之位，雀女之夫

鼠方：位於天邑商西北近郊之小方，與井方比鄰，世代通婚

鼠侯：鼠方之長，王昭親信輔臣

鼠充：鼠侯大子

婦鼠：鼠侯之女，小王子弓元婦（正妻），子辟、子雍之母

犬方：位於天邑商之西的方國

犬侯：犬方之長，王后婦井的親信

犬侯子：犬侯之子

畫方：位於天邑商以西之小方

子畫：王族遠親，王后婦井的親信

甫方：位於天邑商以西之小方

甫：王昭之臣，王后婦井的親信

虎方：位於天邑商東南方的強大方國

虎侯：虎方之長

虎子：虎侯之子，羌伯女姜之未婚夫

虎女：虎侯之女

盧方：位於虎方以西的方國，虎侯婦之姊為盧侯的侯婦

羌方：位於天邑商西北方的方國，地域廣大，牧羊維生，信仰天神阿爸和饕餮神

羌伯：羌方之長

姜：羌伯之女，亦為羌方釋比（大巫），虎侯子之未婚婦

鬼方：位於天邑商和羌方之間的方國

鬼伯：鬼方之長

鬼方靈師：鬼方大巫，天下多巫之中年齡最長，法力也最強大的一位巫者。自幼雙目失明，但擁有能夠看透世間萬事萬物的第三隻眼，更能往來冥界，將死者從冥界帶回人間

荊楚：位於長江流域的南方古國，有淵遠流長的文化和傳說，重巫崇鬼

荊楚老王：荊楚之王

婦姁：商人，荊楚王第十五個婦
大王子：荊楚老王病重時，被二王子和三王子聯手殺死
二王子：殺死其兄後自稱小王，被老王趕出荊楚王寨
三王子：殺死大兄後，二兄稱小王，一氣出走，後聯合濮方侵略荊楚王寨
熊強：荊楚老王和婦姁之獨子
熊蠻：荊楚王族，象師之長
熊駿：荊楚王族，馬師之長
熊平：荊楚王族，屬馬師，子嫚情人
熊高：荊楚王族，婦姁情人
大巫：荊楚老王之妹，荊楚大巫

度卡族：位於北境冰原之上，馴鹿維生的方族
隨風納木薩：度卡族薩滿（大巫）

鷹方：位於北方之族，族人能變身為鳥，王宮位於鷹絕崖上
鷹王兼鷹方喀目（大巫）：一百年前失蹤，從此鷹族王位空懸，亦無大巫
鷹方老者：鷹方王子伏霜的手下

伏霜：鷹方王子，鷹王弟之獨子

海族：生存於大海上的方族，族人都是海中生物變身而成

海王：海族之長

龍方：不死的方族，族人能變身成龍

龍王：龍方之長

霳：龍王之子

瓏：龍王之女

其他

巫彭：居於昆侖山的老巫，婦斁之父，曾助王昭登上商王之位

御龍族：一群來自不同方族的大巫，聚集在一起發明各種邪異強大的巫術，其中之一是對付龍的巫術，能夠迷惑龍，讓龍甘願供他們駕馭乘坐，再也不能變身為人，同時失去了言語和心智，一世再也無法脫離御龍族的控制

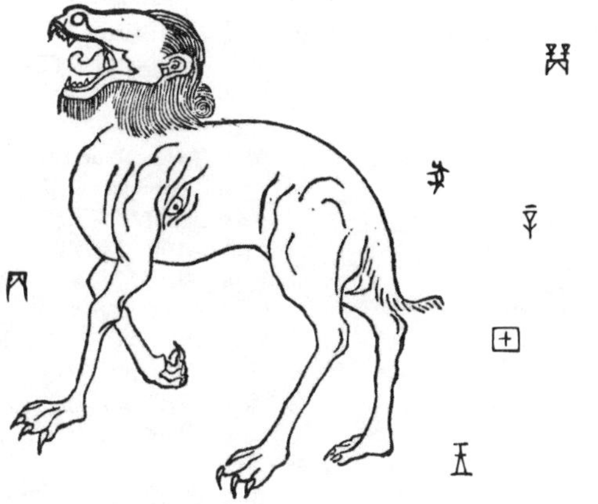

巫王志・卷二

作　　者／鄭丰
企劃選書人／王雪莉
責任編輯／王雪莉
業務主任／范光杰
行銷企劃／周丹蘋
行銷業務經理／李振東
副總編輯／王雪莉
發 行 人／何飛鵬
法律顧問／台英國際商務法律事務所　羅明通律師
出版／奇幻基地出版
城邦文化事業股份有限公司
台北市 104 民生東路二段 141 號 8 樓
電話：(02)25007008　　傳真：(02)25027676
網址：www.ffoundation.com.tw
e-mail：ffoundation@cite.com.tw
發行／英屬蓋曼群島商家庭傳媒股份有限公司城邦分公司
台北市 104 民生東路二段 141 號 11 樓
書虫客服服務專線：(02)25007718・(02)25007719
24 小時傳真服務：(02)25170999・(02)25001991
服務時間：週一至週五09:30-12:00・13:30-17:00
郵撥帳號：19863813　　戶名：書虫股份有限公司
讀者服務信箱 E-mail：service@readingclub.com.tw
歡迎光臨城邦讀書花園 網址：www.cite.com.tw
香港發行所／城邦（香港）出版集團有限公司
香港灣仔駱克道 193 號東超商業中心 1 樓
電話：(852) 2508-6231 傳真：(852) 2578-9337
e-mail : hkcite@biznetvigator.com
馬新發行所／城邦（馬新）出版集團
【Cite (M) Sdn Bhd】
41, Jalan Radin Anum, Bandar Baru Sri Petaling,
57000 Kuala Lumpur, Malaysia.
Tel: (603) 90578822　　Fax:(603) 90576622
email:cite@cite.com.my

封面設計／陳文德
排　　版／極翔企業有限公司
印　　刷／高典印刷有限公司
■2017 年（民 106）8 月 1 日初版一刷
■2020 年（民 109）1 月 3 日初版12刷

售價／320元

國家圖書館出版品預行編目資料

巫王志 / 鄭丰著. -- 初版. -- 臺北市 : 奇幻基地,城邦文化出版 : 家庭傳媒城邦分公司發行,（民106.08）
冊 ; 公分

ISBN 978-986-94499-9-1 (卷2 : 平裝)

857.9　　106009719

ISBN　978-986-94499-9-1
Printed in Taiwan.

書號：1HO071　　書名：巫王志．卷二

15
annual

奇幻基地15周年龍來瘋慶典

集點好禮獎不完！還可抽未來6個月新書免費看！

活動期間，購買奇幻基地作品，剪下回函卡右下角點數，集滿點數，寄回本公司即可兌換獎品&參加抽獎！

集點兌換辦法

2016年6月起至2017年12月20日前（郵戳為憑），奇幻基地出版之新書，剪下回函卡右下角點數，集滿點數貼至右邊集點處，寄回奇幻基地，即可兌換贈品（兌換完為止），並可參加抽獎。

集點兌換獎品説明

5點：「奇幻龍」書擋一個（寬8x高15cm，壓克力材質）

10點：王者之路T恤一件（可指定尺寸S、M、L）

回函卡抽獎説明

1.寄回集滿5點或10點的回函卡，皆可參加抽獎活動！回函卡可累計，每張尚未被抽中的回函卡皆可參加抽獎。寄越多，中獎機率越高！

2.開獎日：2016年12月31日（限額5人）、2017年5月31日（限額10人）、2017年12月31日（限額10人），共抽三次。

回函卡抽獎贈書説明

中獎後，未來6個月每月免費提供奇幻基地當月新書一本！

(每月1冊，共6冊。不可指定品項。)

特別説明：

1.請以正楷書寫回函卡資料，若字跡潦草無法辨識，視同棄權。

2.本活動限台澎金馬。

【集點處】

1	6
2	7
3	8
4	9
5	10

（點數與回函卡皆影印無效）

為提供訂購、行銷、客戶管理或其他合於營業登記項目或章程所定業務之目的，英屬蓋曼群島商家庭傳媒(股)公司城邦分公司，於本集團之營運期間及地區內，將以電郵、傳真、電話、簡訊、郵寄或其他公告方式利用您提供之資料（資料類別：C001、C002、C003、C011等）。利用對象除本集團外，亦可能包括相關服務的協力機構。如您有依個資法第三條或其他需服務之處，得致電本公司客服中心電話(02)25007718請求協助。相關資料如為非必要項目，不提供亦不影響您的權益。

個人資料：

姓名：＿＿＿＿＿＿＿＿＿＿＿＿ 性別：☐男 ☐女

地址：＿＿＿＿＿＿＿＿＿＿＿＿

電話：＿＿＿＿＿＿＿＿ email：＿＿＿＿＿＿＿＿

想對奇幻基地說的話：＿＿＿＿＿＿＿＿＿＿＿＿

＿＿＿＿＿＿＿＿＿＿＿＿＿＿＿＿

請剪下右側點數，貼於集點處，集滿5點以上，即可寄回兌換抽獎

1P 2017